庫 JA
〈JA1107〉

Gene Mapper
－full build－

藤井太洋

早川書房
7168

目　次

Gene Mapper

—full build—

第一部　拡張現実

1　Offer

耳の奥でアラームが鳴った。

反射的に身体に敷き込んでいた右腕を伸ばし、人差し指と中指を揃えて左右に振る仕草(ジェスチャー)でアラームを止める。

私は顔をこすって目をこじ開ける。

気象庁が東京に熱帯夜を宣言しはじめてから二週間。職住同化住宅(ワーカーズ・ハイツ)の鉄筋コンクリートが蓄えた熱が、ロフトの暗がりに漂っている気がする。

暗い？　目覚ましの設定を間違えたのだろうか。今、何時だ。

〔林田さん、〈緊急〉のメッセージが一件到着しました。読み上げますか？〕

耳の奥から聞こえてきた声が眠気を吹き飛ばした。

肘をついて身体を起こし、汗で額に貼りついていた前髪を払う。

メッセージの重要度(プライオリティ)や緊急度(アージェンシィ)の設定を〈ワークスペース〉に任せるようになってから〈安眠設定(Do not disturb)〉を破って通知されたメッセージは初めてだ。

私の頷(うなず)きを仕草(ジェスチャー)として認識したメッセージ・マネージャーが正面に〈ワークスペース〉を浮かべる。その中央に太いセルフレームのメガネをかけて髪の毛をぴったりと撫でつけた黒川さんの写真を表示した。

黒川　隆：送信時間午前四時三十二分／東京　目黒の自宅より発信
メッセージ・マネージャーによって〈重要〉かつ〈緊急〉と認識されました。

『もしもし林田さん。夜分に申し訳ありません』

柔らかな肉声が〈ワークスペース〉から流れ出した。前世紀的な手続きを重視する黒川さんが未明に音声メッセージを送ってきたということは、本物の〈緊急〉案件ということだ。

『ご記憶いただいているとは思いますが、昨年L&B(エル・ビー)コーポレーション経由で林田さんに受注していただいた〈マザー・メコン〉の案件に関して、お耳に入れておかなければならない情報があります。納品していただいたイネ、SR06が農場で化けたとのことです。遺伝子崩壊(ジーン・コラプス)ではないかとの声も上がっています』

むき出しの腕に鳥肌がたつ。

蒸留作物（Distilled Crop）が意図しない状態に成長してしまうことは確かにある。それも遺伝子崩壊（ジーン・コラプス）だと？　Ｌ＆Ｂの代名詞ともなっているスーパーライス、それも最新モデルの「ＳＲ０６」が壊れるなんて聞いたことがない。

『遺伝子崩壊（ジーン・コラプス）かどうかはまだ判明していません。ただ、林田さんにマッピングしていただいたＬ＆Ｂコーポレーションと〈マザー・メコン〉のロゴが農場の北端から崩れ始めているのは事実です。現地の詳細な情報を待っているところですが、私たちにもレポートの提出が求められています』

私はため息をついた。〈マザー・メコン〉案件に携わったメンバーは私たちだけではない。黒川さんを通して依頼してきたＬ＆Ｂはそこで栽培される作物「ＳＲ０６」の開発キットを私に供給しているし、農場の設計を行ったメーカーもあるはずだ。だが、作物でロゴを描くジーン・マッピングは私が行った。化けた理由が農場の育て方のほうだったとしても、レポートの提出は免れない。

『これから私は、Ｌ＆Ｂの対策会議に入ります。レポートの目的と体裁を確認して現地の情報なども集めて参ります。お手数ですが、明日のテイジにメガネでの会議を受けていただくようお願いいたします』

拡張現実をメガネと呼ぶインターネット時代の言い回しが黒川さんらしい。拡張現実を日常的に使うビジネスマンは、私も含めてコンタクトレンズに映像を投影するのが普通だ。黒川さんはメガネをかけているが、あれは「ジャパニーズ・サラリーマン」を演出するための小道具だろう。

私は〈ワークスペース〉の時間を見直した。今から会議か。ご苦労なことだ。この時間ならビジネスアワーのまっただ中にあるL&Bサンフランシスコのブランド管理部が相手だろう。クアラルンプールにあるL&B中央研究所やプノンペンの〈マザー・メコン〉の本社はまだ午前二時だ。いくらコミュニケーション技術が発達して距離が埋められるようになっても、時差だけは解消しようがない。〈マザー・メコン〉の作物化けが紛糾して、東京、サンフランシスコ、プノンペンでの三者会議なんてことになったらどんな時間に会議がもたれることだろう。

L&Bとの会議は黒川さんに任せておけばいいが、こっちの会議はいつになるだろう。この時間からの「明日」は捉えどころが微妙だ。テイジとやらは九時、それとも十時だっただろうか。

まあいい。普通に起きて朝食を済ませ、コーヒーを飲んで待つとしよう。ランニングに出る時間は……なさそうだな。

〈ワークスペース〉のステータスバーに目覚まし時計のアイコンが点っているのを確認して身体をベッドに横たえる。

タオルケットの中で右腕をなぞり、収まりつつある鳥肌の感触を味わっていると、今夜何度目かの眠気が訪れてきた。

＊

「今朝は大変失礼な時間にメッセージを送ってしまいました。目を覚まされませんでしたか？」

午前九時。予告された会議は、黒川さんがテーブルに手をついて頭を下げたところから始まった。

黒川さんを招いたカンファレンス・ルームの高い天井からシーリングファンの送る風がブラインドを揺らし、細切れになった朝の日差しが真っ白な漆喰の壁にあたって跳ね返り部屋を満たしている。正面の壁にはカンディンスキーのリトグラフが掲げられていた。描かれた矢のような図形が、頭を下げた黒川さんを指している。

二人で使うには贅沢すぎる空間だが、この光景は現実のものではない。

部屋も、絵画も、そして目の前で頭を下げる黒川さんも、コンタクトレンズに投影された〈拡張現実〉だ。シーリングファンが送る大きな風のゆらぎはブラインドを波打たせるが、私が肌に感じるのは、頭上わずかな距離から身体に吹き付けるエアコンの神経質な冷風だけ。テーブルの上に指を滑らせていけば、黒川さんが手をついている辺りで、ウレタン印刷の壁紙に触れてしまうだろう。わざわざ粗を探すこともないが、よく観察すれば、足跡や手の脂、壁の擦れなどの、人が残す跡が一切ないことに気づくはずだ。

そんなチリひとつない拡張現実の中で、テーブルに手をつく黒川さんの映像だけが圧倒的な存在感を見せている。天板についた指先が体の重さで歪み、皮膚の色が変わっている。

彼は今日、〈アバター〉で参加してきているのだろうか？ 黒川さんは拡張現実会議に臨むとき、多点カメラで撮影した実写（リアルビュー）を好んで用いるが、テーブルについた指が反応するには、彼のテーブルと私が用意したカンファレンス・ルームのテーブルが同じ高さになっている必要がある。

「起こされちゃいましたよ。メッセージ・マネージャーが〈緊急〉のフラグを立てたんで、黒川さんのせい、というわけじゃないんだけど」

「や、それは申し訳ないことをしてしまいました」

顔をあげた黒川さんは艶（つや）やかな顔をすまなさそうに顰（しか）めてみせた。絶妙な表情の出し入れは〈アバター〉のものではない。実写（リアルビュー）の立体映像だ。

シワ一つない顔に黒縁のメガネ。丸みのある体を包む濃紺（のうこん）のサマースーツを、広がったVゾーンに覗く臙脂（えんじ）色のニットタイが引き締（し）めている。こんな時代がかったスーツの着こなしと、作り物のように撫（な）でつけられた髪型でいいならば、リュージョンテック社から〈サラリーマン〉シリーズの〈アバター〉でも買えばいいと思うのだが、なぜか彼は実写を好む。

　拡張現実会議へ実写で臨むのは面倒だ。適切な衣装を着込まなければならないし、陰影を除去する多点ライトも必要になる。そもそも、今日の黒川さんのように徹夜明けならば、元気な顔色と身振りを演じてくれる〈アバター〉を使うのがセオリーなのだが……実写の黒川さんは、憎らしいほど元気そうだ。

「黒川さんこそ、夜明け前まで大変でしたね。打ち合わせは明日かと思っていましたよ。まさか数時間後、とは驚きました」

　皮肉が通じる相手でないことは承知の上だが、私のメッセージ・マネージャーは彼からの連絡を〈緊急〉にすることがわかった。これ以上、睡眠を妨害されるのは迷惑だ。

「それはそれは、申し訳ないことをしました。では、改めてお願いいたします。いまから打ち合わせの時間を頂いても大丈夫ですか？」

　全く動じる様子のない黒川さんの返事にため息をついてしまうが、私の〈アバター〉は鷹揚に手を差し伸べて話を促した。〈アバター〉ならではの機能、感情補正振る舞いのおかげだ。

「林田さん、ありがとうございます。私も報告を受け取ったばかりで、まだ詳しいことは分からないのです。が、まずはお報せしておこうということで、失礼ながら第一報としてメッセージを送らせていただきました。非常識な時間になってしまったことについてはお詫びいたします」

再び頭を下げた黒川さんはベージュ色の封筒を取り出して机の上に置いた。

「現地からの写真です。ご確認ください」

黒川さんは、封筒にかけられた紐を解いて一枚の写真を取り出し、淀みのない動きで机の上を滑らせた。テーブルと写真が擦れ合う音が聞こえ、彼の行った動作がファイル共有アニメーションではないことに気づかされた。

物理演算のタグを付けた写真を封筒から取り出して投げるなんて演技は〈アバター〉を使っていたとしても、リハーサルなしにやれることではない。まん丸な顔をしかめた黒川さんが、ひとり部屋の中で写真を投げるパントマイムを練習しているところを想像して、少し憂さを晴らす。

練習の成果か、ちょうど手の届く場所へ測ったように滑り込んできた写真ウィジェットの中央に「Accept for shared image（共有された画像を受け取る）」と書かれたボタンが浮かび、セキュリティ・チェックが終わったスタンプが現れた。低解像度のサムネイルでも、棚田の広がる扇状地の航空写真が、飽きるほど目にしていた〈マザー・メコン〉農場だということは一目でわかる。ファイルの名前は〝370709-mekong-photo〟。

昨日のうちに、空撮は終わっていたということだ。

「写真は、３Ｄですか……。ずいぶん、準備がいいんですね」

精一杯（せいいっぱい）の皮肉を塗（まぶ）してみるが、「ええもちろん」と言わんばかりの瞬（まばた）きと、頷きが返ってくる。勝ち目のない神経戦はやめておこう。

写真に特別な利用許諾（EULA）がないことを確認してからボタンをタップすると、ぼやけていた画像が鮮鋭に表示され、机の上に地形が盛り上がった。蛍光グリーンの水田には、オレンジ色でL&Bと〈マザー・メコン〉のコーポレーション・ロゴが敷き詰められ、ロゴの隙間には「完全有機農業（フル・オーガニック）」「水質保全（ウォーター・サイクリック）」「有機表土（オーガニック・カバード）」「非二酸化炭素排出（ゼロ・エミッション）」「地域（フェア）・経済保全（ディール）」の認証マークが描かれる。〈マザー・メコン〉のSR06プロジェクトは、世界で初めて五つの認証マークを取得した野心的なものなのだ。

それぞれの図形は幅が数百メートルにもなる大きなものだが、これを複雑な地形にぴったりと沿わせてロゴと認証マークを描くプログラムを作ったのが、私だ。

「林田さん、北端の区画を拡大してみてください」

拡大するまでもなく、北の高台でロゴが霞（かす）んでいるのが確認できた。抹茶をまぶしたようにくすんだ緑色の植物が点在している。SR06に仕込んだスタイルシートが起動しなかったのか、それとも別の草が生えてきているのだろうか。この雑草のような色は、SR06に限らず〈蒸留作物〉の発色チャートには存在しない。

「この緑色だよね。モノがなにか、もうわかってるの？」

「どうやらイネらしい、というところまでしか判明していません。ご覧のように葉の色が明らかに違います。こんな色になる〈蒸留作物〉はありません」

「色か……」

「色もそうなのですが、他にも問題があります。完全有機農法のせいでしょうが、バッタの食害が出ているようなのです」

「バッタ？　なら、それは雑草だよ。間違いない。仮に化けたとしても、私のやったコードは関係ないな。SR06のスタイルシートは防虫機能やなんかの表現型に干渉できないように分離されてるし、納品したコードを見てもらえば、私がそこまで弄ってないことはすぐわかる。メコンの連中が、雑草で汚染させたんじゃないの？」

「そうであれば、嬉しいことですね」

黒川さんは、椅子に寄りかかって胸の前で手を組んだ。

「しかし、調査は私たちが行わなければなりません。費用はL&B持ちですのでご安心ください。私は林田さんのかしでないと確信していますし、関係がなければ割り増しのギャランティも分捕ってきます。早速かかっていただけないでしょうか」

かし？　と思った時には【かし（瑕疵）：傷、欠点。本来あるべきものが欠けていること】と黒川さんの胸元にテロップが表示された。あまり聞かない言葉だが、私が辞書補完を使っていることを見越してそのような言い方をしたのだろう。

そもそもL&Bとの業務契約はソフトウェアなどと同じAS・IS納品だ。納品時の検収と第三者委員会の検証を終えたら、その後でみつかった不具合を補償する必要はない。

「早速、というと？」

「現地でその緑色の植物からサンプリングしたDNAをお送りします。まず、そちらの内容を確認してください」

「どうせ、そこらへんの雑草だってわかるだけだよ。採取と送付のスケジュールは？」

「DNAは先ほど、林田さんの共有フォルダにアップロードするよう指示しておきました。カンボジアとこちらの帯域次第ですが、午前中には使えるようになっていますよ」

こちらが請けるとも言わないうちから、ここまで手配していたのか。

「さすがは黒川さんですねぇ」

「お褒めいただくには及びません」

軽く頭を下げて照れてみせた黒川さんを見て、皮肉を漏らしたことを後悔する。打ち合わせ程度を〈アバター〉に頼る私が、交渉を本業とするタフ・ネゴシエイターに勝てるわけがない。

「では、よろしくお願いします。なにかお気づきのことがありましたら、いつでも、遠慮なくメッセージをお送りください」

満面の笑みを浮かべた黒川さんはテーブルに手をついて立ち上がり、見事なお辞儀をしてみせてから姿を消した。

広々としたカンファレンス・ルームは消え、黒川さんが座っていた辺りに職住同化住宅の味気ない壁が立ちはだかった。私の衣服も〈アバター〉に纏わせていたセミ・オーダーのビジネスカジュアルから、着心地だけが取り柄のTシャツとジーンズに戻る。

デスクに浮かぶ〈ワークスペース〉には、黒川さんとの会議が録画されたことを示す通知が点滅していた。

「新規プロジェクト『マザー・メコン調査』を作成。会議の録画と写真をプロジェクトに登録」

〔了解しました。新規プロジェクト『マザー・メコン調査』を作成しました。航空写真〝370709-mekong-photo〟と、黒川さんとの拡張現実会議をプロジェクトに登録しました〕

拡張現実会議で黒川さんの鮮やかな実写を見ると「次は、私もそうしてみようか」と妄想してしまうのだが、私には〈アバター〉がお似合いだ。

〈アバター〉を使う理由は、失礼な振る舞いを相手に見せない感情補正ビヘイビアが使えるからだけではない。会議相手が用意した床に足をつけ、目線を合わせ、通信の遅延に合わせて自然に発話するタイミングを調整するのも〈アバター〉の機能だ。私が実写での会議に手を出しても「宙に浮いた土下座で植え込みに頭を下げた日本人CEO」という人気のミームに新しいバリエーションを提供してしまうだけだろう。

私は〈ワークスペース〉に登録された会議の録画サムネイルを確認して、チェアの上で姿勢を正した。余計なことを考える前に仕事を進めよう。
「共有フォルダ、今日アップロードされているデータを一覧」
〔一件のアップロードがあります。午前九時十五分、マザー・メコン社のテップ氏が登録した〝370709-collapsed-SR06〟〕
ちょうど、会議の最中にアップロードしてくれたようだ。
「データを開いて」
〔アップロードが終了していません〕
「なんだって？」
〔確認します。アップロードは、まだ終了していません〕
音声とともに表示されていた〈ワークスペース〉のファイルを確認すると、確かにファイルの書き込み状態には、進捗を示すプログレスバーすら描かれず「アップロードの準備中」とだけ表示され、処理中を示すホイールが回っていた。
「アップロードが終了したら、教えてくれ」
〔了解しました。〝370709-collapsed-SR06〟のアップロードが終了したら通知します〕
メコン側で手間取っているのに違いないが、たかがデータのやり取りで躓（つまず）くような連中と、これから仕事をすることになるわけだ。
待っている間に、案件のおさらいぐらいやっておこう。

「昨年のプロジェクトから〈マザー・メコン〉を検索、黒川さんとの打ち合わせをカレンダーにマッピングして、要約を追加」

デスクに浮かべた〈ワークスペース〉からカレンダーを摘みあげ、両腕いっぱいに引き伸ばして黒川さんと行った会議の録画を帯状に並べる。拡張現実のおかげで視界一杯に〈ワークスペース〉を拡げて使うことができる。これがフリーランスならではの特権だというのが情けない。未だに国内のオフィスではデスクの幅しか拡げさせてもらえないことが多いと聞く。まったく、何を考えているのだろうか。

少し遅れて、会議の要約が書き込まれた付箋紙が録画のサムネイルに貼り付けられはじめた。適度にランダムな方法で貼り付けられた付箋紙は個々の会議を際立たせ、ざっと眺めるだけで、これまでのやりとりを概観させてくれる。

拡張現実がコンタクトレンズに描き出す〈ワークスペース〉のリアリティには、毎日使っていても感心させられる。インターフェイスや付箋紙のような小道具が現実の部屋の照明で照らされたように描かれているため、まるでその場にあるかのような存在感を与えてくれる。

「三つ目のムービーを再生して」

［二〇三六年十月十五日の会議『発注に関する会議』を再生します］

目の前の壁が奥に広がり、斜め前に黒川さんが、そして右手には私が現れた。半年前の記録映像だが、黒川さんのスーツ姿は、生地こそ違うものの今日と同じだ。髪の毛の長さまで、先ほどの会議と変わらない。

　机の上には、契約書を綴じ込んだバインダーが開かれていた。

『林田さん、気負う必要はありませんが、今回の〈マザー・メコンＳＲ０６〉プロジェクトは、世界初の五冠プロジェクトになります』

『五？　ＳＲ０６の調整だけじゃ済まないってこと？』

『そうです。ＳＲ０６は完全有機農業（フル・オーガニック）と水質保全（ウォーター・サイクリック）を担当します。既に〈マザー・メコン〉にはＬ＆Ｂが出資して、有機表土（オーガニック・カバード）と非二酸化炭素排出（ゼロ・エミッション）を実現できる農場の設計と施工が始まっています。そして現地の人々を雇用する地域経済保全（フェア・ディール）で五冠になります。Ｌ＆Ｂと〈マザー・メコン〉のコーポレート・ロゴに加えてこれらの認証マークを描くのが林田さんのお仕事となります』

　録画の中で黒川さんが五冠プロジェクトについて説明しはじめ、私は改めて〈マザー・メコン〉プロジェクトの壮大さに気づかされた。

　Ｌ＆Ｂが調査費用に糸目を付けないのも無理はない。〈マザー・メコン〉のＳＲ０６案件は、遺伝子工学によって推進されている持続性農法（サスティナブル）の記念碑的（マイルストーン）プロジェクトなのだ。農地に描かれるコーポレート・ロゴと認証マークは〈ランドビュー〉などの衛星写真サービスを通して、農場と作物が完全にコントロール下に置かれていることを知らせるイコンでもある。そのロゴと認証マークが崩れているのだから慌てるのも仕方がない。

すぐにライバルメーカーはもちろん、農場を認可した行政機関にも、国連食糧農業機関(FAO)にも知られてしまうだろう。作物が化けた原因を究明して再発防止策を打ち出せなければ、蒸留作物のトップシェアを誇るＬ＆Ｂの地位も安泰ではなくなってしまう。

「〈ワークスペース〉、ロゴのカラーリングを打ち合わせたときの会議を、仕様伝達(スペック)のチャプターから再生」

〔二〇三六年十月二十七日の会議を再生します。会議中に言及された人物のプロフィールも参照できます〕

録画が再生され始めた。黒川さんの格好が少しも変わらないので続きの映像を見ているかのようだ。

『林田さん、葉の色は発光グリーンでお願いいたします』

『……黒川さん、いま〝発光〟って言った?』

『ええ。バーナードからの指示です。ＳＲ０６から追加されているＧＦＰカラーを使ってください。そのチャートを使うと、日中は蛍光グリーンに見えるはずです』

――思い出した。〈マザー・メコン〉のＳＲ０６が趣味の悪い蛍光グリーンに決められたのは、ヴァイス・プレジデント(VP)のバーナードがしゃしゃり出てきたからだ。

日中の蛍光グリーンはまだいい。夜になればクラゲ由来のＧＦＰがＳＲ０６を輝かせる。

十キロ四方もの〈マザー・メコン〉農場が輝く様は具体的に想像したくない。
〈ワークスペース〉が用意しておいたリンツ・バーナードのプロフィールを呼び出すと、二十センチほどの立体映像が現れた。豊かな白髪をオールバックになで付け、オーダーメイドのスーツでバランスボールのような腹を包んでいる。二メートル近い巨体の威圧感は小さな立体映像でも十分に伝わってきた。拡張現実会議でも、会うのはご免なタイプだ。

蒸留作物のジーン・マッパーなどしていれば、嫌でもこの男の豪腕ぶりは耳に入ってくる。酒造メーカーだったＬ＆Ｂをほんの十年足らずで蒸留作物のトップメーカーに押し上げた、本物のＶＩＰだ。現場から遠く離れたポジションに居るはずの彼も、〈マザー・メコン〉案件が世界初の持続性(サスティナブル)農法五冠プロジェクトになると聞いて、黙っていられなかったのだろう。

私は会議の録画とその時の資料を確認して、ロゴの仕様(スペック)に無理がないことを確認した。他の会議の映像もいくつか流して見てみたが、Ｌ＆Ｂから指示されたその他の要件定義も、黒川さんを介して供給された〈マザー・メコン〉用のＳＲ０６開発キットにも普段と変わるところはない。Ｌ＆Ｂ側に問題はなさそうだ。

確かに、私が疑われても仕方がない状況だ。拡張現実会議に現れたバーナードがテーブルを突き抜けて私の襟首を捕まえる姿を想像してしまい、気が重くなる。まず、私の作業と設計(マッピング)が遺伝子崩壊の原因ではないことを立証しなければならない。

〝370709-collapsed-SR06〟のアップロードが始まりました。転送終了まで、四十分ほどかかります。しばらくお待ちください」

カンボジアと日本のネットワークがこれほど遅いとは思わなかったが、ちょうどいいタイミングだ。走って、頭を一度、空っぽにしてこよう。

＊

アップロードが終わったファイルを確認して驚き、マザー・メコン側のリテラシーに呆れはてた。

採取した「DNA」というデータの容量が二〇〇GB（ギガバイト）もあったのだ。いつまでも「アップロード準備中」だったわけだ。送信元でセキュリティ・チェックに手間取ったのだ。これだけの容量があれば、日々増え続ける悪意あるソフトウェア（マルウェア）との照合に、あれぐらい時間がかかっても無理はない。

しかし、メコンからファイルを送ってきたスタッフ――テップ主任――には困ったものだ。農作物を扱うならば、データが二〇〇GBになった時点で基本的な何かを間違ったことに気づかなければいけない。

イネ属のDNAには、三億ほどの塩基対（えんきつい）しか含まれない。三十二億塩基対のヒトゲノムでさえ、その容量は一GB程度なのだ。遺伝子やコード化されたアミノ酸などをマークアップして冗長になったヒトゲノムのｇＸＭＬでも二五ＧＢ程度にしかならない。

調査の過程で、どこまでメコン側のスタッフと協力しなければならないのかわからないが、地域経済保全(フェア・ディール)のロゴ付き認証を取得するために、カンボジアの奥地で現地人を採用した弊害なのだろう。素晴らしい理念なのかもしれないが、社外との窓口に立つ主任ぐらいはシンガポールに留学したエリートを採用するよう勧めたい。

アップロードされたファイルはｇＸＭＬ形式にエンコードされていた。今あるデータはこれだけだ。開いてみるしかない。

「ジーン・アナリティクス、〝370709-collapsed-SR06〟を開いて」

〔Gene Analytics couldn't detect the Kingdom of your opening code.（ジーン・アナリティクスは読み込んだファイルの「界」を判定できません）

Code groups including both insects and plants are found.（昆虫と植物の両方のコードが見つかりました）

手動でテンプレートを選んでください〕

日本語化されていないアラートは読み上げられず、〈ワークスペース〉に文字で表示された。メーカーの謳い文句ではないが「血液型占いから生物兵器まで」解析できるジーン・アナリティクスが生物の「界(キングダム)」直下の植物と動物を分ける大グループ、二本鞭毛生物(バイコント)と一本鞭毛生物(ユニコント)で迷ったということは、この「ＤＮＡ」が単一の生物から採取したものでないことを意味している。大方、メコンのスタッフが農場に出現したというバッタと、化けたと言っている雑草を混ぜて採取してしまったのだろう。まいった。いくら機材が進歩しても、試料の扱いが基本であることに変わりはないというのに。

「スケジュール、次に黒川さん宛のメッセージを作成するときに、DNAの再取得も依頼すること」

〔新しいスマート・タスクを作成しました。DNAの再取得依頼を、次回のメッセージ作成の際に通知します〕

メコンの尻を叩くばかりになりそうではあるが、タスクはどんどん増えていく気配だ。彼らが次にDNAを採取できるのはいつになるかわからない。このコードで確認できることだけでも調べてから、黒川さんにメッセージを送るとしよう。

イネだか雑草だか知らないが、植物として読める部分だけでも確認してSR06と関係がないことを示せれば遺伝子崩壊という言いがかりは潰せる。

黒川さんもメコン側に強く言えるだろう。

「ジーン・アナリティクス、イネのテンプレートでコードを開いて」

〈ワークスペース〉から立ち上がったジーン・アナリティクスは、壁にバーを描き、データを読み込み始めた。高さ二十センチ、幅二メートルのバーが塗りつぶされていく。ジーン・アナリティクスに登録されているイネ属の表現型が緑に、無意味な繰り返しや植物では発現しないコードは「ジャンク」として灰色の帯になる。

予想はしていたが、バーがほぼ灰色に塗りつぶされ、緑色の表現型コードはほとんど見えない。あり得ないほど長いDNAを、一つの生物として処理しようと奮闘しているようなアナリティクスの挙動に、独り言が漏れた。

「ヒトの数十倍のDNAとか、どんな植物だよ」

〔植物界、被子植物門、単子葉植物綱、イネ科、イネ属として読み込んでいます〕

わかっている。私がそう指定したのだ。

〔〝370709-collapsed-SR06〟に、複数の『致命的な表現型』を発見しました。このコードをモデリング、または胚プリントすることはできません〕

「なんだって?」

ジーン・アナリティクスが描いたバーの中央付近に、赤い帯が点滅している。工科大学(ポリテクニーク)の実習でしか見たことのないアラートだ。視線を先頭の帯に向けると、吹き出しが表示された。

Vulnerable for Malm-Puccinia Oryzias（非・耐性：イネ赤錆病）

「ばかな!」

イネ赤錆病に耐性がない、そんな植物が〈マザー・メコン〉に生えているというのか。

イネ赤錆病は、二〇一六年の東アジア飢饉（ききん）を引き起こした忌まわしい病原菌だ。この菌に耐性のなかった旧来（レガシー）のイネ属作物の種苗は、飢饉の年に世界貿易機関（WTO）で流通禁止が勧告され、二年後にはほとんどの国で生産停止（ディスコン）になっている。土壌や虫が媒介するような病原菌ならば、化学的な方法——農薬で退治して事なきを得たのだろうが、ミャンマーで発生したとされるイネ赤錆病はツバメが媒介し、瞬く間に東アジア全域に広まった。

イネ赤錆病と東アジア飢饉は、蒸留作物を扱う私たちにとって重要な意味を持つ事件だ。赤茶色の斑点を浮かべ、実を結ばずに枯れていく旧来のイネにとって代わったのが、第一世代の蒸留作物だったのだ。

その記念すべき第一号を作り出したのが、当時は酒造メーカーとして知られていたL&Bコーポレーション、そしてその立役者が〈マザー・メコン〉プロジェクトに口を出してきているバーナードだった。

L&Bのような酒造メーカーは、醸造用アルコールの原料として極端な遺伝子組み換え（GM）を施した酒造好適米を作っていたのだが、その中のいくつかにイネ赤錆病の受容体を作る遺伝子が捨てられていたものがあった。ほとんどのイネが赤茶色の斑点を浮かべて枯れていく中で、酒造メーカーの管理する水田に金色の穂が稔（みの）ったのだ。

その機を逃すバーナードではなかった。

ビールが中心であったL&Bの日本酒部門に営業担当役員として左遷されていたバーナードは遺伝子工学の知識はなかったが、インターネット崩壊からいち早く立ち直りつつあったシンガポール政府に働きかけ、莫大な補助金を勝ち取ってGMO酒造好適米「スーパーライス・ZERO」を食用米に転換するプロジェクトを立ち上げた。そして翌年には出荷候補(リリース・キャンディケート)を出してみせたのだ。

顔を紅潮させたバーナードが国連食糧農業機関(FAO)で行った演説は、蒸留作物を生業にする者なら誰もが知っている。お世辞にも名演説とは言えないが、あの演説を機に、遺伝子工学の粋を集めた蒸留作物は市民権を得たとされている。

『我々が蒸留した(Distilled)イネ、SR01は、従来の作物、すなわち交雑や突然変異を選び出して産まれた旧来の農作物よりも強く、安全だ。我々は、ここにあるSR01に含まれる全てのゲノムを知り、コントロールできている。蒸留ポット(Distiller)から滴(したた)り落ちた一滴めではあるが、間違いなく、繁栄を約束する美酒であるのだ』

バーナードがあらゆる場所でこの開発過程を「蒸留(Distill)」と呼んだため、このような作物を従来の遺伝子組み換え作物(GM)と区別して、蒸留作物(Distilled Crop)と呼ぶことが定着した。

二〇一〇年代に流行った農薬耐性や二次不稔(ふねん)種などを実現するために自然植物を部分的に変更した遺伝子組み換え作物(GMO)は時代遅れになった。

目的とする植物のすべての遺伝子を調査し、必要なものだけを残して新たな機能を付け加えた、人工の植物、蒸留作物に置き換えられてしまったのだ。初の蒸留作物「SR01」が登場してから二十年。最新モデルであるSR06のDNAに自然植物の痕跡はほとんど残っていない。

急速に転換した作物と農業は大きな業界を作り上げた。作物の設計段階からプロティンやアレルゲンのチェックを実施する機関、蒸留作物専用の農地を作る事業者、胚プリンターを持ち、高速(ラピッド)プロトタイピングを行う個人ラボまである。そして、葉や花の色をデザインする、私のようなジーン・マッパーという職業も生まれたのだ。

バーナードは、肝いりの〈マザー・メコン〉プロジェクトに泥を塗りつつある植物がイネ赤錆病耐性のない旧来型(レガシー)な植物だと知らされたらどんな気持ちになるだろう。あの演説のときのように、顔を真っ赤にして怒りだすか、それとも、青ざめて大きな腹を抱えるだろうか。

「……ジーン・アナリティクス、種はわかったか?」

「イネ属植物として解析が終了しています。オリザ・サティバ・ジャポニカの自然植物として完全な構造を保有しています」

「オリザ?」

「オリザ・サティバ・ジャポニカは東アジア島嶼部で育種されたとされる、イネ属の栽培種です」

〈マザー・メコン〉でＳＲ０６を押しのけて生えてきている植物はイネ赤錆病に耐性がない旧来型（レガシー）の作物ということだ。こんなものが生えてきた理由はわからないが、この「ＤＮＡ」と私が納品したＳＲ０６には関係がないことを示せれば、私の瑕疵でないことは簡単に証明できる。

「ジーン・アナリティクス、林田護（はやしだまもる）の署名を検索して」

〔"370709-collapsed-SR06" 作物ヘッダーに見つかりました。表示します〕

〈ワークスペース〉には、絶対見たくなかったデータが表示されていた。

「なんてこった……」

　ＳＲ０６のヘッダーだ。

Vendor : L&B Corporation / Certificated by FLO
Product : SR-06 / Certificated by FLO
Version : 6.01.5
Contributor
- Publisher Account : Enrico Conti @ L&B Corporation
……
- Final Editor : Mamoru Hayashida

長々と続くクレジットの最後には私の名前が記されていた。L&Bのプロジェクト・マネージャー（PM）、エンリコの名前も見える。この「DNA」には、バッタと旧来型（レガシー）のイネだけではなく、SR06まで混ざっているのか……。

DNAを採り直してもらえば遺伝子崩壊（ジーン・コラプス）の疑いは晴れるだろうが、〈マザー・メコン〉を汚染しているイネの正体を明らかにしなければならないことに変わりはない。

私は、とりあえずこの植物のことを〈汚染稲〉と呼ぶことにした。

「〈汚染稲〉の情報……トゥルーネットには、なさそうだな」

この植物のデータはどうやって探せばいいのだろう。

イネ赤錆病の二年前に発生したインターネット追放（ロックアウト）のため、ネットワーク上のサービスに保存されていたデータはおろか、ほとんどのコンピューターに保存されていたデータは失われてしまっている。

私は、追放（ロックアウト）の日のことを思い出していた。母のコンピューターに流れる無意味な文字列と、テロップもなにも出ないテレビの生放送。それから断続的に起こった停電と、会社から帰ってきて何週間も出社しなかった父。

その意味をはっきりと知ったのは高校に上がって技術史を学んだときだった。二〇一四年のあの日、インターネット上で検索サービスを提供していたコンピューター・プログラムが暴走して、ネットワークに繋がっていたすべてのコンピューターを乗っ取ってしまったのだ。

数年をかけて復活したコンピューター・ネットワーク、トゥルーネットには「有用」とされたデータとサービスしか復元されていない。営々と蓄えられていたはずのイネに関する作物の情報は、タイミング悪く発生したイネ赤錆病と東アジア飢饉のために不要となってしまったのだ。

当時のデータが丸ごとなくなってしまったわけではないが、データをサルベージするには専門の業者に頼まなければならない。

どうやら、黒川さんと打ち合わせなければならないようだ。

〈マザー・メコン〉へDNAの再取得を依頼したりSR06の育成記録を送ってもらうだけの用事ならばテキストでメッセージを送っておけばいいが、サルベージを外注するとなると彼の了解も得なければならない。

「参ったな」

三十歳になってから独り言が増えてきている気がするが、聞いているのは〈ワークスペース〉だけだ。構うものか。

「――インターネットか」

私は黒川さんに、急いで打ち合わせたいというメッセージを送った。

2　Cafe Zucca

「お待ち合わせ？　雑誌でも読まない？」

エスプレッソのシャーベットが浮かんだアイスコーヒーのグラスを口から離して顔を上げると、真っ白なシャツの上で、完璧な笑顔が私を見つめていた。

嫌みでない程度に上体を斜に構えて胸を張り、直角に曲げた肘に雑誌の入った籐のバスケットを下げて微笑んでいるのは〈カフェ・ズッカ〉のキャストだ。

黒川さんを打ち合わせに呼び出した初台の〈カフェ・ズッカ〉は、飲食費だけで高品質な拡張現実が体験できる人気のスポットだ。満席に近い賑わいだが、客の半分以上は〈ズッカ〉の拡張現実ステージに外部からログインしている〈アバター〉だろう。入店するときに、ちらりと見えた現実の客席は閑散としていた記憶があるが、エスプレッソ・シャーベットを載せたアイスコーヒーが運ばれてくる頃には、実際の光景を思い出せなくなっていた。

彼女は、そんなカフェでの優雅な午後を演出する拡張現実ウィジェットを持って、テーブルを回っているのだ。

　前回来たときのお勧めウィジェットは、誰もが巨匠の作品を追体験できるスケッチブックだった。他にもピンセットを適当に動かすだけで自動的に組み上がるボトルシップ、対戦相手の〈アバター〉付きチェス盤など、〈カフェ・ズッカ〉は趣向を凝らした演出をいつも用意してくれる。

　今日は紙の雑誌だ。

「いいね。どれがお勧め？」

「今日のラインナップなら、ワールド・レポーティングのライノカリプス特集が載ってる〈タイムズ・ワールド〉かな」

『ライノカリプスの脅威、二〇三八年問題！』と書かれた大きなバナーが、目の前で誘うように揺れた。

「二〇三八年問題って、いま流行ってるの？」

「サーシャがスクープしたのよ。来年早々のクライシス。あの指摘はもっともだと思うわ。護さん」

「サーシャ？」

　彼女はバナーのサブタイトルを指さした。〃サーシャ・ライフェンスが見た、暴走するエンジニア〃と書いてある。

「ワールド・レポーティングの創業者（ファウンダー）の一人よ。人気はあるのよ。私もファンだし」

初めて会うはずの彼女は私のファーストネームを呼び〈タイムズ・ワールド〉の七月十一日号を優雅にバスケットから抜いて差し出した。完璧な笑顔やモデルのようなポーズ、そして、客の来店頻度に応じて適切な態度で振る舞えるのは、カフェがキャストの〈アバター〉に被せている振る舞い（ビヘイビア）モジュールのおかげだ。

「あとで感想も聞きたいな。じゃぁ、ごゆっくり！」

ウインクとともに右手を振って、次のテーブルへ歩む彼女のワイシャツが風を包んでふわりと揺れ、傾き始めた強い真夏の日光を柔らかく周囲にふりまいた。その涼やかな風を見たときに自分の首筋から背中に汗が流れ落ちる。

気温は三十九度、真夏の東京だ。テーブルはパラソルで日陰になっているが、彼女が歩く動線には日差しを遮る屋根がない。汗でワイシャツを貼り付かせずに、ホールスタッフとして立ち回れるはずはないのだ。

キャストは現実と全く見分けのつかない〈カフェ・ズッカ〉の超・高品質な拡張現実ステージで描かれる、高精細な〈アバター〉に覆われている。実体の彼女はこの溶けそうな暑さの中で長袖のワイシャツを着て、長いスラックスを穿き、ギャルソン風のエプロンを腰に巻いて動いているのだ。

彼女から受け取った紙の〈タイムズ・ワールド〉には、意外な重さがあった。拡張現実の小道具（ウイジェット）ではない本物の紙を最後にめくったのはどれぐらい前だろう。

　いつものクセでタイトルに人差し指を当てて左にフリックしてしまうが、表紙が少しズレただけだ。表紙の右上をそっと摘み、指先に感じる懐かしい感触を味わいながら左に開くと、「ライノカリプス」の見出しの下に、見慣れたムービープレイヤーの再生ボタンが現れた。印刷物に見えた雑誌の中身は、拡張現実で投影されていたのか。紙の束を客に渡して贅沢さを感じてもらいながら、見慣れたコンテンツを慣れた方法で楽しんでもらう。上手い演出だ。

　コンテンツの再生ボタンをタップする。

『話を聞けよ、このアマぁ！』

　怒声とともに、白い物体がムービープレイヤーから飛び出してきた。思わず避けてしまう。グラスを持ち上げていなくて助かった。

　立体映像だ。

　プレイヤーの中では、ベッドで上体を起こした北欧系の老人が顔を真っ赤にして息を荒らげていた。点滴のチューブが引きちぎれ、腕からは血がにじんでいる。見ているだけで、体温が上がりそうな映像だ。

　ムービープレイヤーから飛び出してきたのは、彼が背にしていた枕だったらしい。

『俺は、直したと言っとるだろうが！』

『あら、あなたはご自分のパソコンで直しただけでしょう？　直ってないコンピューターが何億台もあることをどう思ってらっしゃるのかしら、って聞いているの』

カメラの外側から、インタビュアーの女性が男に問いかけた。こんな風に挑発して、まともなコメントをとれるわけがない。この声の女性が人気の「サーシャ」なのだろうか。

『俺が直すべきだったって言いたいのか？』

『やっぱり責任は感じていらっしゃらないっていうのね。残念だわ』

『time_t が32ビットしかサポートしてなかったのは、ほんの初期だけだってさっき言っただろうが。64ビットのプロセッサーが出たらすぐに対応したし、パッチも出した。使いたきゃ、誰でも使えた——なに笑ってんだ、このクソ女！』

老人が、ベッドの横に立っていた点滴のボトルを摑み、カメラに投げつけたところで映像は小さくなり、ニューススタジオのセットの壁に掛けられたモニターに平面で映し出された。画面下には〈ワールド・レポーティング・ネットワーク〉のロゴが描かれ、スタジオでは、短いジャケットにパンツ姿の女性が高いチェアに脚を組んで座っていた。三十代の前半だろうか。

サーシャ・ライフェンス、と胸元にテロップが浮かぶ。あのキャストがファンだと言っていたレポーターだ。

ボブカットの赤毛を軽やかに揺らしながらサーシャは立ち上がって、肩をすくめた。髪型が、完全に元の形に戻るのを見て、これも〈アバター〉だと気づく。ニュース・キャスターは、報道するコンテンツが「事実」であるという文脈(コンテクスト)を護るために実写(リアルビュー)で話しかけることが多い。だが、サーシャはそうではないということだ。

『皆さん、今のをご覧になってどう思われますか？』

インタビューと同じ声。

『彼が権威をバカにして夢見心地で作りあげたコンピューター用の基本ソフトには、信じがたい欠陥があったんです』

サーシャは三十桁ほどの二進数の下に西暦、日時、時間がカウントアップしていくチャートを示した。

『これが、その基本ソフトのタイマーです。ご覧ください。彼はたった三十二桁しかない二進数で、何十年にもわたる時間を、秒単位で表現しようとしていたのです。この桁が足りなくなってしまいゼロに戻るのが、二〇三八年、来年の一月十九日、午前三時十四分七秒なのです』

カウントアップが進み、全ての桁が1に近づいていく。サーシャは、親指と人差し指を立てて拳銃の形を作り、チャートに狙いをつけた。

『バン！』

全ての桁が1になり、そして0で埋まった。同時に、西暦の表示が一九七〇年一月一日に巻き戻され、チャートが粉々に砕け散る。

『皆さんも、日付を正しく扱えなくなったコンピューターがどのような誤動作を起こすのか、企業やエンジニアに問い合わせてみるといいでしょう。私が聞いた答えはこうです』

サーシャは形の良い唇の右側を吊り上げ、声色をつかった。

『〝問題になるほど、32ビットのコンピューターは残っていませんよ、お嬢さん〟』

サーシャは肩をすくめる。

『残っている台数を聞いても、答えが返ってくることはありません。彼らにもわからないのです。それでも問題にならないって答えちゃうのがエンジニアなんですね』

口に含んだアイスコーヒーから、シロップで消せないほどの苦みが立ち上がった。ズッカのコーヒーは不味くない。この女のせいだ。こんな低劣なアジテーションが〈タイムズ・ワールド〉のような、大手のチャネルで流れているのが信じられない。

だいたい、今主流のコンピューターは、ほとんどが128ビットだ。プログラムを書き換えられない小さなデバイスには、まだ32ビットのものも残っているだろうが、サーシャに答えたエンジニアの言う通り「問題になるほど」は残っていないはずだ。

『恐るべきことに、私たちの存在を脅やかしかねない強大な力が、そんな彼らが作ったコンピューターによって制御されています』

スタジオの背景には、手術中の停電、原子炉から立ち上るキノコ雲、大陸間弾道ミサイルの発射、暴走する核融合炉などのクライシス映像が流れ、顔を顰めたサーシャが頭を左右に振りながら、再び「お手上げ」のジェスチャーをしてみせる。

『ライノカリプスが、人類が初めて向き合う種類の問題ならば、同情できるかもしれません。しかし、冒頭に紹介した彼や、彼らの仲間たちが活躍したインターネット時代、二〇〇〇年にも全く同じ問題があったんです。学習という言葉を知らないんでしょう』

　ゼロ年代のエンジニアだと思われる人々の映像と写真が、サーシャの背後を流れていく。オモチャに囲まれたデスク、記者会見にパーカーで臨むカーリーヘアの青年、ヒッピーのような格好をした男がノートパソコンにかがみ込む映像。

『――彼らは、人権、特にプライバシーを侵害するサービスを多数作り上げ、資産を無価値にするオープンソース運動にも勤しんでいました』

　サーシャのエンジニア批判を聞きながら、私は全く別のことを考えていた。

　蒸留作物のエンジニアリングには、この時代に花開いたソフトウェア開発の手法が積極的に取り入れられている。発生に従って発現していく一繫がり（ストリーム）のＤＮＡを機能ごとに切り分け、ブラックボックスの構造として扱う「オブジェクト指向」にはじまり、目的とする形質をランダムな試行錯誤で絞り込んでいく「遺伝的アルゴリズム」など、数え上げていけばきりがない。

　私が設計する作物のスタイルシートも、Ｗｅｂサイトの外観を文書構造と切り離して制御する手法をヒントに作られたものだ。作物の設計を全て知悉していなくても、分離されたコードと外部環境を整えるだけで、植物の外観を設計していくことができる。

ゼロ年代、コンピューターとコンピューターが繋がり始めたとき、彼らはどんな気持ちで未知の世界の扉を開き続けたのだろう。冒頭に紹介されたLinuxの開発者が、いつか桁溢れする32ビットのタイムスタンプで十分な時間を扱えなかったことに気づかなかったわけはない。彼はリスクを知りながらも、できることをやったのだろう。

それだけではない。人権、プライバシー、経済、国家という領域との齟齬……新しいことを思いつくたびに、彼らは開けば後戻りのできない扉に向き合ったことだろう。

それでも、未来の扉を開くことを優先したのだ。

『――二〇一四年、皆さんも憶えていることでしょう。このような若者たちが作り上げたコンピューター・ネットワーク〈インターネット〉は、彼ら自身が埋め込んだミスのために崩壊し、人類を追放しました。教訓が与えられたのです』

サーシャがこちらを注視し、両手を握りしめてレポートのフィニッシュに入ろうとしている。ファンだといったあのキャストには申し訳ないが、型通りの批判にしか聞こえなかった。

『私たちは、際限なく前進する科学技術を監視しなければなりません。エンジニアの夢が私たちと同じものである保証はないのです。ライノカリプス問題が何を引き起こすのか、答えは、半年後に――』

「林田さん、お待たせしました。おや、紙の雑誌なんて珍しい。なにを読んでいらっしゃるのですか?」

映像を閉じるためにページをめくり上げたところで、今朝と寸分違わぬ姿の黒川さんが手元を覗き込んできた。午後四時、ちょうど待ち合わせの時間だ。

「〈ワールド・レポーティング〉とやらのジャーナルだよ。酷いもんだ」

ページを開いてテーブルの上に置くと、サーシャが次に取り上げる題材について話し始めたところだった。

『ついに、遺伝子工学を用いた農業が国際基準を取得しようとしています。人工の植物がいつまでもコントロールできるものなのか、どんな管理体制でそれを作っているのか、皆さんの目に届けることが――』

今度は蒸留作物か。

「この、ク……」

表紙を閉じるときに、冒頭のエンジニアと同じ言葉を吐きだすところだった。カフェにはふさわしくない。

「クソ女、ですか?　私もそう思いますよ」

さらりと代弁してくれた黒川さんは、キャストを呼び止めてカプチーノを頼んだ。

＊

「いいカフェですね」

日没に向けて色を強めていく甲州街道を眺めながら、黒川さんはフォームドミルクで溢れそうなマグカップを口元に寄せて息を吹きかけた。カプチーノに浮かべた泡が舞い、立ち上った湯気がメガネを曇らせる。暑苦しい。エアコンの効いた部屋にいるのかもしれないが、少しは炎天下のカフェにいる私の状況も察してほしいものだ。

「林田さんがホストしてくれる打ち合わせは、ロケーションが素敵で落ち着きます。今朝のも気持ちよかったのですが、このカフェは落ち着きますね。ちょっと失礼……」

黒川さんはメガネを外し、胸ポケットから出したチーフでレンズを拭いた。

湯気で曇ったメガネは〈ズッカ〉の拡張現実ステージが描いたと思っていたのだが、どうやら彼は、自分の手元にも熱いマグカップを用意して、同じように息を吹きかけて曇らせているようだ。

「黒川さんは、家から？」

「自宅のオフィスルームです」

メガネをかけ直した黒川さんをよく見ると、人形のように整えられた髪型が少しだけほつれていた。

「ひょっとして、寝てないの？」

　マザー・メコンの報告はどんなに遅くても昨夜の十時頃だろう。今朝は午前四時からＬ＆Ｂと会議を行い、午前中に一度私と打ち合わせ、そしてまたこうして待ち合わせた午後四時半まで。ずっと寝てないことになる。疲れが見えてもおかしくはない。

「この打ち合わせが終わったら休ませていただきますよ。明日も早朝の四時からサンフランシスコと会議がありますので、身体を休めておかないと、さすがに保ちません」

　首の後ろに手を当てて頭を巡らせる黒川さんに、空のグラスとカップを満載したトレイを運ぶキャストが「お疲れさま」と声をかけて立ち去った。黒川さんも軽く会釈を返す。

　拡張現実越しでもフルサービスを受けられる〈ズッカ〉が人気なのは、不足しがちなコミュニケーション欲求を補う目的もあるのだろう。私も、仕事上がりに工科大学（ポリテクニーク）時代からの友人と利用しはじめたのだが、美男美女と交わすカジュアルなコミュニケーションが、日常の萎（しな）びてしまいそうな感覚に潤いをもたらしてくれる気がしている。

「林田さん、大変申し訳ないのですが、お話の前に少しだけ私の予習に付き合っていただけないでしょうか。明日の会議には、プロジェクト・マネージャー（ＰＭ）のエンリコだけでなく、ヴァイス・プレジデント（ＶＰ）も参加することになってしまいました。納品したＳＲ０６に関するお話が聞きたいとのことです」

「バーナードさん？」

嫌な予感が的中した。明日の会議までに手元にある〈汚染稲〉のDNAから中身のある情報を提供することはできそうもない。彼に無能と烙印を押されれば、業界とは言わなくともL&Bからは干されてしまうだろう。

「ええ、エンリコを信用してないわけじゃないんでしょうけど、マザー・メコンの案件を世界的に注目される五冠プロジェクトに仕立て上げたのは彼ですからね。気になるんでしょう」

「私が、直接出た方がいいんじゃない？」

「林田さんにお出ましいただく必要はありません。しっかり休んで、調査を進めていただく方が大事です。バーナードには困ったものですよ。現場はエンリコに任せておけばいいと思うんですが、最近は、細かなことが気になってくるようで……」

珍しく言いよどんだ黒川さんが、顔を曇らせた。眉をひそめ、下唇を指で摘んだ表情は意外に若々しい。メガネと髪型に惑わされて彼の素顔に注目したことはなかったが、シワひとつない肌やよく動く瞳は青年のものといっても通用しそうだ。

「エンリコには災難ですが、今回の調査についてはバーナードが陣頭指揮をとる——というか、エンリコを怒鳴りつけているところを何名かが目撃しているとのことです」

「ああ、それは大変だ」

バーナードの辣腕ぶりは私の耳にも入ってくる。彼が無能と判断したときに吹き荒れる暴風は、エンリコなどという人物が業界に居なかったかのような大掃除をやってのけるだろう。そうなるよりはフリーランスの私の方がよほどマシだ。

「バーナードにかき回されると現場は混乱しますからね。そんなわけで、技術面で彼に不安を与えたくないのですよ。どうかご協力ください」

「わかった。どんなことが知りたいの？」

「駆け足で結構です。蒸留作物に色がつく原理と、マザー・メコンのロゴをフルカラーにできなかった理由がきちんと説明できれば、明日は乗り切れます。その辺りまでで結構です。お願いします」

その辺りまでと言っても——始めからか。軽く途方に暮れる。私だって、初めてポリテクで蒸留作物の調色原理を学んだときは、理解ができるとは全く思えなかったのだ。

「ええと、成長した蒸留作物の葉っぱとか花びらには、発色遺伝子が受容体を展開してるんだ。この受容体に、農場に建てたメッセージタワーから散布するメッセージ物質が指定した密度で当たると、発色遺伝子が活性化して細胞分裂が促されるんだけど——」

黒川さんの見開いた目が「よくわからない」と告げている。我ながらわかりやすく説明できているとは思えないが、概要を一学期受講した当時の自分でさえ調色の原理は感覚的に摑めなかったのだ。

「黒川さん、図で説明しますよ。すみませーん、書くものを貸してもらえませんか？」

先ほどのキャストが、筆記具を載せたトレイを掲げてやってきた。これも「カフェの客」を演出するための〈ズッカ〉の小道具だ。羽ペンから製図ペンまで、洒落た筆記用具が並んでいる。経験のない筆記用具でも、〈ワークスペース〉の製図アプリケーションと同じ操作で使える拡張現実ウィジェットだ。

私は、塗りと線の両方が描けるサインペンを色違いで四本取り上げた。黒川さんもトレイを覗き込み――そんな野暮ったいものがあったことに驚いたが――軸の丸い赤鉛筆を取り上げた。

「クロス、ナプキン、どこに書いても大丈夫ですよ。記念に紙が必要なら、またお呼びください。あ、ここに……」キャストがテーブルの上の空間を指差した。「描いた線だけは印刷できないんですけどね。じゃぁ、ごゆっくり」

「ありがとう、終わったら呼びます」

キャストが、現実には何も入っていないトレイを持ち上げ、ウインクして去っていった。空のトレイを扱う演技はとても自然なものだ。

「始めようか。作物側は、二つのメッセージ物質を同じ密度で受け取ったときに色が変わるように設定しておく。SR06だと、スタイルシートに〃.leaf(orange == green)〃って定義して、そのあとに発現するスタイルを書いとけばいい」

私はテーブルクロスに、二十センチほど離した二つの小さな十字をオレンジとグリーンで描いた。

「これがメッセージタワー。実際の農場には何千本と建ってるけど、一番簡単な二本の組み合わせで説明するよ。このタワーから、メッセージ物質が散布される」

黒川さんが頷いたのを確認して、それぞれの十字を中心に、半径五センチの円を、先に描いた十字と同じようにオレンジとグリーンで描いた。

「林田さん、このメッセージ物質って、何が使われるのですか？」

「ほとんどヘキセノール属だね。他にもいろいろあるけど、自然植物が分泌するものと同じ成分を使うのが一般的かな」

「それも、完全有機農法（フル・オーガニック）のためですか？」

「理由は知らないけど、自然植物が分泌する成分を使ってれば、天然嗜好者（ナチュラディクト）も突っ込んでこないから、じゃないかな」

「その、メッセージ物質に……光学異性体（こうがくいせいたい）を使うことは、あるんですか？」

意外な、古くさい専門用語が黒川さんの口から飛び出した。分子式は同じだが、鏡に映したように立体構造が反転した分子構造のことだ。糖やタンパク質のような巨大な分子が光学異性体や配座異性体になるとやっかいな問題を引き起こす。

「今は単に異性体、って言うことの方が多いけど、いきなりどうしたの？　そういえば、L&Bの蒸留作物は伝統的に使ってないね。第五世代になってから他のメーカーも使わなくなったかな」

「ありがとうございます」

「説明、続けるよ」

オレンジ色の円を指で押さえると、サイズや位置を変更するためのハンドルが浮かび上がった。〈ワークスペース〉の製図アプリケーションと同じ使いかただ。サイズ変更のハンドルをさらに指で押さえ、変形アニメーションを設定すると、円が大きく広がっていく。

「タワーから散布したメッセージ物質のエアロゾルは、輪を拡げるように農場に広がっていくんだ」

手描きの線が揺れながら広がる様子は、タワーから広がるメッセージ物質の雰囲気をよく表している。

「両方のタワーから同時に散布すると――」広がる円をタップしてアニメーションを停め、属性をコピーして、グリーンの円にペースト、再度アニメーションを再生する。「オレンジとグリーンの二つの円が広がって、重なっていくよね」

真剣な眼差しを向けながら、黒川さんは手の中でもてあそんでいた赤鉛筆を耳に挟み込んだ。借り物の拡張現実ウィジェットで、そんな動作をよくやれるものだ。

「これで、直線が描かれる」

「林田さん、ちょっと待ってください。どこに線が描かれるのですか？」

「タワーとタワーの中央だよ。ゆっくり再生しながら、円がふれあう場所に点を打ってみよう」

　コントローラーを操作して、円が広がるアニメーションをゆっくりと再生する。二つの円が徐々に広がり、ちょうど半径が十センチになったところで触れ合った。

「タワーのちょうど中間でメッセージ物質の輪が接するでしょ。ここに植えた作物は二つのメッセージ物質を同じタイミングで受け取る。そうなると発色遺伝子が有効化（アクティベート）される」

　私は赤いマーカーでバツ印をつけた。黒川さんは、唇を漏斗のように突き出して頷いている。いつの間にか、赤鉛筆は突き出した唇と鼻の間に挟まれていた。

　アニメーションをさらに先に進めると、円が重なり始める。

「二つのタワーからメッセージ物質を同時に散布しているときは、両方のタワーから同じ距離にある作物の発色遺伝子が有効になるんだ。つまりタワー同士の中心を直交する線の上にある作物に、色がついていく」

　四回、同じことを繰り返した。円の交わる位置に描いた八つと円が接したときのものを合わせて、九つ描かれたバツ印が直線に並んでいる。

「メッセージ物質を散布する時間を増やせば、線の太さも変わる。ポン、と短時間だけ散布したら細い線、ツーっと何秒間か出せば太い直線が描けるよ。この模式図でいうと円周が太くなった状態だね」

「なるほど、作物側のコードというよりも、環境の制御なのですね。しかし……」

黒川さんが赤鉛筆を手の中でくるり、くるり、と回しながら首を傾げた。気持ちはわかる。私も、初めてこの説明を聞いたとき、シンプルな直線と現実に農場に描かれている複雑な図形の差に愕然としたものだ。

「もうちょっと我慢して。片方のメッセージ物質を散布するタイミングを遅らせると曲線も描けるんだ」

グリーンの円が広がるモーションの開始を少し遅らせて、アニメーションを再生した。オレンジの円が先に広がり、赤いバツ印でプロットされた線よりもグリーンのタワーに近い場所で二つの円は接触する。青色のマーカーで、同じように円の交点にバツ印をつけていくと、曲線がプロットされた。

身を乗り出した黒川さんが色鉛筆でプロットに参加した。無造作にバツをつけていくように見えたのだが、正確に交点を狙って鉛筆を揮っている。どうやら、完全に制御できるようになったらしい。

「なるほど、二つのタワーだけでも、タイミングを変えるだけで太さの異なる直線と放物線が描けるわけですね」

「そう、オレンジを増やして正三角形に配置して同時に散布すると直角になるし、タイミングを変えれば強く曲がる曲線になる」

タワーと円の模式図を適当に増やしてアニメーションを再生すると、テーブルの上に、オレンジとグリーンの円が広がり、波紋が重なり合ったような、複雑な模様が描かれる。

波紋の交点をプロットする手を止めずに、黒川さんは疑問を投げかけた。

「なるほど、理屈はわかりました。しかし、これで狙ったロゴができ上がるものなのですか？　農場のメッセージタワーは確か動かせないし、地形も複雑です。やはりロゴや文字のような複雑な図形はうまく描けない気がするのですが……」

「私の場合は、農場にある数本のメッセージタワーで図形の芯を先に描くんだけど――これは実際に見てもらった方がいいかな」

〈ワークスペース〉を開いて〈マザー・メコン〉プロジェクトの準備書類の中からスケッチを取り出すと〈ズッカ〉の拡張現実ステージは、図面を時代がかったブループリントとして描き出した。五十本ほどのメッセージタワーと「L&B」という文字の芯が、細い線で描かれている。図形の大きさと塗りのトポロジーだけが一致しているので、ロゴにはほど遠いが、ここまでは人間が手で指定しなければならない。〝L&B〟なら穴のない領域が一つ、穴を二つ含むものが二つだ。

「こんな感じのスケッチをまず設計して、ここにあるタワーからどんなタイミングで散布すると正しいロゴができあがるか、コンピューターに探索させるんだ」

黒川さんはプロットする手を止めて、赤鉛筆で宙に計算式を書いた。桁が爆発的に増えていく指数関数を書いている。

「林田さん、その図面に描かれている五十本のタワーから、それぞれ四回散布を行うとすると、組み合わせは、ざっと何十億かあるように見受けられます。散布のタイミングが四回なんてことはないでしょうから数十兆……いや、もっとありますね。そんな組み合わせから探す、ということですか？」

「そういうこと。ランダムなメッセージパターンを遺伝子（ジーン）に見立てて、コンピューターの中で競わせるんだ。ロゴを、より忠実に再現したスコアの高いジーンに、ランダムな騒乱を加えてまた競わせる。遺伝的アルゴリズムだね」

「要するに、ある日突然、ロゴを正確に描くようにパターンが『進化』するのを期待するということですか？」

「もちろん偶然じゃないよ。五十本のタワーでもメッセージ物質の散布パターンは無限と言っていいほどの探索空間になる。そこで適切な淘汰圧をかけて正解に導くんだ。この方法がジーン・マッパーごとに違うんだ」

「なるほど。探索が時間内に収まるようにコントロールしているわけなんですね。了解しました」

黒川さんは色鉛筆を机の上に置いて頷いた。

「では、次の質問です。マザー・メコン案件でフルカラーのロゴが描けなかったのはなぜなのですか？」

「マザー・メコンでは有機表土をやるためにタワーをたくさんは設置できなかったんだ。農場全体で二千本しかなくて、ロゴが二つに五冠の認証マークでしょ。フルカラーにすると複雑すぎてL&Bのコンピューターを総動員しても正解にたどり着かないんじゃないかな。それに、ロゴが複雑になるとバタフライ騒乱にも弱いし」

「なるほど、了解しました。説明がお上手で助かります」

「黒川さんの理解も早いよ。驚いた。私は一学期かかったんだけどね」

「予習につきあってくれてありがとうございました。それでは、林田さんからご依頼いただいた件に入ります」

　黒川さんがブリーフケースから封筒を取り出して机の上に置くのと同時に、喉と耳の後ろで拡張現実フィードバックが作動する軽い抵抗を感じ、フィルムのような粒子が周囲の風景に紗をかけた。プライベート・モードだ。〈ズッカ〉の演出は美しい。フィルム時代の映画の中で、私と黒川さんだけが浮き上がっているかのようだ。

　周囲のざわめきも遠ざかり、無意味な音の羅列に変わる。カフェのような公共の空間でプライベート・モードに入ると普通は無音になるのだが、日本語の会話に聞かせているのが〈ズッカ〉のこだわりだ。周囲の客も、ランダムに生成された〈アバター〉で置き換えられているはずだ。よくある灰色の棒人間では〈ズッカ〉の矜持が許さないのだろう。

「林田さん、マザー・メコンから取り寄せた生育記録と〈ランドビュー〉が撮影した衛星写真による記録です。DNAの再取得も依頼しておきました。テップ主任は不本意そうでしたが、成長したSR06のものと合わせて複数のサンプルを用意するとのことです」

「ありがとうございます」

黒川さんが差し出した封筒に手を触れると、標準の紙ばさみ（フォルダー）に変わり、セキュリティ・スキャンが終わったことを知らせるスタンプが刻印された。

「生育記録は、昨日、作物化けの報告があったときに受け取っていたものです。お渡ししておくべきでした。申し訳ありません。お伝えするような内容ではないと判断して、手元に止（とど）めてしまいました」

生育記録には黒川さんの言う通り、見るべきものはなかった。L&Bのリファレンス・スケジュールに則って行われている。〈汚染稲〉が初めて発見されたのは十日前とのことだが、それまでは、全ての株で発色チャート通りにロゴが描かれていたようだ。

「メコンのミスを期待してたんだけどね。意外と、ちゃんとしてるじゃない。レポートも綺麗にまとまってるし」

「今回の件で窓口に立っていただいているテップ主任はお若いのですが、シンガポールの南海工科大学で環境農法に関するラボを持っていらっしゃった優秀な方ですよ。マザー・メコンの五冠プロジェクトも、彼女の貢献の賜物です」

――そんな優秀なスタッフが二〇〇GBものデータを「DNA」として送ってきたのか。一体、何が起こっているんだ。

「……テップさん、女性だったんですか」

「〈マザー・メコン〉の件では、林田さんにはスタイルシートだけお願いしていたので、接点がなかったのですね」

「そうだよ。夜中、光るコードだよ」

〈ランドビュー〉が夜間に撮影した衛星写真を黒川さんに示した。淡く輝く水田に真っ黒なロゴが描かれている。

「バーナード以外は皆、嫌がっていますけどね」

黒川さんが苦笑する。

「ごめん、脱線した。せっかく貰った資料だけど、これじゃ化けた原因はわからないな。やっぱり〈汚染稲〉の正体がわからないと手も足も出ない気がするよ」

「〈汚染稲〉とはまたいいネーミングですね。正体がわかるまでそれでいきましょう。今すぐに結論が出ることは誰も期待していませんよ。それより――」

黒川さんは封筒を脇に寄せ、両手を組んで私の目をまっすぐに覗き込んだ。

「林田さん、おそらく明日の会議で〈マザー・メコン〉問題の対策チームが組織されますが、リサーチ・チームとして、一ヵ月ほどスケジュールを押さえてしまって構いませんか？　ギャラは現時点で通常の倍をコミットします。お願いしていた杭州と稚内のSR06案件は後回しで構いません」

「一ヵ月？　それで終わる見込みがあるの？」

「今季のSR06の収穫まで一ヵ月しか残されていないのです。それまでに原因を突き止めて再発を防止できなければ、〈マザー・メコン〉の五冠プロジェクトは失敗に終わります。SR06も不名誉な製品終了（ディスコン）になりますが、L&Bだって安泰ではいられません。〈マザー・メコン〉をモデルケースにベトナム、ラオス、ミャンマーに売り込んだ案件は、既に農場の工事が始まっているんです。これが全部飛んだら……」

「バーナードも安泰ではない、と」

「のんきなことをおっしゃっている場合ではありません。〈マザー・メコン〉のプロジェクトに林田さんのお名前がクレジットされていることをお忘れですか？」

不意に、強いめまいを感じた。プライベート・モードで黒川さんと対話している〈アバター〉は、深刻さを受け止めつつも動揺を表に見せることはない。だが、忘れていた深刻な事実を指摘された私は、現実の身体を震わせてしまった。

「――業界から干されちゃう、かな」

「そうならないように、手を尽くしましょう。私も無関係ではいられません」

「わかった。それで相談なんだけど、インターネットからデータをサルベージしたいんだ。

誰か、お勧めがいたりするかな？」

私は〈汚染稲〉がイネ赤錆病に耐性を持たない旧来型（レガシー）の作物であることを黒川さんに説明した。そして、その正体を探って対策を考えるためにはインターネットに埋蔵されているデータからサルベージして比較することが必要なのだ。

「サルベージャーですか。残念ながら存じません。アングラなオファーを掲載できるコ・ワーキングネットで聞いてみるしかないでしょうね。インターネット時代から残っているのは、フリーランサーズでしょうか。林田さんから直接依頼していただいて構いません。調査の内容はいずれは公開情報になるので、OpenNDAで、期間を区切るだけで結構です」

フィルムの粒子をまとった薄い影がテーブルに差し込み、不明瞭な音が聞こえてきた。

水差しを持った女性キャストが、私の右肩あたりを覗き込んでいる。黒川さんとのプライベート・モードに入っている私の代わりに、公開（パブリック）ビューでカフェの客を演じている代理（エイ）の〈アバター〉に「水のお代わりでもいかがですか？」と話しかけたのだろう。私のエイリアス（リ）（ア）（ス）が、俳優さながらに優雅な身振りで断った影が、テーブルに落ちた。

「では、私はこの辺で失礼いたします。そろそろ寝ておかないと、明日の会議に障りかねませんからね」

「おやすみなさい。よく休んでくださいね」

黒川さんは、立ち上がり、一礼して姿を消した。プライベート・モードに入ったまま、直接ログアウトしたようだ。同時にフィルムの粒子は晴れ、周囲のざわめきが穏やかにフェード・インしてくる。

黒川さんのエイリアスだけが、まだチェアに腰掛けていた。高品質な拡張現実を売りにする〈ズッカ〉としては、人がいきなり消えてしまうような不自然な描画（アーティファクト）は許せないということなのだろう。

ケーキでも、と手をあげたところで、黒川さんのエイリアスは無言で立ち上がり、甲州街道に去っていった。打ち合わせも終わったので用はないが、サルベージャーを募集する文面ぐらい、ここで書き上げてから帰ることにしよう。

一ヵ月は短い。

メコンのテップ主任はDNAの再採取を慎重に行うだろう。急いだとしても、何日かはかかるはずだ。それで一週間が消えてしまう。優秀だという彼女が本気で送ってきたデータならば、それを使ってできることは先にやっておく方がよさそうだ。

まずは、サルベージャーを探すところからだ。

3　Internet Diver

拡張現実会議の呼び出し音が、午後の光が満ちたカンファレンス・ルームに響いた。次の応募者は、期待の〝キタムラ〟だ。

昨夜フリーランサーズに投稿したサルベージの依頼には、数十人の応募者があった。実績と得意分野を確認して絞り込んだ五人は、普段ジーン・マッピングで仕事をやり取りする相手と違って全員が仮名（ハンドルネーム）だった。仕事ができるならハンドルネームでも構わないのだが午前中に面接した〝Bulls Eye（必中）〟と〝JackPot 7（7番大当たり）〟は、外れだった。

ハッカー気取りの自慢話を聞くのは、もう十分だ。

どうして奴らは、道具（ツール）が使えることばかり自慢するのだろう。人類を閉め出した（ロックアウト）インターネットは今もトゥルーネットから隔離されている。だが、アクセスするのに超人的な技能が必要というわけでもない。インターネットの残り具合は国や都市によって違うというが、東京では〈匿名主義者（アノニマス）〉が敷設している〈メッシュネット〉の無線ノードを使って、放置されているインターネット時代のサーバーへ接続できる。

〝Bulls Eye〟は自慢げに言ったものだ。

『俺に任せとけば大丈夫。検索キーワードさえ貰えれば、なんだって浚ってやるからさ。で、なんだっけ？　ああ、DNA。なら、絶対見つかる。絶対だ。型番とか、そういうユニークなID教えてよ。キャッシュが残ってれば、一週間もあれば、見つけてくるぜ』

死にかけの検索サーバーへキーワードを入力して、二十年残されているキャッシュを浚ってくるだけの仕事なら、わざわざ頼みはしない。

そうでないから、専門家に頼むのだ。

遺伝子工学にも詳しいという〝キタムラ〟の売り込みをどこまで信用していいかわからないが、午前中に会った二人よりはマシなはずだ。

「どうぞ、キタムラさん。このカンファレンス・コールは録画されていますが……」

テーブルの向こうに、一頭の犬が現れた。

首輪の代わりに赤いバンダナを巻いた茶色の大型犬──ゴールデン・リトリバーという犬種だったか──は、両前脚をテーブルに置き、笑ったような顔で、招かれたカンファレンス・ルームを見渡していた。

犬はキタムラの秘書エージェントなのだろうが、それなりに張り込んだカンファレンス・ルームが安っぽいコンピューター・グラフィックに見えてしまうほどの存在感に驚かされた。黒川さんのような実写ではないかと疑ったが、光を透かす金色の長い毛は、カンファレンス・ルームに吹く風に揺れている。拡張現実ステージの物理法則に反応する毛は、間違いなく〈アバター〉のものだ。〈カフェ・ズッカ〉のような商用の拡張現実ステージならばともかく、私の用意する環境でここまでの要素数が描けるとは思わなかった。

しかし、ここまでの〈アバター〉を秘書として先乗りさせていると、本人が登場したときの処理落ちが気になってしまう。

犬は、テーブルの上で点滅している拡張現実会議の録画ボタンに目を落とし、前脚でタップした。

「はじめまして、林田さん」

頭を上げた犬が、口を開いて人語を発した。

「私がキタムラだ。録画には同意するよ。こんな格好で失礼にあたらないといいんだが、気にしないでいただけると嬉しいな」

もともと口角が上がった造形の犬の顔が、さらに笑いかけたように感じられた。この犬が、キタムラ本人の〈アバター〉ということか。〈匿名主義者(アノニマス)〉の中でも、トゥルーネットへの接続を拒否して生きる顔なし(No ID)と呼ばれる原理主義者は、動物やキャラクターなどの〈アバター〉を使うことがあると聞いた憶えはある。

この分では、期待していた〝キタムラ〟も外れ(いい)だったようだ。道具(ツール)自慢どころか、面接にこけ脅しを持ち込む奴に、まともな仕事ができるはずがない。

私の〈アバター〉は犬が喋った驚きと失望のため息を隠し、話を促すように犬に手を差し伸べた。こういうときは感情補正が邪魔に感じられる。難しいものだ。

「犬と、話すのは初めてだね」

手元の〈ワークスペース〉に表示させている通話ステータスに、キタムラの情報が入ってこない。どこから会議に参加しているのか、経由している通信プロバイダーはどこなのか、国籍も空白だ。午前中に面接した〝JackPot 7〟は複数のプロバイダーを経由して身元を隠そうとしていたが、発信地などの情報は隠しようがない。

手元の通信ステータスには、仮名の〝キタムラ〟のみが表示され、時間だけがカウントアップされていく。拡張現実ステージの計算量も、計算コストがほとんど必要ない実写（リアルビュー）の黒川さんの時と同じだ。見たこともないほど高精細な犬の〈アバター〉を処理しているために、〈ワークスペース〉が処理落ちしているのだろうか。いつも表示されている情報が見えないのは、不気味だ。

「こちらの都合で居心地の悪い思いをさせてしまって、悪いね。林田さんは、サルベージャーを雇うのも初めてかな？」

キタムラの声は、それが本物だとすれば五十代あたりの、ネイティブの日本人のものだ。犬の〈アバター〉を被っているという気負いも感じられない。

「ええ、初めてですよ。そんな機会がなかったんで」

「じゃあ、初体験か。失われたインターネットの世界へようこそ。トゥルーネットもいいが、三十年もの営みから目を背けるのはもったいない」

「キタムラさん、まだ、あなたに決めたわけじゃない。募集でも書いたけど、旧来型作物の情報が欲しいんだ。話を聞いて、やれそうかどうか判断してよ。こっちは、キタムラさんの様子を見て判断するけど……いいのかな？　犬のままで」

「不利なのはわかってるが、ちょっとした事情があってね。このままでいい。ちょうど前の仕事が終わったところだったんだが、最近雇ったアシスタントが、面白い案件があるって教えてくれたんだ。DNAのサルベージは久しぶりだが、作物だって？」

私は、蒸留作物の農場に正体のわからない植物が生えてきたことと、その植物から採取したことになっている巨大なDNAの交雑データから、完全なイネ属の作物が出てきたことを簡単に伝えた。仮に、口が滑っても〈アバター〉の非開示フィルターが止めてくれるが、案件が特定されないように、マザー・メコンやL&B、そしてSR06などの製品名は慎重に伏せておく。

「――これが〈汚染稲〉。こいつの情報が欲しいんだ。イネ赤錆病に罹患する旧来型なイネの情報は、ほとんどがインターネットにしかない。〈汚染稲〉のDNAと一致する作物を特定して、品種と、どこの農場で栽培されていたのかぐらいは知りたい。もしできれば、効率よく駆除する方法なんかが見つかればいいけど、どうかな。無理？」

キタムラの〈アバター〉は話を聞きながら、テーブルについた前脚をリズミカルに動かしていた。はためく尻尾がチェアの背もたれを叩く音が聞こえてくる。顔色は窺えないが、私の大雑把な説明に気を悪くした様子もないようだ。

「イネ、か――」

ひとしきり話を聞いた犬（キタムラ）は鼻面を上に向け、口をすぼめた――ように見えた。前脚はテーブルの上で揃えられ、哲学者のような雰囲気を漂わせている。本人は拡張現実の向こう側で、手を組んでいるのだろう。

「厄介だな。ムギならゲノム解読の論文とリファレンスがケンブリッジ大で公開されてるし、インターネットの封鎖を跨（また）いだ時期に赤錆病みたいなクライシスがなかったから、トゥルーネットでも農家が栽培してた品種のDNAが公開されてる。そいつらとターゲットの遺伝的距離を計れば絞り込むのも楽だ。大豆（ソイ）みたいにたくさんの遺伝子組み換え作物（GMO）がある種ならメーカーのサイトから探せば、特許や論文に組み換えを行った場所と配列が指定されているから、ソイゲノムの標準モデルと比較すればいい。どっちも、インターネットに潜る必要はないね」

いい加減な返答を予想していたが、犬（キタムラ）の口から出てきたのは、専門職並みの知識に裏打ちされた返答だった。

様々な業種のエンジニアと交流している黒川さんや、実際に蒸留作物を扱っている私などよりも当時の事情には詳しいかもしれない。それに、データを探し当てるのに必要な、言葉の使い方が正確だ。遺伝子工学の進歩に従い、示す範囲が変わっている「遺伝子組み換え（GMO）」を当時の用語として使える彼の能力は、今回のサルベージに必須のものだ。

「イネゲノムは」犬（キタムラ）の前脚が、リズミカルにテーブルを叩いた。〈アバター〉の向こう側でキーボードを使っているのだろう。「のうすいしょうが旗揚げしたプロジェクトで、二〇〇四年に解読されているのか」

犬の胸元に【のうすいしょう（農水省）：環境生産省の旧組織、農林水産省の略】と浮かぶ。省庁の旧名を自然に操ってみせるあたり、ただ知識があるだけのサルベージャーではなさそうだ。キタムラこそが〝Jackpot（大当たり）〟なのかもしれない。

「しかし、今回の件では役に立ちそうもないな。対象になる品種が多すぎる。ただDNAをサルベージするだけなら、一日あたり数十種は拾えそうだが――」

「ちょっと待ってください。イネだけ、それもジャポニカだけでいいんですよ」

「その若さでは、知らなくても無理ないな」

犬（キタムラ）が小さく首を傾げ、長い睫毛（まつげ）をはためかせた。私の無知に笑顔を浮かべたのだろうが、不思議と、不快には感じられない。

「作物のイネは、農業試験場や農業協同組合といった公的な機関に登録された品種だけでも数千はあるんだ」

「数千、そんなにあったんですか。でも、逆に好都合じゃないですか。アレルゲンや有害な異性体のチェックに、DNAも採取されていますよね」

犬(キタムラ)が首を振り、バンダナにつけられたビーズが揺れる。

「二十年前の話だよ、林田さん。登録品種の成分は慎重に検査されていたけど、農家で勝手に交雑されたり、変異したものはそのまま流通させていたんだ。それに、DNAから予測される成分を全て抜き出して分析する、ポテンシャル・アナライズが義務づけられたのは蒸留作物が登場してからだ」

「じゃぁ、突然変異したかどうかも見ていない、ってことですか」

「抜き取りで成分検査はやっていただろうけどね。とにかく、林田さんが扱っているようなdesign(デザイン)——おっと、まだ日本語では『蒸留作物』だったか——検算(チェック・デジット)部で突然変異した株を殺したり、収穫部位の成分をフルスクラッチで設計するような作物とは全く違うんだよ」

キタムラはGMO時代の遺伝子工学だけではなく、最新の技術までカバーしていた。言いかけたのは最新の業界用語である〝designed crop(設計作物)〟だろう。自然植物の骨組みを利用して作る蒸留作物と、フルスクラッチで設計された第五世代作物の違いがわかっていなければ、彼が披露した言い換えはできない。サルベージの手腕はわからないが、遺伝子工学や作物について、こちらから教える必要はなさそうだ。

「今、面白いものをインターネットから拾ってきたよ。見るかい？」

犬（キタムラ）が、両脚で一束の紙をこちらに押し出した。最近はほとんど見ることのない、ページの下部に数字が配置された、印刷を前提とした電子書類「ＰＤＦ」のファイルだ。

「二〇一二年時点の、日本国政府が出した農作物試験項目だ。当時、農水省のホームページに掲載されていたのをサルベージしてきた」

「今？　キタムラさんは、今って、言いましたか？」

突然現れた過去の書類に驚き、言葉が乱れた。最低限の意味が通るように〈アバター〉が補完してくれたが、私の動揺はキタムラに伝わってしまっただろう。

「ああ、今拾ってきた。同じ書類は、今の政府のサイトにもあるけどね」

フリックして、ページ数が記された紙の束をめくる。紙に印刷した公文書をスキャンしたもののようだ。

「二〇二二年から〝go.jp〟にある書類には、改竄防止のために量子署名が施されてる。その書類に署名がないのは、わかるよね」

「署名は、確かに見えませんね」

もしもキタムラが署名を壊していれば、セキュリティ・スキャナが警告を出すはずだから、これが現在の政府が作ったものでないことは確かだ。しかし、この古めかしいＰＤＦが今この場で捏造されたものでないと言えるだろうか。

「いいね、林田さん。疑うのは大事なことだ」

キタムラは、〈アバター〉のビヘイビアが隠しきれなかった私の不信を見抜いたようだ。

「だが、それは本物だ。ダウンロードしてきたサイトも紹介しておこう——ああ、心配しないでくれ。もちろん、無料だよ。サービスだ」

犬（キタムラ）は、前脚で新たなファイルを押し出した。〝WebArchiver Pro〟と記されたバナーの下に表示されたタイムラインは二〇一二年を指している。インターネット時代のサービスだろうか。所々で画像が抜け、粗いドットで描かれたＷｅｂサイトの画面は本物にしか見えない。

会議の時間だけで、これだけのコンテンツを捏造するのは無理だ。キタムラは、たった今、このサイトからデータを取得してきたのだ。

「簡単なサルベージを見てもらったけど、どうかな？ 犬を信用するわけにもいかんだろうが、腕前はわかってもらえたと思う」

「驚きました。依頼前にインターネットからのサルベージがどんなものか調べましたし、何人か面接もしてるんですが、今、キタムラさんがやってみせたようなことをするのに一週間かかると……それを話しながらやってしまったということですよね。凄い、凄いことですよ」

「こんなことで凄いって言われても困るな……公開されていた書類なら簡単なんだよ」

犬(キタムラ)は前脚をあげ、目の前で動かした。中華街で見かける猫の人形のようなポーズだ。照れて頭を搔こうとしたのだろうが、犬の関節では頭の後ろに前脚は回らない。

「もし〈汚染稲〉のＤＮＡがＷｅｂに公開されてなきゃ探すのは一苦労だろうし、林田さんの方は、それで終わりじゃなさそうだしな」

「その通りです。〈汚染稲〉の同定は調査の第一歩です。それが発生した原因や、再発防止まで検討しなければならないので、すぐにでも始めてもらいたいぐらいです」

サルベージは、キタムラに頼むことにしよう。フリーランサーズ以外で探したとしても、これ以上の人材を見つけられる気がしない。

「今から始めたとして、どれぐらいかかると見積もっていますか？」

「正直なところ、わからん。イネ赤錆病があった二〇一六年の時点でＷｅｂに公開されてたＤＮＡとの比較だけなら二、三日で終わるはずだが、そこで見つからなければもっと深いところに潜る必要があるからな」

「深いところ？」

「ああ、深いところだ。それより、こっちから条件を出すのは気が引けるんだが、ちょっとしたお願いがあるんだ」

犬(キタムラ)は、前脚をテーブルに揃え、頭を突き出した。Ｗｅｂで探せないような「深い」場所というのも気になるが、条件の方が気になる。これだけのテクニシャンだ、実費はＬ＆

Bが出すことになるが、あまりに高額な報酬を吹っかけられると、頼むこともできなくなってしまう。

「サルベージのやりとり、顔を合わせてやれないかな」

「顔を……物理的に？」

意外な申し出だった。何年も一緒に仕事をしている黒川さんと私でも、物理的に顔を合わせたことはない。友人はともかく、仕事に関しては、拡張現実会議で済まないことはほとんどなくなってきている。

「そう、こっちに来てほしい。トゥルーネットで特定の相手と通信し続けるのがちょっと、問題あってな――戸惑うのはわかるよ、滅多にないことだろうからな」

「二〇〇GBもある〈汚染稲〉のデータをやりとりするのも面倒なので、私はありがたいんですが――」

「二〇〇GB？」

「ええ。理由はわからないのですが、そんなデータが送られてきました。複数の生物のDNAが一緒くたになっているようなんです」

犬（キタムラ）は鳶色の瞳を見開いた。容量の非常識さに驚いたのだろう。

「〈汚染稲〉のDNA取得はもう一度依頼してますが、時間ももったいないし、手渡しできるならその方がありがたいですね。ただ、私だけでは決められないので、エージェントと相談させてもらって構わないですか?」

「もちろん、構わない。来てくれたらアドバイスもしてやるよ。私の知識は調査全般の役に立つはずだ。費用は格安でいいぞ。こっちが迷惑をかけるんだからな」

魅力的な提案だった。キタムラの広範な知識があれば〈汚染稲〉の正体に迫るまでの時間を短縮できるかもしれない。

キタムラの素性は気になるところだ。トゥルーネットに不満な声を上げる〈匿名主義者(アノニマス)〉なら問題ではないが、原理主義者の「顔なし(ノーID)」となると、L&Bとの契約で継続取引が制限されている「反社会的団体」にあたる。

「アドバイザーは、ありがたい話です。ただ、私がクライアントと結んでいる契約では、特定の思想を持つ団体や個人と、その……」

「安心してくれていいよ、私は顔なし(ノーID)でも〈匿名主義者(アノニマス)〉でもない。ホーチミンに来てくれればわかる」

「ホーチミン?」

「ベトナムだ。おっと位置情報を公開してなかったか」

犬(キタムラ)が目を伏せ、「すまん」とばかりに右脚をあげた。動物のアバターに隠されて本人の表情はわからないが、魅力的な人物が透けて見えるようだ。

是非、会ってみたいものだ。サルベージャーとしてのキタムラが驚くほど優秀なことはわかっている。アドバイザーとして動けなくても構わない。そのときはインターネットから拾い上げたデータだけもらって一週間で戻ってくればいい。

それに、ホーチミンは楽しそうだ。拡張現実会議でほとんどの用が済んでしまうものだから、外国に身を運んで仕事をするような機会はほとんどない。

〈ワークスペース〉のステータスにベトナム・ホーチミン市が追加された。

「……発信地って、任意の項目でしたっけ？」

「おや、この会議システムでは必須だったか。次から書いておくよ」

通話ステータス欄が空っぽのままだったのは、キタムラが隠していたからなのだ。

彼の言葉を聞いて実際にステータスが現れたのを見ても、今起こったことが信じられない。キタムラは書いておくと言った。通話ステータスを自分の意思で書き直せるということだ。専門家と肩を並べるほどの遺伝子工学の知識やサルベージの腕前に加えてコンピューター・ネットワークに関する技能が桁外れに高いということだ。陳腐だが「ハッカー」という単語が頭をよぎった。

犬の毛並みが二重にぶれ、描画が乱れた。

不自然な描画（アーティファクト）だ。右脚の動きが不自然に巻き戻り、テーブルに戻る。

その直後に、意図しない私の声が聞こえ——〈アバター〉が喋っていた。

「エージェントと二人になると思います」

「何人で来る？」

犬の声が遅れて聞こえてきた。これに「エージェントと二人になると思います」と……いや、必要ない、既に私の〈アバター〉が回答している。

「ありがとうございます」

続けて私の〈アバター〉が礼を言った。

犬のアーティファクトは続いている。頭を振った犬の毛がわき上がるように動き、突然元の状態に戻る。犬の視線も私の顔に向かっているかと思えば、突然何もない空間へ投げられていたりする。何が起こっているんだ。

「見積もりと提案書は、すぐに送るよ」

私は「ありがとうございます」と答えようとしたが、既に〈アバター〉が答えていたことに気づいた。会話の順序が逆転している。

キタムラが提案書を送ると言い、私が礼を言う。ホテルの人数を問われて私が返答する。その順番でなければおかしい。

「こっちは急がないが、林田さんは急ぐんだろう？　受け入れの準備は進めておくよ。明日からでも大丈夫だ——」

右脚を戻しかけた犬が、何かを確認するかのように、左右へ頭を振った。

「——しまったな、やっぱりズレたか」

「〈アバター〉が、勝手に……キタムラさん、なにが起こったんですか？」

犬の〈アバター〉に現れていたアーティファクトは消え、私の発言もいつも通りに〈アバター〉から発話された。

「検閲スパイダー（センサーシップ）が増えてきたんで、会議の経路を台湾に繋ぎ替えたんだ。いきなり通信遅延（レイテンシー）が小さくなったんで、林田さんの遅延感覚（ディレイ・センサー）は混乱したみたいだな」

私には彼が何を説明しようとしているのかわからなかった。通信の経路を繋ぎ替えた？そんなことができるのだろうか。

「大丈夫か？　めまいとか頭痛とか、出てないか？」

「痛みは、ありません」

「なら心配しなくていい。切り替える前は通信が一秒ほど遅延してたんで、林田さんの〈アバター〉はその遅延に合わせて会話を行っていたんだ。そこに、遅延なしの会話が差し込まれたんで一時的に整合性が崩れただけだ。林田さんは普通に応対していたよ。二人で来るんだよな」

〈アバター〉の遅延感覚（ディレイ・センサー）のことだろう。無意識のうちに一秒遅れて対応することに慣れていたため、実際に聞いていたはずの言葉を意識する順番が混乱してしまった。そういうことだろうか。

〈アバター〉には拡張現実ステージでの会話をリアルタイムに感じさせるための機能があ

るとしか認識していなかったが、もしそういうことならば、体験したことすら異なって記憶してしまうことになる。

　信じがたい話だが、私の身体には、逆の順番で再生された会話の記憶が残っている。

「ええ、エージェントと二人で伺うことになると思います」

〈アバター〉の支援に頼りきるのも、考えものだ。黒川さんが実写（リアルビュー）にこだわるのもこんな理由があるのかもしれない。少しビヘイビアに頼るのを減らして、現実のコミュニケーション・スキルを磨くことにしよう。

「林田さん、たびたびこっちの都合で悪いが、今日の残りと見積もりはテキストのメッセージでやらせてもらえないか？　話が楽しくて、ちょっと長くなりすぎてしまった」

「ええ、構わないですよ。サルベージは間違いなく、キタムラさんにお願いすることになるでしょう。ベトナムに行く方は、できるだけ早く返答します」

　犬（キタムラ）が椅子の上で立ち上がり、床に飛び降りた。

「そうだ、忘れてた」

　犬（キタムラ）が尻尾を振った。

「林田さん。農場から送られてきたとかって言う〈汚染稲〉のDNAだ。二〇〇GBってのは、一つのデータでその容量ってことか？」

「ええ、農場で出たバッタとか正規の作物と混ざっちゃっているようですが」

「バッタ？　試料の採取からDNAの取得まで、どれぐらいかかってる？」

「半日かかってない、ですね」

「なら、それは混ざっていない。一つの生物から取得された、ひと繋がりのDNAだ」

「二〇〇GBもあるんですよ。ヒトの百倍近くものDNAを持つ生物が――」

「居るわけはない、か？　それも、ホーチミンに来たら、一緒に考えようや」

犬（キタムラ）は、片目をつぶって、立ち去った。

＊

カンファレンス・ルームを閉じて〈ワークスペース〉を開くと、既にキタムラからのメッセージが届いていた。フリーランサーズで募集するときに、私が掲載していたサルベージ費用の八千CWD（Common World's Doller）に、アドバイザー費用を二千追加。USD（Doller）で掲載したのに、仮想通貨で見積もりを返してくるのがサルベージャーらしいところだ。

これなら、L&Bも納得するだろう。

意外なことに、見積書を量子署名したキタムラのプロフィールは、正常なものだった。本名「北村　和美」、居住国はベトナム。連絡先も、さきの会議で使っていたアカウントと同じものが記されている。匿名主義者（アノニマス）かどうかはわからないが、少なくとも「顔なし（No ID）」ではないのだろう。ただ、あれだけネットワークを手玉にとる技術を持ったハッカーなので、この署名も、見かけ通りに信頼していいのかどうかはわからない。

　会議の録画を開いて会話が逆転していたパートを再生してみたが、犬(キタムラ)の不自然な描画(アーティファクト)も、会話の逆転も記録されていなかった。身体に残る気持ち悪さが薄れてしまえば、それすら忘れてしまいかねない。

「会議のアーカイブに『〈アバター〉の遅延感覚(ディレイ・センサー)が誤動作した』とコメント」

　記録だけでは足りない。〈アバター〉の機能に頼っているからこんなことが起こるのだ。

「〈アバター〉の振る舞い(ビヘイビア)マネージャーで遅延感覚(ディレイ・センサー)を停止、感情補完レベルを『弱』に下げる」

〔林田さん、補完レベルを『弱』に設定すると、口ごもりや頻繁な瞬きを補正できません。会議の席上であなたの地位を下げる可能性があります〕

「構わない、設定して」

　犬で覆い隠されていたのでよくわからないが、キタムラもそのような補正は入れていないはずだ。黒川さんほどのことをする必要は感じないが、少しでも自分自身を出していく方がいいだろう。

「メッセージ、キタムラから来た見積もりと提案書、会議の録画を纏めて、黒川さんへテキストのメッセージを作成する」

　彼が手伝ってくれるなら〈汚染稲〉の正体がわかるのも時間の問題のように感じられる。

調査を始めたばかりなのに、あれほどの人材に巡り会えたのは幸先がいい。

それに、ネットワーク越しに何でもできてしまうこのご時世に、実際に身体を運ぶビジネストラベル——これは、確かいい日本語があったはずだが——に出るのも楽しみだ。

黒川さんから即座に返ってきた返信メッセージは「キタムラさんへの依頼と出張、了解しました」というタイトルとホーチミンへのチケットだった。キタムラほどの異様さは感じさせないが、彼の反応の早さも常識を超えている。

「ビジネストラベル」は「出張」だったか。厳しくなりそうな案件だが、黒川さんは楽しむことに決めたのかもしれない。

Eチケットの渡航日を確認して目を疑った。

明日だ。

第二部　ホーチミン・シティ

4　Miss Nguyen

タンソンニャット国際空港の古びた新国際線ターミナルから、降りたばかりのボーイングの足下を眺めた。サンフランシスコから成田を経由して飛んできた機体が翼を休める駐機場（エプロン）の地面は、白やオレンジ色のマーキングが描かれている。たった今ペンキを塗ったような鮮やかさが、着陸のアナウンスで起こされた寝ぼけ眼（まなこ）に眩（まばゆ）い。

このエプロンに描かれた鮮やかな記号も、遺伝子工学の賜物だ。

設計（designed）珊瑚が持続性（サステイナブル）セメントで描くマーキングには、掠れどころか、その上を往来する旅客機や自動車のタイヤの跡すら見られない。マザー・メコンでも完全有機土壌（ラブ・アース）の認証マークを入れるために使われている工法だが、セメントの基部に設置された陸棲の珊瑚は、空気中の有害物質やセメントに付着した汚れを喰らい、エプロンの鋪装とマーキングを新鮮な状態に保っている。

不自然なまでに鮮やかな線を見ていると、遺伝子工学に反対する団体のプロパガンダを思い出す。路面が小動物を飲み込んでいる合成写真をバラまいて〝人食い鋪装〟となじりたくなるのも無理はない。

私が蒸留作物で描くロゴと異なり、小さな部分までくっきりと描かれている図形や文字は、一晩あれば描き換えできるという。

設計珊瑚が分泌する石灰質に色をつける技法は農場にロゴを描く方法とそう変わらないはずなのだが、異業種の仕事では具体的な方法が想像できない。実際にリドローしている瞬間に立ち会えば、農場のロゴを描く手法を発展させるヒントが得られるかもしれないのだが、深夜・早朝の空港に行く機会など、そうそうないものだ。

今日は朝の五時に成田空港に到着していたが、ベトナム滞在に必要な日用品を、空港のキオスクで買い込んでいた。

昨日の夕方告げられた出張が、まさか、翌朝六時に搭乗手続きしなければならない日程だなんて、誰が思うだろう。昨日は出張のためのデータ整理と、ジーン・アナリティクスを使うために必要な機材を梱包するだけで終わってしまった。

黒川さんの急ぎたい気持ちもわかるが、準備のために一日ぐらいは余裕が欲しかった。ベトナムで入手できないものを忘れてこなかっただろうか。

成田で預けたスーツケースの中身を思い返しながら入国審査に向かう通路に入ると、大きなトロリーバッグを牽(ひ)くスーツ姿の男性が見えた。見間違えようがない。

「黒川さん」

胸までの高さがあるトロリーバッグを、器用に後ろに回して振り返った彼に向き合った私は、目眩(めまい)のような感覚に襲われた。

艶(つや)やかな丸顔と人形のようなヘアスタイル、黒縁のメガネの向こうからまっすぐに見つめる黒目がちな瞳は、打ち合わせで見慣れていた彼と何ら変わるところはない。トロリーを器用にとり回す手際も、彼らしい。

しかし、現実に会う黒川さんは、私が拡張現実で見ていたものと全く異なる肉体を持っていた。

「林田さん。オフでは、はじめまして」

彼の柔らかな声とまっすぐな視線が、胸よりも低い位置から飛んできたのだ。

小さい。

身長は百四十センチぐらいだろうか。頭や手足の末端が大きいということもなく、成長した男性と変わらないプロポーションのため、品質の低い拡張現実ステージで稀に見る、スケールの狂った不自然な描画(アーティファクト)のようだ。

「ホーチミンではご一緒させていただきます。よろしくお願いいたします」

黒川さんは、両手を身体の脇にまっすぐ沿わせて、美しいお辞儀をしてみせた。古い映画で見かけるサラリーマンの仕草だが、黒川さんのそれは、今時の俳優よりもずっと滑らかだ。仕事で人と会うことも少なくなっているこのご時世に、どうしてこのように滑らかに頭を下げられるのだろう。

「……こちらこそ、よろしく」

つられて自分も頭を下げようとしたがショルダーバッグが肩からずり落ち、あわててストラップを肩に引き上げる。それに、多少頭を下げても黒川さんを見下ろしてしまうので居心地が悪い。

握手でも……と差し出した手の中に、黒川さんが両手で差し出した紙のカードが滑り込んできた。名前と電話番号、そしてネットワーク・アカウントが記されている。裏返すと英語で同じ情報が書かれていた。

「黒川さん、これは？」

「名刺です。ビジネスカードですよ。お納めください」

拡張現実をオンにしていないので意味が掴めなかったが、黒川さんのおかげで思い出した。プロフィールのデータを交換するメディアだ。これも、映画でしか見たことがない。

「なるほど……」

貰った名刺をどこに仕舞ってよいか迷っていると、突然、背後から声をかけられた。

「Hey you guy.（ねえ、あんた）」

広くはない通路で立ち止まった私の背後に〝Fragile（壊れ物）〟シールをベタベタと貼り付けたケースを山のように積んだカートが停まっていた。スキンヘッドの女性が、ケースの向こうから頭を覗かせている。

「Pass me, don't fill the path with your ass.（ケツで通路塞がないでよ）」

通路を塞いでしまっているわけではないが、前も見えないほどの荷物を積んだカートには通りづらいのだろう。壁に寄って場所を譲る。

女性は私たちの脇を通り過ぎるときに、黒川さんに顔を向け、濃い色のサングラスの下で口元を緩めた。

「Sorry, I couldn't see you, kid.（ごめんね、ボクのこと、見えなかったのよ）」

一瞬、彼女が何を言ったのかわからなかったが、通り過ぎながらバカにしたような笑い声を上げたことで気がついた。黒川さんのことを〝kid〟と呼んだのだ。

「You（おい）――」

「林田さん」

黒川さんが両手を挙げて、私の視線を遮る。女性は、黒川さんに止められた私を一瞥し、中指を立ててから、カートを押して去っていった。

「お気遣いはありがたいのですが、こういうのは慣れてます。林田さんが不快な思いをされる必要はありません」

「いや、でも……」

「それに、だいぶ、若く見られましたしね」

黒川さんは口元に笑みを浮かべ、私を止めるときに乱れたニットタイをVゾーンに差し込んだ。タイを直すために伏せた目線が戻るまでの間が、心なしかゆっくりしていたように感じられた。慣れているからといって、傷つかないわけはないだろう。

「……それ」と、ネクタイを締める仕草をしてみせる。「暑くないの？」

「このニットタイとスーツ、夏用なんですよ」

彼は、なめらかな動作で上着のボタンをはずし、身頃を開いて見せた。風通しが良さそうな一重の生地が光を透かす。裏地がないので涼しいと言いたいのだろうが、論点がずれている。

「いや、そうじゃなくて、機内で聞かなかった？　外気温は三十五℃だって」

「ご存知ないんですね。暑いところでは上着があるといいんですよ。林田さんこそ、その格好では汗でご苦労されそうな気がします」

黒川さんは私が着ている綿のTシャツとジーンズに視線を投げた。

＊

荷物受け取りで荷物を待ちながら、私はベトナムの通信会社のカウンターにしがみついている黒川さんを眺めていた。公共（パブリック）の拡張現実ステージを定額利用するために現地アカウントを取得しているのだ。時間を問わず拡張現実で会議を行う彼には確かに必要なのだろう。

爪先立ちで〈ＶＩＥＴ　ＡＲＶ〉のカウンターにとりついた黒川さんは、大きな身振りでオペレーターの女性を相手に手続きを進めている。海外経験も豊富なのかもしれないが、後ろからだと子供がカウンターにしがみついているようにしか見えない。

彼の異様に低い身長は、何が原因なのだろうか。

顔色も悪くはないし、深夜まで会議をしていても翌日フルに働いているところを見ると、体力にも問題はないようだ。「実写」での拡張現実であれだけ細やかな演技をしてみせるあたり、運動機能にも障害はないのだろう。大きな病気でもしたのだろうか——そんなことを面と向かって聞くわけにもいかないが……。

そんなことを考えている間に、紙のレシートを指の間に挟んだ黒川さんが戻ってきた。

「林田さん、お待たせしました。〈ＶＩＥＴ　ＡＲＶ〉のパブリック・ステージが安くて驚きました。計算量と通信量が無制限で一日五ドルですよ。林田さんも現地のステージと契約してはいかがでしょう？　費用はＬ＆Ｂに持たせますよ」

「ローミングで十分だよ」

「お高いでしょう？　確か、一日——」

「上限まで使えば二十ドル。でも、私はキタムラさんのオフィスに詰めっぱなしだよ」

「確かに、そうなるかもしれませんね」

昨日、黒川さんからメッセージで伝えられたところによると、マザー・メコンに依頼していたDNA再採取は既に始まっているという。農場のあちらこちらで〈汚染稲〉とSR06のサンプルを採取しているテップ主任から、明日には送れるだろう、と黒川さんに連絡があったのだ。

キタムラに〈汚染稲〉のDNAを渡してインターネットからサルベージを始めてもらえるのは明日以降になるのだが、サルベージが始まってしまえば、私はその情報を検証するのに忙殺される。キタムラの能力を考えると、一日に数十株以上に目を通さなければならない可能性すらある。外を出歩く余裕はそれほどないはずだ。

しかも、サルベージだけがベトナムに来た理由ではない。まだ、手がかりすらない作物化けの原因を究明し、一ヵ月以内に再発防止策を考えなければならない。キタムラのアドバイスでも進捗しないようなら、サルベージが終わり次第、東京に帰らなければならないのだ。

「今日のところは、キタムラさんとのミーティングでおしまいかな」

「楽しみですね。林田さんとのカンファレンス録画もじっくり見させていただきました。彼は大当たりです。あれだけ広い範囲で知識を持ち合わせている人間は、L&Bにもそうそう居ません」

「犬の〈アバター〉が出てきたときは驚きましたよ――あ、やっと来た」

ようやく私のスーツケースが流れてきた。

＊

キタムラからのメッセージには、空港まで〝Miss Nguyen〟が迎えにいくと書かれていた。女性であることはわかるが、ベトナム語なのだろう。読み方がわからない。

「グェン、ではないでしょうか。漢字の『元』という名前が男女ともに使われる、と聞いたことがあります」

「出迎えは……これ、どう読むのかな？」

黒川さんに続いて、スーツケースを載せたカートを押してクランクのような通路を抜けると、喧噪に包まれた。

「シャチョウ！　コッチダヨ」

「タクシー、ヤスイヨ！」

正面を塞ぐように立てられた腰高の柵には浅黒い顔が並び、私と黒川さんに口々に呼びかけてくる。名前の書かれたボードをかざす出迎えが目につくが、タクシーやホテルの客引きも多い。黒川さんのスーツのせいだろうが、彼らは日本語で呼びかけてくる。

賑やかな呼び込みに驚いて数秒立ちすくんでいただけで、バッグのストラップがあたる肩に湿り気を感じた。天井の低いロビーでエアコンが動いていないはずはないが、吹き抜けのバゲッジ・クレイムと比べると気温が五度は上がったかのようだ。パクチーの香りに混じって、鳥のスープの香りが鼻孔を満たし、空腹を思い出させる。

柵に並ぶ人の顔ぶれは様々だ。マオカラーの半袖シャツに黒いパンツの、澄ました顔つきの男はホテルマンだろう。仰々しい筆記体で〝Gorph Robertson〟と書かれたボードを胸の前に掲げている。ゆっくりと柵の前を歩いて確認したが、居並ぶ人たちが掲げるボードに、私と黒川さんの名前は見当たらなかった。

柵が切れるところまで歩いてロビーの中央を振り返ると、黒川さんを子供呼ばわりしたスキンヘッドの女性が中央の出口に向かうのが見えた。

荷物を大量に積んだカートは、連れ立って歩く麦わら色の髪の男性が押しているが、バゲッジ・クレイムで引き取ったらしい段ボールの箱も追加され、今にも崩れそうだ。

「ジャーナリストなんでしょうか。凄い量ですね」

黒川さんの声を聞きながら、私の目は、カートが通り過ぎていく出口の脇に立つ黒髪の女性に惹き付けられていた。

ロビーを満たす人々が旧交を温めるように抱き合ったり談笑したりしているか、そうでなければ誰かを探すように頭を巡らせている中で、ボードを掲げる彼女は微動だにせず到着ゲートを凝視している。

首元から腰にかけて身体にはりつくようにフィットしたパンツ・ドレスは、ゆったりとした袖口と裾の生地が光を透かし、体型を浮かび上がらせていた。出口の自動ドアが開くたびに吹き込む外気が上衣の前後に垂れた裾を舞わせている。

彼女の長い手足と小さな頭は、周囲のベトナム人女性から際立っていた。右脚に軽く重心をおき、上体を軽く捻ったモデルのような姿勢は、まるで〈アバター〉のビヘイビアのようだ。

「お出迎えは、彼女のようですよ」

黒川さんが、私が見つめていた女性を指差した。彼女が胸元に掲げるボードには、確かに、私たちの名前が日本語で書かれていた。すぐに気づかなかったのは、筆で名前を記したボードが上下逆だったからだ。

「すみません。グェンさん？」

正面のゲートを見つめていた女性は私に目を向けたあと、一瞬の間を置いて顔をほころばせた。

「Sure, I'm Nguyen. Assistant of Kitamura-san.（はい、私がグェンです。キタムラさんのアシスタントです）」

キタムラのオフィスで働いているはずだがボードを逆さに持つぐらいだ。日本語はほとんどわからないようだ。

「Are you Hayashida-san and Kurokawa-san? Right?（林田さんと黒川さん、そうなのね？）Welcome Hồ Chí Minh City!（ホーチミンへようこそ！）」

グェンはボードを掲げたままの肘で細い身体をぎゅっと挟み、首を少し横に傾けて、私と黒川さんに歓待の言葉を投げかけた。聞き取りやすい英語、そしてよく動く表情は気持ちがいい。

「Nice to see you Nguyen, then... your holding board is upside down.（はじめまして、グェンさん。ところで、そのボード、ひっくり返ってるよ）」

「Really? I apology to rotate your name, Hayashida-san and Kurokawa-san.（え、ほんと？林田さん、黒川さん、ごめんなさい。名前をひっくり返しちゃって）I'm not familiar for Japanese.（日本語、詳しくないの）」

ボードに目を落としたグェンは、慌ててボードをくるりと回して見せる。

「Is it OK?（これでいいかしら）I'm so sorry.（ほんとに、ごめんなさい）」

「オケイ、ウィドンウォリバウツ、ネームロレイテッ。ディッキタムラウライィッ？」

黒川さん……。

毎日のように世界中のL&Bや農場、開発者、デザイナーと会議を繰り返しているはずだ。そんなカタカナ英語で仕事になるのか？

「Yes, Kitamura-san wrote this board.（そう、これ、キタムラさんが書いたの）」

なんてことだ。通じたらしい。

同じ日本人の私ですら何を言ったのかわからない部分があるのだが。あれで通じたのだろうか。釈然としないが、会話は成立している。

気持ちのよいリズムで話すグェンからは、一人で立っていたときの冷たい印象が消えていた。彼女がキタムラのオフィスに居るならこのベトナム出張も少しは楽しくなることだろう。

黒川さんが私の太腿を肘でつつく。

「なに？」

「いえ、たいしたことじゃないです」

私を見上げていた黒川さんは顔の前で軽く手を振った。

「We'll go to your hotel by taxi.（これからホテルにタクシーで向かいます）Are those all your baggages?（それでお荷物は全部ですか？）OK, follow…（ついてき）—— dau!（ダウッ）」

グェンは上衣の長い裾を翻し、出口を指そうとしたが、真後ろにあった自動ドアに勢いよく指をぶつけた。

——少し抜けたところもあるのだな。

＊

空港で拾ったタクシーは、サッカースタジアムを越えて市街地に向かう幹線道路に入ったところでひどい渋滞に巻き込まれた。四つある車線を一杯に埋めた電気自動車(EV)は微動だにせず、その隙間を、二人、三人乗りの電動バイクがじりじりと進み、横断歩行者(ジェイウォーカー)が残されたわずかな隙間を埋め尽くす。EVと、バイクと、人の海だ。

フロントウィンドウのワイパーを持ち上げてチラシを挟み込んでいく子供が去ったと思えば、そのチラシを抜き取って布でガラスを拭く真似をして、助手席のグェンにチップをせびる仕草をしてみせる物乞いがやってくる。義手や歩行補助具を使っている人が目につくが、手を振って追い払うグェンも含め、人々の表情が暗くないのが救いだ。

狭い後部座席にゆったりと腰掛けて脚を組んだ黒川さんが話しかけてきた。

「林田さん、羨ましいでしょう。私はタクシーでもビジネスクラスですよ」

冗談なのだろうが、反応に困る。拡張現実ならば〈アバター〉はどう応対するだろう。

黒川さんは笑いながら手のひらで頭を押さえてみせた。

「気にしないでください。これは変えようがありません。拡張現実なら身長も普通に見せることができますので、それほど不便は感じていませんよ」

「……なるほど」

彼が〈アバター〉を使わず実写(リアルビュー)で拡張現実会議に臨む理由もこの小さな身体にあるのだろうか。いや、本来はそんな身体だからこそ〈アバター〉の補完機能が役に立つはずだ。

「出張中は高いところに手を伸ばしていただくようお願いすることがあるかもしれません。そのときはよろしくお願いします。あと――」

黒川さんは、グェンが座る助手席の背を指差してから、眼鏡の蔓(つる)を持ち上げる仕草(ジェスチャー)で拡張現実会議に誘った。

私も瞬きをすばやく二つ、拡張現実を有効(アクティブ)にする。横に座っていた黒川さんが見慣れたサイズに拡大されたため、車内が狭く感じられる。彼は人差し指を唇の前に立て、プライベート・モードへ誘う。

会議を受諾(アクセプト)すると、黒川さんを残して車内が暗くなり、グェンと運転手は灰色の〈アバター〉に置き換えられる。ポータブルの拡張現実ステージでは、この程度の表現が限界だ。喉と耳の裏から、拡張現実フィードバックが作動する微かな刺激が伝わってきた。これでプライベート・モードでの振る舞いと会話が、現実の肉体から外に出ることはない。

黒川さんはタクシーの車窓に貼り付けられた〝カワイイ通訳無料！〟のシールを指差した。

（空港で言いかけたのですが、ご覧の通り、ベトナムでは漢字と日本語が氾濫しています。どうして彼女は、名前の向きを間違えてしまったのでしょう。漢字の向きを間違えるとは

思えないのです）

（ただ間違ったんじゃないの？　筆の文字だし、指ぶつけたのも見たでしょう。彼女、ちょっと抜けたところがありますよ）

（そうでしょうか……まぁ、そうですね。申し訳ありません。忘れてください）

黒川さんは狭い後部座席で器用に頭を下げ、拡張現実ステージを解いた。

ほんの少しのプライベート・カンファレンスではあったが、外が見えなかった間にタクシーが少しでも進んでいないかという期待は裏切られた。この様子では、夕方までここに閉じ込められてしまうのではないだろうか。それは勘弁してほしい。

「How long to drive?（どれぐらいかかるの？）」

「I guess 45 minutes to since now.（ここから、四十五分ぐらいかしら）」

「ノッソロング、ゲッシンバムトゥバンプ。イズイッユジュアル？」

黒川さんは外の車の列を指差して、グェンに尋ねた。カタカナ英語に「Bump to bump（バンパーを接するほど）」なんてこなれた表現が差し込まれるのが面白い。

「Not so usual, it's 2nd of 3 heavy traffic time in a day, and will finish soon.（いつもじゃないのよ。一日三回ある渋滞の、二番目の時間なの。もうすぐ終わるわ）」

しかも、通じてしまうのだ。リズムがいいのだろうか。

グェンを交えての会話は、彼女が数ヵ月前からキタムラのオフィスで働き始めたということからはじまり、今回の出張の話に移っていった。グェンは調査の進捗を聞きたがったが、まだ何も分かっていないので話すことがない。

逆に私たちがキタムラのことを聞くと、グェンは喜んで話しはじめた。

グェンはキタムラの腕前を〝Wizard（魔法使い）〟並みと評していた。なんでも知っている、コンピューターに関することならば何でもできるとのことだ。また、彼がベトナムに腰を据えている理由は、他の国に比べてインターネットへのアクセスが容易であることに加え、インターネット時代に最も巨大な検索エンジンを持っていたグーグルのキャッシュサーバーにアクセスできるためだという。

本当ならすごいねと言った私に、グェンは「とっておきの情報」を教えてくれた。噂だという前置きはついたが、インターネット崩壊の混乱に乗じたハッカーが、当時シンガポールの沖合で運用されていた洋上データセンターのコンテナ船を丸ごと盗んでホーチミンに持ち込んだのだという。荒唐無稽な話だが、グーグルがインターネット時代にかき集めていた膨大なデータ資産の行方に関する噂の中では、いくらかマシな方だ。

キタムラの話をしているうちに渋滞の時間は終わったのか、タクシーがスムーズに動き出してダウンタウンを通り過ぎていく。

歩道にはグェンと同じ服を着ている女性が何人も歩いていた。流行のドレスかと尋ねると、誇らしげに〝アオザイ〟という民族衣装であることを教えてくれた。

他愛もない話をしているうちに露店と街並が切れ、大きなロータリーに到着した。

「Here we arrived, thanks for your patient for long driving.（到着しました。長いドライブ、お疲れさま）We hope you to prefer this hotel, Ambassador.（満足していただけるかしら。アンバサダー・ホテルです）」

グェンはロータリーの傍らに見えるコロニアル様式のエントランスを指差した。

＊

部屋に荷物を置いて、汗で湿ったTシャツを着替えてからロビーに降りると、トロリーから取り外したビジネスバッグだけを携えた黒川さんがグェンとともに待っていた。美しいアオザイ姿のグェンと、小さな〝サラリーマン〟がロビーのソファに向かい合って座る姿はよく目立つ。

グェンについてロビーの回転ドアを通り抜けると、パクチーの香りをたっぷりと含んだ熱風が吹き付け、意識が持っていかれそうになる。

暑い、そして、眩しい。

庇（ひさし）の下にいても、真上に近い位置から照りつける光がコンクリート舗装に当たって跳ね返り、目に突き刺さる。拡張現実をオンにすれば眩しさを防ぐこともできるが、そのためだけにローミングするのはもったいないし、拡張現実用のコンタクトレンズでは紫外線を防ぐことができない。この街ではサングラスが必要だ。

ロータリーを取り巻く歩道にはいくつもの屋台が並んでいた。大きなダルマヤシの木陰にはクーラーボックスに清涼飲料水を入れて売っている屋台、角には何に使うのかわからないクローム̗メッキの缶を並べている屋台もある。フランスパンをバスケットに入れた屋台は――サンドウィッチを売っているのだろうか。昼時を過ぎたというのに、どの屋台の前でもベンチに腰掛けた人が寛いでいる。

パクチーの香りはエントランスの右手で麺を売っている屋台から漂っていた。

鍋から立ち上る湯気を見ているだけで首筋を汗が流れ落ちていく。屋台のベンチで麺を啜っていた男が腰を浮かせて声をかけてきたが、グェンがうるさそうに手を振り、座らせた。しかし男は、めげずに私たちに箸を立てて「タクシー、ヤスイヨ。スコシ二ドル」と声をかけてくる。

「Không cân!（ホンカン！）」

強い語調で男との会話を打ち切ったグェンがくるりと振り返り、しつこかったので強く言ってしまったと照れた。続けてロータリーの一角を指さす。揺れるアオザイに汗で重くなった様子はない。

「So, let's walk.（さあ、歩きましょう）」

嘘だろう。この日差しの下を？

「Isn't it so far?（遠くない？）」

「Just 10 minutes!（たった十分よ）」

グェンの言葉を聞いた黒川さんが躊躇（ちゅうちょ）なくエントランスの庇から日光の中に足を踏み出した。慣れているグェンはわかるが、長袖のスーツを着ている黒川さんが平気でいられるのは謎だ。暑さを感じる神経をどこかに落としてきたのに違いない。

グェンと黒川さんの後をついていくが、数歩も歩かないうちに額からも汗が流れ始めた。申し訳程度に街路樹として植えられているダルマヤシが落とす葉の影も、歩道から立ち上る熱気を防ぐことはできない。

ロータリーをホテルの向い側まで回ったところにある巨木の脇を曲がる。

異様な光景に目を奪われた。

歩道に立つ電柱が一抱えほどもあるケーブルの束を宙に支えていたのだ。ケーブルの束は太さが数ミリほどの細いケーブルが数十――いや数百本も束ねられたものだった。電柱から電柱へと渡されているケーブルの束は、ところどころで重さに耐えかねたように垂れ下がり、地面まで届く場所もある。

雑に束ねられた細いケーブルは所々で千切れ、束から飛び出していた。ビニールテープで繋ぎ合わされているところも多い。映像でしか見たことはないが、膨大な数のコンピューターを収容するデータセンターの中とそっくりな光景だ。

黒川さんが足を止めて、千切れたケーブルを指差した。

「林田さん、これ……通信用のケーブルですよ。しかも金属です」

指差された場所では、ケーブルの端から赤銅色の金属が覗いていた。確かに光ファイバーではない。双方向で膨大なデータをやりとりするサービスの多いトゥルーネットを、光ファイバーの何分の一しかない帯域（バンドワイズ）の銅線で供給するなんて話は、聞いたことがない。

「You found funny thing, it's D…DSL cable. Vietnam is in developing term for next generation of network yet.（おかしいでしょ？　それ、えーっと、D……DSLケーブルっていうの。ベトナムはまだ次世代ネットワークの構築中なのよ）」

私たちがケーブルに気を取られているのを見たグェンが困ったような顔をして教えてくれたのだが「DSL」がわからない。通信方式なのだろうが、あとでキタムラに聞いてみよう。

ケーブルの束とともに数ブロック歩くとバラックの群れは消え、通りに看板を突き出した小さな間口の土産物屋やブティック、ヘアサロンが建ち並ぶ賑やかなエリアにたどり着いた。行き交う人も増えてきたが、多くは観光客のようだ。

通りを過ぎるたびにケーブルは枝分かれして、建物の群れへと引き込まれていく。これだけ店舗が密集しているなら無線ネットワークの方が楽な気もするのだが、不便な銅線を使うのには何か理由があるに違いない。

グェンは建物の切れ目から狭い街路に入り、屋台が店を開く四つ辻で足を止めた。帆布のカーペットの上に電気ポットと正体のわからないクロームメッキの缶を並べた屋台からはバターを溶かしたような甘ったるい香りが漂ってくる。

黒川さんが私の太腿をつついた。

「これ、ベトナムコーヒーの屋台ですよ。あとで頂きましょう」

「時間があればね」

「出張中は休む時間を積極的に作りましょう。まだ〈汚染稲〉の調査にどれだけの日数がかかるかわからないのです」

黒川さんは、緩んでいたとも思えないニットタイを締め直す。

グェンは店主に声をかけてから、屋台の背後にある建物の隅の階段を上がっていく。見上げると、頭上に大きく張り出したテラスには、赤や紫色の花が咲き乱れていた。

5　Kitamura

私たちが階段を上ると、背後から光を浴びたグェンがドアを押さえていた。

複雑な木目を浮かび上がらせた重そうな一枚板のドアだ。見かけ通りならば、いまどき珍しい天然木ということになる。

「Welcome to Kitamura-san's office.（キタムラさんのオフィスへようこそ）」

風が吹き抜けた。

開け放たれたテラスから、甘酸っぱい花の香りを一杯に含んだ風が吹き抜けていく。テラスを除く三面の壁がクリーム色の漆喰で仕上げられた室内の涼しさは、エアコンが動いている気配もないというのに、外の熱気が嘘のようだ。よく磨き上げられた暗い色のフローリングには、エスニックな模様が織り込まれた布がかけられたソファと、ドアと同じ材質のテーブル。そして奥には、天板だけのデスクとチェアが二セット置かれている。

キタムラの開放的なオフィスには、テラスに差す午後の日光が壁を回り込んで、隅々まで十分な明るさをもたらしていた。

デスクに座って何かを書きつけていた男が立ち上がり、壁と同じクリーム色の開襟シャツをはためかせて近寄ってきた。大きな鼻と秀でた額、そしてオールバックの白髪が知性を感じさせ、少し色の薄い瞳は室内を見回す私たちを、愉快そうに眺めている。

男は両腕を広げ、満面の笑みを浮かべた。

「林田さん、ようこそホーチミンへ。私が、キタムラだ」

昨日、犬の〈アバター〉が話していたのと同じ声だ。

「キタムラさん、林田です。お招きありがとうございます」

右手を差し出すと、キタムラの分厚い手のひらは予想を超えた力で私の右腕を引き込んだ。袖から伸びた腕には、筋張った筋肉がうねっている。

「私の都合につきあってくれてありがとう。よく来てくれた」

「まさか、昨日の今日で会えるとは思っていませんでした」

強い力で握り込まれた手から、キタムラの体温が伝わってくる。

「それで、そちらが——」

「黒川と申します。お初にお目にかかります。お招きいただき、ありがとうございます」

黒川さんが空港でやってみせたように、魔法のように取り出した名刺を差し出すと、キタムラは両手で淀みなく受け取り、驚くべきことに自分のものを差し出した。

「名刺交換なんて、何年ぶりかな」

「いつも渡すだけに終わるのですが、交換できたのは初めてです。……おや、手書き」

黒川さんの手の中を覗き込むと、〝Kitamura Kazumi〟というアルファベットの署名と、＋84からはじまる携帯電話の番号だけが手書きされたカードだった。

「まさかサラリーマンがやってくるとは思わなかったんで、用意してなかったんだ。読みにくいかもしれんが、勘弁してくれ。きちんとしたプロフィールはこいつで渡すよ。契約相手の身元は必要だろう」

キタムラは人差し指でかけてもいないメガネのフレームを持ち上げる仕草で、拡張現実に入ってから渡すことを伝えた。

「それより、疲れたろう。あの時間の便で成田からホーチミンに来ると、必ず昼の渋滞にはまってしまう」

キタムラはソファのほうを腕で示した。

「――ああ、林田さん、客人は奥へ座ってくれ。まずは名物のベトナムコーヒーでもどうだ。Nguyen, order coffee for them and for you.（グェンさん、コーヒーを客人に頼んでくれ。君の分もな）」

グェンはテラスから下に向かってベトナム語で何かを呼びかけた。

キタムラは入り口側のソファにどっかりと腰を下ろし、私が向かいあう形で腰を下ろす。

黒川さんは壁際のソファへ小さな身体を持ち上げ、座り方を色々と試している。

私たちがそれぞれの席についたのを確認したキタムラは、ソファから身を乗り出して口の前で手を組む。

「マザー・メコンの衛星写真は見たよ。大変なことになってるな。夜中の写真だが、ありゃ、ＧＦＰで光らせてるのか？　ＳＲ０６の新色だよな」

なぜ、キタムラが農場と作物の名前を知っているんだ？

昨日の打ち合わせでは「マザー・メコン」や「ＳＲ０６」のような固有名詞を伝えていない。仮に口が滑ったとしても〈アバター〉の非開示情報（ＮＤＡ）フィルターがブロックしてくれたはずだ。

ソファの上で位置を決めようと動いていた黒川さんがキタムラと私の顔を交互に見た。

「いや、私じゃない。農場の名前なんか言ってないよ」

「そうですね、失礼しました。私も昨日のカンファレンスの録画は確認しています」

黒川さんは、軽く頭を下げた。

「驚かしてしまったかな。すまん。林田さんの名前がクレジットされたプロジェクトを探して、〈ランドビュー〉の衛星写真を漁ってたらマザー・メコンを見つけたんだ。四日ぐらい前からか？　農場の北から光ってない場所がじわっと広がってきてるんだが、あれが化けた場所なんだろ」

――軽いショックを受けた。〈マザー・メコン〉の作物化けは、そのつもりになって探せば関係者でなくても見つけることができるのか。業界中に知れ渡るのは時間の問題だろう。

「マザー・メコンの五冠プロジェクトは公開資料も多いんで、手間はかからなかったよ。SR06の晴れ舞台を任されるなんて、林田さん、信頼されてるな」

「そんな……ロゴを描いただけですよ」

「謙遜することはないさ。公開資料にスタイルシート・デザイナーとして名前が出てるんだ。黒川さん、L&Bみたいなメーカー主導のプロジェクトだと、普通は社内のデザイナーかプロジェクト・マネージャーの名前しか出さないんじゃないのか？」

　黒川さんが頷く。

「それで、あなたがプロジェクトのコーディネーターだったのかな？　協力会社も多かったようだし、農場の工法も相当手が込んだものに見えたが、調整は大変だったろう」

「恐縮です。サードパーティとの調整は私が行わせていただきました」

　床に着かない脚をぶら下げたまま組むことにしたのか、ようやくソファの上で姿勢を固めた黒川さんが、キタムラに頭を下げた。

「今回の調査についても、私がコーディネーターとして動くことになりました。表向き、調査チームはL&Bに置かれますが、今のところ実際に活動しているのは私と林田さん、そして今日からアドバイザーとして加わっていただくキタムラさんの三人ということになりです。もちろんL&Bでも情報収集はやっていますが、法務と営業で手一杯のようです。マザー・メコン農場だけでなく、カンボジア政府への説明の準備もしなければなりませんし、国連食糧農業機関(FAO)の担当者とも打ち合わせが始まっているようです」

黒川さんがキタムラへ伝えた調査チームの情報は、私も知らなかった。調査に当たっているのは私たちだけということだ。心細いフォーメーションだが、公開情報だけを元にして、ここまで実態にせまれるキタムラの力は大きな助けになってくれるだろう。

「大変そうだな。なんでも相談してくれ。全面的に協力するよ。この案件、一つ間違えば農業が二十年は逆戻りしかねないからな」

「全くです。よろしくお願いいたします」と、黒川さん。

「農業が二十年、というのは、自然植物に戻るってことですか？」

躊躇なく返答した黒川さんに私もつられそうになってしまったが、キタムラの発言は聞き捨てならない。

「外から見る限りだが、その可能性もあるんじゃないか？　な、黒川さん」

黒川さんが両手でソファの座面を押して、私のほうへ身体を向けた。

「林田さん、申し訳ありません。L&Bの投資家向け情報(IR)には公開されていますし、プレッシャーをかけるのもいかがなものかと思っていたのですが――」

黒川さんは大きく息をついて、マザー・メコンの五冠プロジェクトの使命(ミッション)と道程(マイルストーン)について語りはじめた。マザー・メコンプロジェクトは、蒸留作物を用いた農業が環境維持に役立ち、持続的な事業となることを証明するためのものであり、そのために有機表土（オーガニック・カバード）や水質保全（ウォーター・サイクリック）、そして完全な現地雇用を意味する地域経済保全認証（フェア・ディール）などを取得したのだという。スタイルシートの設計に私のようなフリーランスを雇い、農場の開発はマザー・メコン側のテップ主任が実施設計するスタイルをとったのも、プロジェクトの収益がメーカーであるL＆Bに集中しないように配慮したものだ。

確かに初めて聞く話ではなかった。マザー・メコン向けの契約書と一緒に渡された資料で読んだ記憶がある。しかし、美辞麗句の躍るミッション・ステートメントはIRでよく見かける事業の将来像（ホラ話）にしか見えなかったのだ。

黒川さんによると、L＆Bはマザー・メコン方式の持続性農場（サスティナブル・ファーム）を今期中に国際基準（ISO）の認証プロセスに乗せ、遺伝子工学を国家レベルで拒否する国々へ進出するという。十何ヵ国と結んでいた二国間協定（FDA）を撤回してまで蒸留作物を国内に入れない決断を下したタイ王国を皮切りに、遺伝子組み換え食物（GMF）が宗教上の禁忌となっているイスラム諸国へもマザー・メコン型の〈持続性農場（サスティナブル・ファーム）〉を持ち込むのが目的なのだそうだ。

「蒸留作物を穢れのない食物（ハラール）にする運動（ロビイング）がそう簡単に実を結ぶとは思えませんが、タイへのアプローチは本気のようですよ」

「ベトナムでも農場主向けのコマーシャルが流れてるよ。〝マザー・メコン型のサスティナブル・ファーム、やりませんか？〟って奴だ。一昨日から見ていないが――」

「今回の作物化けを受けて、広告は一旦止めたと聞いています」

黒川さんは身体の向きを戻し、組んだ膝の上に両手を重ねた。足が宙に浮いた不安定な姿勢でも、その仕草は自然なものだ。

「一昨日まで、Ｌ＆Ｂのプロモーションはうまくいっていました。蒸留作物の立役者であるリンツ・バーナードが陣頭に立っていたため、関係機関や政府にとっては顔が見えるプロジェクトだったことがよかったのです。あのＬ＆Ｂのバーナードが持ち込んできたマザー・メコンプロジェクトだ、というわけです」

キタムラがソファにもたれて、愉快そうに口を挟んだ。

「作物化けにろくな対策が打てなければ、そのプロモーションが仇になるわけだな。あのバーナードが持ってきたマザー・メコンみたいなことになるぞ、と――いや失礼」

「仰(おっしゃ)る通りです。蒸留作物の即時栽培禁止とまでは言われないでしょうが、流通には何らかの支障が出ると考えられます。交易できない商品になってしまえば、長期的には栽培禁止と同じことです」

愉快そうなキタムラをちらりと見やった黒川さんは、少し間を置いて続けた。

「……この件が公になったとき、制限されるのがＳＲ０６だけなのか、Ｌ＆Ｂの製品すべてなのか、蒸留作物のイネ全般になるのか、それとも遺伝子工学食品(ＧＭＦ)全てにまで累が及ぶのかわかりません。メディアの論調と、L&Bの対応次第ですね」

キタムラが顎に手をやり、再び口を挟んだ。

「つまり、バーナードがメディアにどう受け答えするか次第ってことか？」

黒川さんが苦笑いする。

「彼は、メディア受けのするタイプではありません」

「……蒸留作物の将来がバーナードの応対にかかってるって？」

しおらしいバーナードというのも見てみたくはあるが、彼は昨日もプロジェクト・マネージャーのエンリコを怒鳴りつけていたという。ズッカで見た〈ワールド・レポーティング〉のようなインタビューで彼が大人しくしていられるとは思えない。

そんなことで蒸留作物が衰退するなんてのはごめんだ。

「いいえ、林田さん。本質的には私たちの調査次第です。公開できる情報を早く集めて、できれば対策まで打てるようにしなければ、今の与太話も現実味のある未来となります」

私は、口の中がカラカラに乾いていることに気づいた。

暑い中を歩いて汗をかいたためだけではないだろう。

続けて、キタムラが何かを言おうとしたとき、ドアにノックがあった。

「Master,（旦那、）sau đây là cà phê.（サウダィ　ラ　カフェ）」

テラス側のデスクに座っていたグェンが立ち上がった。そのまま、アオザイの裾をはためかせてソファの脇を通り過ぎ、ドアを押し開ける。大振りな真鍮の取手にはレバーも鍵もついていないように見えたのだが、グェンが触れたときに、微かな音が響いた。

「Cám ơn.（カムオン）」

入り口からコーヒー屋台の店主がトレイを持って入ってきた。オフィスの外で漂っていた甘ったるい香りが室内に立ちこめる。

店主は、グェンが示すソファテーブルへトレイを置き、彼女に携帯電話を差し出した。グェンは左手に持った自分の携帯電話の画面に右手の人差し指で触れたあと、店主の携帯電話の画面に触れた。コインが落ちるような効果音が、店主の携帯電話から流れ出した。

「お二人さん、人体通信（HMC）を決済に使うのは、初めて見るんじゃないのか？」

二人のやりとりをしげしげと見つめていた私たちへキタムラが教えてくれた。グェンが今、彼女の携帯電話から通信会社（キャリア）へ支払っている前払い金（プリペイド・デポジット）を移動させたのだそうだ。元々クレジット・カードが普及していなかったベトナムでは、インターネット崩壊の後トゥルーネットでサービスを立て直す復活の日々（グレート・リカバリー）にカード決済よりもプリペイド・デポジットを銀行口座のように使うサービスが普及してしまったのだという。

信用（クレジット）に基づいた後払い（ポストペイド）は先進国だけのものだという知識はあったのだが、実際にプリペイド・デポジットで決済している姿が、部屋に立ちこめるコーヒーの香りと印象的に絡み合い、単なる知識に忘れがたい肉付けを与えてくれた気がする。

興味深そうに聞いていた黒川さんがキタムラに話しかけた。

「HMCで決済できるんですね。現地の通信会社(キャリア)と契約したのでちょっと使ってみたいんですが、拡張現実フィードバックと干渉しませんか？　こんな身体なので、ちょっと多めにフィードバック・チップを使っているんですよ」

「しないんじゃないか？　私も二十個ほど入れているが問題になったことはない」

「二十ですか……大丈夫かな。とりあえず試してみます。便利そうですね」

「そうだ、忘れてた。オフィスの鍵もHMCで取手を握れば鍵が開くようにしてあるんだ。二人のパターンを登録しておくよ」

グェンが扉を開けたときの音は解錠音だったのか。使っていることを意識させない仕組みがこのエスニックなオフィスによく似合っている。

「ベトナム風のアイスコーヒーも、初めてかな？」

キタムラは、トレイに載った器具を指差した。

「フィルターの——」とコップに載せられたクロームメッキの缶を指差す。「お湯がコップに落ちきったら砂糖とコンデンスミルクで甘みを足して、氷の入ったグラスで冷やして飲むだけだ。目詰まりしたらフィルターの中の棒を揺らせばいい」

コーヒーが落ちていくのにあわせて、甘い香りがますます強まっていく。

「もういいかな、どうぞ、召し上がれ」

私は、漉しだされたばかりのコーヒーを口に含んでみた。強い苦みと甘い香りのバランスが悪い。スプーン二杯ほどのコンデンスミルクと砂糖をひとつまみ入れると、ふっくらとした香りにふさわしい味になった。

キタムラはコンデンスミルクをたっぷり三秒ほど注ぎ込んで、クリーム色になった液体を勢いよくかき混ぜている。それでは甘過ぎるだろう。仕事の腕前はともかく、味覚は信用できなさそうだ。

キタムラは満足そうに一口飲んでから、私たちに話しかけた。

「ベトナム風サンドウィッチも試すといい。原料の小麦粉がプ、ラ、ス、テ、ィ、ッ、ク、になってしまったのが残念なんだがな」

キタムラの真似をして作ったクリーム色の液体を何事もなかったかのように啜っていた黒川さんがグラスを口から離した。私も、同じようにコーヒーを飲む手を止める。

キタムラは蒸留作物のことを〈プ、ラ、ス、テ、ィ、ッ、ク〉という蔑称で呼んだのだ。

「お嫌いなんですか？」

「以前のを知らない人に言うのもなんだが、不味くなったね。食い物には、適度な雑味があったほうがいい。それでも製法は百年前と変わってないからパリで食うより旨いぞ。ホーチミンは、タイムカプセルみたいなもんだ」

コンデンスミルクの味しかしないであろうコーヒーをうまそうに飲みながら「不味」い

と言われても困るが……。キタムラは蒸留作物自体が嫌いなのだろうか。

「そうそう、タイムカプセルと言えば――」

キタムラは唇を微かに動かしながら左手を顔の前に上げ、親指と小指で目の両側を挟んだ。続けて、こちらへメガネのフレームを持ち上げる仕草(ジェスチャー)を見せて拡張現実ステージへ招待(インビテーション)する。自分の拡張現実を有効化(アクティベート)してから私たちを招いたのだろう。

私もすばやく瞬きを二つ、拡張現実を有効化(アクティベート)する。

「おお！」

床に足をついた黒川さんが感嘆の声を上げた。ソファ上の彼は、拡張現実で見慣れたいつものサイズで描かれていた。

「キタムラさん、後で構わないので、このステージがどこのメーカーのものか教えてください。こんな環境は初めてです。いや、驚きました」

黒川さんは、大きくなった両腕を前に出し、テーブルへゆっくりと下ろしていく。艶やかな木の天板に拡張現実ステージが描く反射像には、一切の不自然な描画(アーティファクト)が見られない。このステージが提供する表現力は〈カフェ・ズッカ〉で体験できるリアリティ並み、いや、それ以上だ。

「楽しめそうかい？　嬉しいな。このシステムは私が作ったんだ。この部屋にしか対応しなくていいから、ここまでやれるんだ。汎用のシステムと比べちゃいけない」

白髪頭を掻いて照れている風のキタムラだが、カメラの配置から演算、そしてリアルタイムで動作するシステムの構築までを一人でやるという話はほとんど聞いたことがない。それも、ただ動くだけでなく商用の拡張現実ステージ並みの品質で動かすのは、想像を超えた技術だ。

キタムラは限定した環境向けだからできることだと言うが〈カフェ・ズッカ〉と条件は変わらない。ズッカだってシステムは汎用のものでも、納入したあとの環境に合わせた調整はプロの拡張現実コーディネーターが行っているはずなのだ。

「オフィスの拡張現実ステージは、いくらでも使ってくれ。黒川さんはこっちの方が居心地よさそうだな」

テーブルに手を、床に足をついて重心を掛けるようなポーズをとっていた黒川さんがキタムラの方を向いて頷く。

「ありがとうございます。ここまでの映像がリアルタイムに動作するのはたいへんありがたいことです。もう少しサイズを調整（キャリブレーション）させてください」

手振りで「どうぞ」と伝えたキタムラは、入り口のドアへ声をかけた。

「ジョン！　ポール！　お土産もってこい」

天然木のドアが音もなく開き、赤と青のバンダナを首に巻いた、二頭のゴールデン・リトリバーが入ってきた。それぞれにフリスビーとテニスボールを咥（くわ）えている。赤いバンダナを巻いた方が、昨日見た犬の〈アバター〉のモデルだろう。

二頭はキタムラの座るソファの両側を回り込み、ボールと円盤をテーブルに置いてから、キタムラを挟むように伸び上がった。

「いいぞ。ジョンは――岩手の農協、ポールは新潟の試験場か。こら、お客様の前だ。行儀よくしろよ」

膝に前脚をかけた二頭の犬は、嬉しそうにキタムラの顔を舐めている。

「……林田さん」

黒川さんが、テーブルの上を目で示した。

そこには書類ばさみ（フォルダー）が二つ。犬たちが持ってきたボールとフリスビーはない。顔を上げると、黒川さんが目で頷いていた。

――この犬たちは、拡張現実で描かれる〈アバター〉だ。

本物の犬にしか見えないし、顔を舐められているキタムラの仕草も自然なものだが、本物の犬は、机の上でフォルダーに変わる拡張現実ウィジェットを咥えることはできない。

「キタムラさん、いい加減にしてください。お客様に失礼ですよ」

振り返ると、メガネをかけたグェンが腰に手を当てて、呆れたような表情でキタムラを見つめている。今、確かに日本語が聞こえた。

「グェンさん、日本語できないんじゃ――」

微笑んだグェンは髪を指先で後ろに送り、耳を露わにしてメガネの蔓から耳に差し込まれているイヤフォンを見せてくれた。彼女が顔を振ると、メガネのレンズに映っていた像が不自然にちらつく。

日本ではほとんど見かけなくなった、拡張現実眼鏡(グラス)だ。

「これのおかげです。拡張現実ステージの機械翻訳です」

私はキタムラの拡張現実ステージに、またも感心させられた。本物としか思えない犬の〈アバター〉が二頭も登場できる性能も凄いが、高価な拡張現実フィードバック・チップを埋め込んでいない現地スタッフのために旧式の拡張現実眼鏡(グラス)でも仕事ができるようにしてある。日本語ができないというグェンも、ここまでの機械翻訳があるならば不便はしないだろう。

「ジョン、ポール！　次のお仕事に行きなさい」

叱られたジョンとポールが名残惜しそうにこちらを見ながら、鼻先で真鍮の取手に触れ、オフィスのドアを開いて去っていった。

啞然としている黒川さんと私に向かって、キタムラが嬉しそうに語りかけた。

「犬のエージェントはちょっとした冗談のつもりで始めたんだが、凝ると楽しくてな。いや、すまんすまん。それで、これがサルベージしてきたデータだ」

キタムラは私たちに向かって、机の上のフォルダーを押してよこした。ラベルには【二〇一四年：農業協同組合　岩手支部局内ＰＣ】と【二〇一三年：北陸農業総合研究所アーカイブ】と書かれている。

「キタムラさん、このデータを頂く前に、出所について確認させてください」

黒川さんがキタムラに問いかけた。私と同じことを疑問に思ったようだ。

「これは、当時インターネットで公開されていたデータではないのですか？」

「ああ、ラベルの通りだ。農協の事務局にあったＰＣに保存されていたデータと」キタムラは岩手と書かれたフォルダーを、次に北陸のフォルダーを指差した。「これは、農業試験場の内部サーバーから拾ってきたものだ。Ｗｅｂで十分なデータが見つからなかったんで、深いところに潜ってきた」

黒川さんが身を乗り出した。

「つまり、ホームページなどで公開されていたものではなく、事業用のコンピューターに保存されていたデータを持ってきたということなのですね。差し支えのない範囲で構いませんが、どこからデータを拾ってきているのかお聞かせください」

「ホーチミンの市内ネットワークにぶら下がっている、インターネット時代の検索クラウドのサーバーだ」

検索クラウドが持っているデータは、Ｗｅｂなどで公開されていた情報に限られるはずだ。事業所のＰＣに保存されていたようなデータを拾いだせるわけがない。

黒川さんも首を傾げている。

「話さないわけにはいかないな。二人とも、人類がインターネットから追放（ロックアウト）された原因は知ってるだろ？　検索クラウドのサーバーをメンテナンスするための修復機構が暴走して、インターネットに繋がってたルーターやＰＣ、携帯電話なんかに片っ端から検索エンジンのＯＳが上書きインストールされたわけだが……」

キタムラは言葉を切って、クリーム色の液体を口にした。

「そのとき、上書きされたコンピューターのＨＤＤに入っていたデータは検索クラウドにアップロードされているんだ」

「ええっ？」思わず声を上げる。

「驚くようなことじゃない。インストールの前にバックアップをとるのは基本中の基本だよ」

キタムラの驚くべき話はさらに続いた。修復機構によって吸い出されたＰＣや携帯電話などのデータは、アジア圏ではシンガポール沖に停泊していた洋上データセンターに格納された。そしてそのデータセンターは船ごとハッカーに強奪されて数年後にホーチミンに現れたのだという。グェンがタクシーで語った〝噂〟と同じ話を、キタムラからも聞かされるとは——。

「その船が現れた頃から、市内ネットワークに潜ると、インターネットに公開されていなかったはずのデータまでもが見つかるようになったんだ。もちろん、誰でもがアクセスできるわけじゃない。私が見つけた方法で探らなければならないんだ。データの出自は他の方法で確認する必要があるが、農協や試験場にあるDNAのアーカイブなんかは、組織がなくなったわけじゃないから、問い合わせればテープなんかのバックアップもあるだろう」

黒川さんは顎に手を当て、唇を結んだ。〈汚染稲〉のDNAと作物の情報が、キタムラのサルベージで掘り出せたとしても、その出自を公開できなかった場合の組み立てを考えているのだろう。

「黒川さん、いいんじゃない？　まずは進まないと。データがあるだけマシでしょう」

私の声に、黒川さんが顔を上げた。

「そうですね。わかりました。キタムラさん。ありがたく、データを頂きます」

黒川さんは鮮やかな手つきでフォルダーを複製し、片方をいつもの封筒に、そしてもう一方を私に押し出した。

「林田さん、お願いします。〈汚染稲〉のDNAと照合してください」

「わかりました」

私は貰ったフォルダーの中をざっくりと開いてみた。両方とも、四十ほどのファイルが納められている。まさかローカルのコンピューターに保存されていたデータが手に入るとは思わなかった。ホーチミンの市内ネットワークか——。

　ふと思った疑問をぶつけてみることにした。

「ところで、サーバーのありかを探そうと思ったことはないんですか？」

「バカ言っちゃいけない。グェンさんとホテルから来る途中にＤＳＬケーブルの束を見たろ。すぐに切れてしまうケーブルが、毎日のように繋ぎ替えられているんだ。追いかけることなんてできっこない」

「キタムラさんの言う通りです。ホーチミンの人たちはネットワークが繋がらなくなったら、外に出て、自分の家に引いてあるケーブルを他の家のと繋いでしまうんです」

　肩を竦めたグェンをキタムラは慰めた。

「恥ずかしがることはないだろう。接続料金は払ってるんだし。それに、サーバーの在処が見つかって撤去されてしまったら、私の商売も君の職場もおしまいだ」

　私は、一抱えはありそうな黒いケーブルの束がうねっていた街路を思い出していた。ビニールテープで繋ぎ合わされたケーブルが毛細血管のように建物の中に入り込んでいく情景が、荒唐無稽と切り捨ててもいいようなキタムラの話に不思議な説得力を与えていた。

　あの束には、どんなデータが流れているのだろう。

　キタムラが両手で膝を叩いた音で、我に返った。

「林田さん、〈汚染稲〉との照合は明日からにしないか？　黒川さんのレポートも、だ。

今日は四人で食事にでも行こうじゃないか。ホーチミンでは、旨い中華が食えるぞ」

忘れかけていた空腹を思い出す。しかし、キタムラに意識を向けた瞬間、彼が飲んでいたクリーム色のコーヒーが脳裏に浮かんだ。

「……ええ」

そういえば、黒川さんもクリーム色になるまで甘くしたコーヒーを何事もなかったかのように飲んでいた。二人の味覚は信用できない……。

キタムラの「旨い」が外れだったら、グェンにどこかに連れて行ってもらおう。

その方が楽しそうだ。

6 Office

真鍮の取手を握ると壁の中から微かな解錠音が聞こえた。昨日キタムラに設定してもらった人体通信（HMC）の鍵は問題なく作動する。

オフィスへ初出勤だ。

重そうな扉はスムーズに開き、グェンが〝オクラ〟だと教えてくれた花の香りが漂う。

「おはよう、林田さん」

私はキタムラの明るい声を聞きながら部屋に入り、瞬きを二つ、オフィスの拡張現実ステージに入る。東京の職住同化住宅（ワーカーズ・ハイツ）と同じ感覚で使わせてくれるのはありがたい。

オフィスには、紫色がかった雲が立ちこめていた。

ソファの向こう側にあるデスクがほとんど見えないほどの濃さだ。ゆっくりと回転する雲のあちらこちらで鮮やかな紫色の筋が走り、赤い点が残っていく。

キタムラが拡張現実ステージに配置した物体なのだろうが、なんだろう。

「ちょっと散らかしてしまってるが、すぐに片付ける。すまんな」

雲の切れ間から、花柄の開襟シャツのキタムラがこちらに手を振った。

「キタムラさん、自分の〈ワークスペース〉でやってください、って言ったじゃないですか。お邪魔になってますよ。ごめんなさいね、林田さん」

グェンの声が雲の向こうから聞こえたが、姿は見えなかった。

「これ、なんですか？」

「分子模型だ」

雲を通り抜けてきたキタムラが答える。雲に物理タグはついていないようで、キタムラの動きには反応しない。

「gXMLで二〇〇GBもあるDNAなら、どれぐらいのことができるかな、と思ってちょっと遊んでたんだ。片付ける前にちょっと見てみないか？　面白いぞ――おや、黒川さんはどうした？」

「朝食は一緒にとったのですが、L&Bからの呼び出しを受けました。緊急ミーティングだそうです」

「サンフランシスコは十九時半か。大変だな、彼も」

キタムラがおかしそうに笑う。

私は、今朝メッセージを受け取ったときの黒川さんの顔を思い出した。私の倍ほども朝食のバイキングを盛り上げていた彼は「参りましたね」と眉をひそめて、部屋に戻ったのだ。

　彼が困るのも無理はない。マザー・メコンから作物化けの報告を受けて四日目になるのに、何も報告できる材料がないのだ。

　私は、ショルダーバッグを降ろした。

「L&Bも終業時間を過ぎていますから、すぐに来るでしょう。黒川さんはポータブルの拡張現実をずっと有効（アクティベート）にしていますから、迷子になることはないと思いますよ」

　キタムラと私の間に紫色の稲妻がひらめき、十五センチほどの赤い航跡を残した。

　キタムラは稲妻が走ったあたりを両手で包み、赤い航跡を取り出して見つめた。

「十六文字のハッシュに総当たり（ブルートウフォース）して、〇・二秒か。いい出来だ。細胞間の通信ができればマルチプロセスになるが、通信インターフェイスのライブラリがどこかに転がってなかったかな――」

　私は、キタムラの手を覗き込んだ。赤い航跡は手の中で〝A>B: loren ipsum〟と書かれたメモに変わっている。

「キタムラさん、何をやってるんですか？」

　手から目を上げたキタムラは、私の顔をたっぷり一秒眺めた。

「説明してなかったな。バイオ・ナノマシンを設計してみたんだよ。昨夜から作ってたんだ。総当たり（ブルートウフォース）でハッシュを逆算させている」

「えっ！　これ、キタムラさんが作ったんですか？」

「驚くことじゃないだろう。入出力と処理装置があれば計算機は作れる。それが電子的な回路だろうがタンパク質だろうが、モノを決まったルールで運べるならば設計は大して変わらない。無駄は多くなるが、この程度なら二〇〇ＧＢ分のＤＮＡは要らないな」

キタムラは雲を指さした。この雲は無数のアミノ酸によって織り上げられた巨大なタンパク質の分子回路なのだ。

私はキタムラの技術に驚いた。一晩もかけずに計算を行うバイオ・ナノマシンを作ったという。このナノマシンがそのまま生きた細胞の中で動く訳でもないのだろうが、これだけのことをされてしまうと、スタイルシートの編集しかできない私がジーン・マッパーを名乗るのが恥ずかしくなる。

「驚きますよ。でも〈汚染稲〉の〝ＤＮＡ〟として貰ったデータは採取の失敗で混ざってしまったものじゃないんですか？　二〇〇ＧＢなんてあり得ないです」

キタムラは人差し指を顔の前に立ててみせた。

「林田さん。一昨日も言ったが、その〝ＤＮＡ〟はありのまま見るべきだ。立ち話もなんだ――すまん、模型が邪魔か」

キタムラは両腕をすぼめるような仕草で分子模型の雲を縮め、ソファテーブルの上に動かした。

「マザー・メコンのような現場でDNAを取得するのに使うのはシリアル・DNA・シーケンサーだろう？」

「ええ、そのはずですよ」

キタムラに頷いてみせるが、説明を聞くまでもない。DNAをデータとして読み取るシリアル・DNA・シーケンサーと、データから細胞にDNAを出力する胚プリンター、そしてデータを解析し、モデリングを行うCAD、ジーン・アナリティクスは、遺伝子工学の三種の神器とまで言われている。

「あれは、たいした発明だ。切り取った組織をセンサーになすり付けるだけで、ナノマシンが細胞を引き寄せて核に含まれる染色体の二重螺旋をほどいてくれる。一個の細胞から直接読みとるからDNAが混ざらないのが大きな特徴だ」

「え？」

「複数の生物から採取した細胞を、核がバラバラになるまですりつぶしてセンサーに載せれば混合したDNAも採取できるかもしれないが、まぁ、考えにくいな」

キタムラの説明は理に適っていた。

私は、あり得ないサイズのデータを見たために勘違いしていたのだ。一つの細胞核からDNAを取り出すシリアル・DNA・シーケンサーを用いていれば、データが混ざり合うことはない。

「……では、あの巨大なDNAは何だというのですか？」

「何だと思う？　ただのジャンクならいいが量が尋常じゃない。何らかの機能を果たすとしたらどうなるかと思って試作してみたんだが、このナノマシンは二GB分のDNAで作れてしまった。二〇〇GBもあれば、思いつくようなことは何でもできそうだな」

「意味があるんじゃないか、と考えていらっしゃるんですね」

「ただのジャンクだといいんだがな。ま、いいや。まずは〈汚染稲〉のDNAに含まれてたっていう旧来型（レガシー）イネを探すところから始めようや」

キタムラは、私の顔を正面から見据えた。

「そのイネがどんな作物なのか、どこで栽培されていたのか。それがわからないと先には進めないだろう」

入り口のドアを叩く音が聞こえた。

キタムラが振り返ると壁が透け、黒川さんが真鍮の取手に手を伸ばす姿が描かれた。ドアの外側にもカメラが設置されているのだろう。

「皆さん、おはようございます。失礼いたします」

黒いビジネスバッグを提げている。はじめから見慣れたサイズで登場したということは、彼はずっと拡張現実を有効（アクティブ）にしているということだ。

「お疲れさま。会議のテーマは、やっぱり催促だった？」

表情を見せた。

昨日と同じ壁際のソファへ向かった黒川さんへ声をかけると、朝食の席と同じ、困った

「とくに急がされはしなかったのですが……調査チームのチーフから、林田さん宛のビデオレターを預かってしまいました」

「私に？　L&Bの人なんて顔も合わせたことがないのに」

「余計なプレッシャーになるから止めてくれとお願いしたのですが、ご り押しされました。どうしても伝えたいとのことです。大変申し訳ないのですが、キタムラさんも、ご覧いただけないでしょうか」

「私は構わないが、なんだか、見せるのが嫌そうだな。生の英語がキツいなら、部屋の翻訳エンジンを使うといい」

「ありがとうございます。レターは原寸で再生してくれ、という指定（オーダー）も……暑苦しくなるかもしれませんが、失礼します」

黒川さんはビジネスバッグから取り出した映像ファイルをテーブルの上に置き、一息ついてから再生ボタンをタップした。

メディアで見慣れたボール腹の巨漢が、黒川さんの脇に現れた。身長は二メートルを超えるだろうか。ソファに座った姿勢からだと、天井を見上げるような位置に頭がある。

『――いいんだよ、こういうレターは実写（リアルビュー）でなきゃだめなんだ。そういう大事なことを

〈アバター〉にやらせるから、お前は交渉で負けるんだよ』

ビデオレターには、画面の外にいるスタッフへの叱責まで含まれてしまっていた。よほど、あわてて収録したのだろう。

『失礼した。リンツ・バーナードだ』

ソファに腰掛けた私とキタムラが見上げる中、襟を正したバーナードは名前を告げた。

『ご存知かもしれないが、L&Bの副社長（VP）をやらせてもらっている。マザー・メコンの作物化けの調査チームも、私がチーフとなって指揮を執（と）ることになった』

エンリコはどうした。

マザー・メコンのプロジェクト・マネージャー（PM）は彼のはずだ。バーナードがしゃしゃり出てくるという話は聞いていたが、エンリコは名目上も降ろされたのか。

『指揮といっても、黒川から聞いているだろうが、顧客と業界団体への対応に追われているので、実際の調査まで手が回っていない。皆さんには迷惑をかけることになった』

私は、バーナードがすまなそうに顔をしかめているのを見て意外に思った。L&Bの発表会やインタビューなどで彼の映像を目にする機会は多いのだが、彼がこんな風に謝罪しているところは記憶にない。マザー・メコンの作物化けに、よほど参っているのだろう。

『林田君に――キタムラさん、だったな。頼む』

足を踏み出したバーナードの映像が、テーブルにめり込んだ。

両腕は助けを求めるように差し出されているが、テーブルから生え、誰もいない壁に向かって話している姿と真剣そうな表情の組み合わせが滑稽だ。

気を利かせたキタムラがテーブルを動かそうとするが、黒川さんが「このまで」と止めた。深刻に受けとめてほしくなさそうだ。

『蒸留作物が危機に瀕しているのだ。VPの私が言うのもなんだが、L&Bはどうなったっていい。だが、百二十億もの人口を支えるために、もはや食糧を自然植物に頼るわけにはいかん。蒸留作物の農場を自然植物に戻せば、ムギ、イネ、大豆の収量は半分以下になる。自然作物が植えられるような土壌はもはや失われているからな』

バーナードが言葉を切り、両手を握りしめた。

『それだけならまだいい。収量を上げるために、自然植物に無理な遺伝子組み換えを施してしまう奴らが出てくれば取り返しのつかない事態が……』

言葉に詰まったバーナードは、目を閉じた。

『すまん。林田君、キタムラさん』

大きな息をついたバーナードは、再び目を見開いた。

『黒川には説明しておいたが、マザー・メコンの現地調査に行ってほしい。林田君にも、一緒に足を運んでほしいのだ。現地の状況もわかっておきたいし、黒川を――彼の肉体(フィジカル)は、見ての通りだ――サポートしてやってくれ』

誰もいないオフィスの壁に向かって、バーナードが頭を下げる。

いつの間にか、バーナードのめり込んだ足はテーブルの中央まで進んでいた。伏せられた彼の顔には、演技とは思えない苦しそうな表情が浮かんでいる。

その痛々しい表情と、足がテーブルから生えている状況に、思わず吹き出しそうになる。

しばらく——といっても数秒だったのだろうが——頭を下げていたバーナードは、スーツの襟を整えながら元の姿勢に戻り、再び、彼の正面にある壁に向かって軽く頷いた。

『頼むぞ、林田君。キタムラさん、ご協力に感謝する』

キタムラが私を、そして黒川さんの顔を見た。

「翻訳エンジンの出来がよすぎたか。生の英語の方がよかったかもしれん。しかし……」

キタムラが顎を触りながら、首を傾げる。「黒川さん、あんた、L&Bの社員じゃないんだろう？」

「……ええ、フリーランスですよ。L&Bの仕事が多いことは事実ですが」

「バーナードがあんたのことを呼んだとき、身内のようだったぜ……翻訳のせいかな？」

曖昧な表情で頷いた黒川さんは、机の上の映像ファイルを鞄にしまい込んだ。

「メコンに行け、って話のくだりは傑作だったな。旅行に行く息子に同行してやってくれって言わんばかりだったもんな」

茶化すようなキタムラの声に、黒川さんが顔を上げる。私の席からはメガネのフレームでよく見えなかったが、厳しい表情に感じられた。

「ちょっと余計なニュアンスがついていますが、それはおっしゃる通り翻訳エンジンのせいでしょう。原文の英語ではそれほどの印象は受けませんよ」

「そうだよな。親子なわけはないか。肌も目も……それに、身体だって倍ぐらい違うし」

「キタムラさん！」

グェンの叱責が飛ぶ。

「さっきから、もう、失礼なことばかり。倍は違いません！　黒川さん、ごめんなさい。この人、思ったことをすぐに口に出しちゃうんです」

黒川さんは、いつもの柔和な表情に戻り、胸の前で手を振った。

「横幅は倍、体重は三倍、奥行きは四倍違いますから、ご指摘は概ね合ってます。キタムラさん、気にしていませんよ。本当に」

私はバーナードの依頼を思い返していた。ようやくホーチミンに来て調査が始められるというのに、マザー・メコン農場のあるカンボジアまで移動するのはあまりに効率が悪い。航空写真でしか見たことがないが、農場はかなり奥地にあったはずだ。

「黒川さん、マザー・メコンには、エンリコに行ってもらうわけにはいかないのかな？」

L&Bも人が足りないのだろうが、農場の視察なら、プロジェクトの立ち上げに携わったエンリコが適任だろう。

「エンリコって、プロジェクト・マネージャーのエンリコか？　一昨日から、行方をくらましてるんじゃないか？」

ソファから立ち上がり、奥のデスクに向かっていたキタムラが口を挟んだ。

「……何でもご存知なんですね。私も、午前中の会議で初めて知らされたんですよ」

「彼の奥さんが、夫が会社から帰ってこない、とウォールに書き込んでたんだよ。しかし、ベトナムに来たばかりなのに、次はカンボジアか。大変だな、二人とも」

キタムラはチェアを回している。おもしろがっているようにしか見えない。

「まさか、農場の視察までやらされるとは予想していませんでした。農場のスタッフへインタビューするだけならいいんですが、いろいろお願いされてしまいました」

「手伝えることがあるかな？」

「農場で活動できる衣服と手持ちで映像資料を撮影できるカメラ、生体試料を運ぶコンテナなどを手配できる場所をご存知ありませんか？　あ、夜間の撮影ができる多点カメラも必要です。だれもＳＲ０６が化けている瞬間を見ていないんですよ」

「コンテナだって？」

「〈マザー・メコン〉のシリアル・ＤＮＡ・シーケンサーが壊れてしまったとのことです。お願いしていた〈汚染稲〉からのＤＮＡ採取ができなくなってしまいました」

「え、そうなの？」

私は口を挟んでいた。あてにしていたデータが来ないということだ。

「先ほどテップ主任から連絡がありました。私たちが〈汚染稲〉などのサンプルを持ち帰ってホーチミンでDNAを採取しなければなりません」

「じゃあ、後で〈キムの店〉へ連れて行くよ。ホーチミンのバイオ屋だ。大概の機材はそこにあるはずだし、帰ってきたらDNAの採取も頼むといい。機材はここに届けさせてもいいが……防護服だな。問題は」

「防護服？」

黒川さんと私が同時に声を上げた。

「確かキムの店に化学（B）・生物（C）兵器に対応した防護服があったはずだ。林田さんは問題ないが、黒川さんの身長に合わせられるかどうか、確認しておかなきゃならん」

大げさすぎはしないだろうか。蒸留作物の農場では農薬を使うこともないし、五冠プロジェクトが掲げる水質保全（ウォーター・サイクリック）運用ならば、肥料もやらないはずだ。それに大気中の有害物質も土壌が吸収してくれる。蒸留作物の農場は、地上で最も清浄な地域の一つなのだ。

私は分子模型の雲を目の前に浮かべ、もてあそんでいるキタムラの顔を凝視していた。

「マザー・メコンで何が起こっているのか見当がつかないんだ。備えておいて損はない」

キタムラが分子模型を見つめる瞳は、子供のように輝いてみえる。

「あの作物化けが自然植物の侵入じゃないことはわかってる。話を聞く限りではメコンの主任は信頼できる人物のようだから、生育に失敗したわけでもなさそうだ。SR06が内部に抱えていたバグで遺伝子崩壊（ジーン・コラプス）したか？　いや、ただ崩れただけで、二十年も前に流通禁止になった旧来型（レガシー）イネのDNAが現れてくるわけはない。そして、その〈汚染稲〉は、信じがたいサイズのDNAを持っているときた。それが意味をなさないジャンクであればいいが……」

言葉を切ったキタムラは、分子模型の雲に指を差し込み、赤い点を取り出した。何か関係があるのかと思ったが、彼の目は指先へ焦点を結んでいない。

手を膝に戻したキタムラは再び口を開いたが、もはや私たちに話しているのでないことは明白だった。

「それに害虫（バッタ）だ。DMZ、DMZ、DMZに囲まれた蒸留作物の農場に、目につくほどの数のバッタが侵入するのは解せない」

【DMZ（de-militalized zone）：非武装地帯】というテロップがキタムラの胸元に浮かぶが、関係がわからない。

「黒川さん、DMZってなんですか？　辞書をみても軍事用語しか出てこないんだけど」

「蒸留作物の農場を取り囲む、ちょっと変わったエリアですよ。マザー・メコンに行けばわかります。しかしキタムラさんは何でもよくご存知ですね。農場についてきていただければ力強いのですが……サルベージが止まる方が問題ですね」

黒川さんは、キタムラの独り言に、感心したように頷いていた。

「ＳＲ０６に〈汚染稲〉を継ぐ方法、いや違う。まず農水省にあるイネの標準ゲノムと〈汚染稲〉の遺伝子間距離だ。新潟から始めるか？　いや、ヒカリ系の保証なんてないな。三億塩基対か。フーリエ変換してレインボーテーブルを組めれば早いか……待て、それこそ重ね合わせ探索……」

「あの……すみません」

グェンが私たちに呼びかけた。

「キタムラさんがこうなってしまうと、しばらくはお相手できなくなってしまうんです。今の感じだと、数十分は戻ってこないと思います。待っていただいてもかまいませんが、それより、これから市内に出ません？　キムさんのお店で手配できる機材のほかに、日用品も必要になるんじゃないかしら」

「林田さんだけでお願いできますか？　私はここで、キタムラさんを待つことにします。マザー・メコンと訪問の日程調整もしなければなりませんし、キタムラさんが戻られたら……」分子模型の雲をひねり回しながらまだ自分に向かって話しかけているキタムラを窺った。「防護服のフィッティングにも行かなければなりませんから」

グェンと二人で、ホーチミンの街へ出る。魅力的な提案だ。

「デートか？　部屋の翻訳エンジンを持っていくといい。林田さんのポータブルな拡張現実ステージでも十分動くはずだ。なんなら、ずっと使ってくれても構わんよ」

聞いていたのか。

「出る前に林田さんの持ってきた〈汚染稲〉のＤＮＡをおいていってくれ。似た品種をサルベージしとくよ」

7 Hồ Chí Minh City

真っ白なアオザイの裾が、風にはためく。

「今日は、いろいろ迷惑をかけちゃいました」

グェンが勢いよく頭を下げた。

「気にしないでいいよ。楽しかったし」

キタムラのオフィスからほど近いダウンタウンでTシャツやタオル、下着などの日用品を買い込んでいたのだが、グェンは釣り銭を取り忘れたり露店にアオザイの裾を引っかけて商品をぶちまけたりと、いろいろやらかしてくれたのだ。

私たちはちょうど、パスツール通りを横切る大きな公園にさしかかっていた。高い木々の下には芝生が植えられ、屋台が並ぶ遊歩道が伸びている。濃い影が落ちる芝生では市民が思い思いに過ごし、観光客が足を休めていた。

グェンと歩くホーチミンのダウンタウンには、昨日の熱気を感じなかった。日陰と、建物から吹き出す冷気を丁寧に拾って歩いているためもあるだろうが、グェンの涼やかなアオザイの裾や袖口が隣ではためき、時折、肌に触れていたせいだろう。

私たちも露店で水を買って、腰掛けられる場所を探す。グェンが失敗のお詫びにと人体通信（HMC）で決済してくれたが、確かに便利そうだ。

遊歩道には、車椅子に乗るベトナム人が数多く行き交っている。空港からのタクシーでも気になったのだが、義手や車椅子に頼る人が多いのはこの公園でも同じだ。

彼らを見ていた私に気づいたグェンが、深刻な顔で話し始めた。

「気になるでしょう？ 六十年以上前にアメリカが戦争で使った農薬のせいなのよ」

ベトナム戦争で使用された〝エージェント・オレンジ〟の話は知っている。だが今も影響が残っているとは知らなかった。グェンによるとサイゴン河の上流で使用された〝エージェント・オレンジ〟の成分が、流れのゆるいホーチミン市の周辺で残留して濃縮し、近年になってからまた被害者を増やしているのだという。

「その農薬を開発したメーカーも遺伝子工学で有名なのよね」

グェンは、私も知っている企業の名前を口にした。農薬と遺伝子組み換え作物を組み合わせた商売で名をはせたその企業は、農薬フリーな蒸留作物が出てきたために没落している。業界の人間でも歴史としか思っていない。そんな企業の名前をベトナムの人々はきっと忘れないのだろう。

グェンと話していると着信を知らせるドットが視界の隅に閃いた。割り振られた重要度（プライオリティ）

は、『通常』だが、緊急度（アージェンシイ）は『緊急』だ。手のひらに〈ワークスペース〉を開き、メッセージを確認する。視界に浮かべてもいいのだが、仕事のメッセージをグェンに重ねてしまうのは気が進まない。

　黒川さんからのテキストメッセージだった。

『林田さん、グェンさんとのお買い物、お楽しみかと思います。申し訳ないのですが、チョコレートバーを三ダース買ってきてもらえますか？　ヌガー・バーがあれば一番いいのですが、一本あたり五百キロカロリーあればメーカーは問いません。ナッツが入っているものは、あまり好きではありません』

三ダース？　自分で食べるのだろうか。好きではないというからには〈マザー・メコン〉への手土産でもないのだろうが……。

「どうなさったの？」

「黒川さんから、チョコレートバーを買ってきてほしいんだそうだ。三ダースほど」

「ずいぶんお好きなのね。あ、そうだ。林田さん、申し訳ないんですが、三十分ぐらい用事を済ませてきてもいいかしら。知人が近くにいるので、ちょっと寄っておきたいの。ついでに黒川さんのチョコレートも買ってくるわ」

「一緒に行こうか？」

「……いいえ、結構です。林田さんは、そこの教会でお休みしていてください」

グェンが指差した木立の奥には、大きな建物の、レンガ造りの基部が見えた。そのまま視線を上に動かすと、蓮の花が開いたような白い透かし彫りの窓とステンドグラス。さらに上を見ると、梢の間からは、先端に小さな十字架を掲げた白い尖塔が覗く。

「あれが教会？　立派だね」

グェンは嬉しそうに頷き「サイゴン大聖堂」について語り始めた。セーヌのノートルダム寺院を手本に作った本格的なロマネスク建築だ、パリから運んできたレンガが積み上げられている、ステンドグラスはこの国の職人がフランスの技師に学んで作った——所々であやふやな説明はどこまでが本当だかわからないが、グェンと、ホーチミンの人々によく愛されているようだ。

「日本人向けのガイドブックには『サイゴン大聖堂』って載ってるけど、私はベトナム語で言うように『聖母マリア教会』っていう方が好きかな」

「マリア像もあるの？」

「もちろん」グェンは、木立の右奥を指差した。「あの角を右に折れると見えるわ。そこが正面なの。離れたところから教会全体を見ると素敵よ。ぜひご覧になって」

「あの窓の下が正面じゃないんだね」

「あれは薔薇窓、っていうのよ。中で待っててくださる？　涼しいし、綺麗よ」

「わかった。じゃあ」

「本当にごめんなさいね。ガイドの途中なのに。ちょっと行ってきます」

グェンは立ち上がり、教会と反対側へ歩いていった。私も腰を上げ、水を飲む。

グェンが教えてくれた建物の全景を見るために歩き出したところで、また『通常』『緊急』の通知。黒川さんだ。

『追伸：マザー・メコンへは、明日の朝、ホテルから直行になります。六時にロビーまでお越し下さい。一泊の予定です。野外活動のための洋服は要りません。用意してもらった防護服は、裸で着用するものでした』

また「明日」か。振り回されっぱなしだな。

裸で着る防護服というのは、どんなものなのだろう。マザー・メコンの農場も暑そうだが、ホーチミンよりはマシだろうか。

＊

サイゴン大聖堂は、確かに立派な建物だった。

抜けるような青空を背景に、真っ白な尖塔、赤茶けたレンガ造りが映える。正面の花壇で光を浴びているのがヒマワリというのも面白い。グェンが言っていたマリア像は、私から見ると目が大きすぎ、造形が粗く感じられた。

グェンが居なくなったためか、それとも木立を抜けて直射日光の下に出たからか、猛烈な暑さが戻ってきた。

急ぎ足でエントランスに向かう。

入り口の開け放たれた扉をくぐるとき、アーチに漢字が書かれていることに気づいた。古い字体なので半分も読めないが「聖堂」や「聖母」程度はわかる。黒川さんがタクシーの中で指摘した通り、ホーチミンには漢字があふれていた。

扉をくぐり抜けると、目の前で仰々しい機材を積み上げた撮影クルーが右往左往していた。八行八列の格子状(アレイ)にLEDフラッシュを取り付けた多点ライトと、同じように格子状に並べられた多点カメラのパネルが扇状に並べられている。ライトやカメラに〈トゥルービジョン社〉のロゴを確認するまでもない。実写(リアルビュー)の立体映像を撮影するための機材だ。

「蹴飛ばされたいの、このグズ！　ライトは右っ！」

黒いバンダナを巻いたサングラスの女性が、機材を持って動いているスタッフに罵声を投げつけている。空港で、黒川さんを〝kid（ボク）〟呼ばわりした女だ。

キタムラから借りた翻訳エンジンは、ポータブルの拡張現実ステージとは思えないほどの精度で周囲の人々の声も翻訳してくれているが、こんな罵声までスムーズに聞こえてしまうのは少し鬱陶しい。

とにかく、彼女とは関わりたくはない。

機材の並ぶ場所を大きく回り込んで、聖堂(ホール)に足を踏み入れたとき、メッセージの通知が閃いた。また、黒川さんか。

反射的にメッセージを受諾（アクセプト）する。しまった。非通知の拡張現実会議への招待状だ。

目の前に、見知らぬ人物の〈アバター〉が立っていた。

麦わら色の金髪が顔にかかり、両端が少し下がった瞼からこちらを窺う真っ青な目が印象的だ。艶やかな〈アバター〉の顔は三十代に見えるが、言い訳がましく口元に刻まれたシワが不自然だ。実際には五十代あたりだろう。

「林田さん。L&Bのエンリコ・コンティだ」

「エンリコさん？」

初めて会うエンリコの風貌に驚かされた。ラテン系の名前から勝手に黒髪を想像していたのだ。

「会議を受諾（アクセプト）してくれてありがとう。実際に会うのは、初めてだね」

エンリコが差し出した右手に、私も手を重ねる。拡張現実フィードバックが腕に抵抗を伝えてきた。

「どうしたんですか？　非通知なんかで」

「すまないな。マザー・メコンで発生している作物化けについて、あんたに伝えたいことがあったんだ。少し、時間とってもらっていいかな」

エンリコは、肩越しに親指でホールの中央を指差した。

プライベート・モードに入っているため、高い天井の下を、無個性な〈アバター〉が動き回る様が夢のように感じられる。

「そっちの調査、どこまで進んでる？」

エンリコは、両手をジーンズのポケットに入れ、肩を揺すって問いかけてきた。

「それほど進んでいません。それよりエンリコさん、L&Bに出社していないと聞いたんですが、大丈夫なんですか？」

エンリコの〈アバター〉からは本当の顔色はわからないが、声には活力が感じられる。

「俺のことは心配しなくていい。L&Bの体制についていけなくなってな。プライベート・モードで立ち話していると終わったときに疲れる。座ろうか」

ホールの中央まで歩んだエンリコは、ホールに並ぶ礼拝席のベンチに座るよう促し、自分でも通路に足を投げ出すようにして腰掛けた。

私も指定された席に腰を下ろす。奥行きが足りないため、膝頭がエンリコの座る前席の背もたれに触れる。硬い木が尻と背中に当たる感触が伝わってきた。

エンリコが言うように、立ったままプライベート・モードに入ると、会議から抜けたときに膝の感覚がなくなるほど疲れていることがあるが、この狭いベンチでも同じことになりそうだ。時々、意識して動かさないと痺れてしまうだろう。

エンリコは、背もたれに腕をかけ、顔を近づけてきた。

「俺が無断で休んでるのは、バーナードに失望したからだ」

囁くような声でエンリコは話し始めた。

「マザー・メコンの五冠プロジェクトではプロジェクト・マネージャー（PM）なんて肩書貰ってたが、ロクな仕事を任せてもらえなかった。協力会社との連携が肝のプロジェクトだったんだが、その辺は全部、バーナードが指名した黒川に持っていかれたからな」

エンリコは、愚痴をいうために連絡してきたのだろうか。

「それでも、社内ではPMらしい仕事があったんだが、今回の作物化けの調査は、いきなり黒川に丸投げされて、俺には何にも残ってない。もちろん、バーナードの指示だ」

「L&Bのチームは農場や政府との調整で大変だって聞いてますけど」

エンリコの表情が一瞬固まり、それから唇の片方をあげて笑った。

「……そういう調整は確かに多いが、そんな雑用は案件を持ってきたバーナードや営業がやればいいだろう。謝るのがPMの仕事か？」

この男は、何を甘えているのだろう。そんなことで腹を立てて、行方をくらませたというのだろうか。

「バーナードは、L&Bのチームをつまらん事務処理であふれさせて、作物化けの実態調査を丸投げしやがった――林田さん、あんたの技術を貶（けな）してるわけじゃないよ。投げた相手が黒川ってのがまずいってことだ」

「黒川さんに問題でもあるのですか？」

「ああ、あるね。バーナードは気づいていないが、奴は遺伝子工学を憎んでいる」

初耳だったし、信じられなかった。黒川さんとは三年ほどの付き合いだが、仕事への誠意は充分に感じられる。

エンリコは、仕事を奪われたせいで、評価を歪めているんじゃないだろうか。

「今回の作物化けだって、奴が裏で糸を引いてるんじゃないか？　五冠プロジェクトの協力会社と連絡してデータを受け渡ししてるのは黒川だ。奴なら、L&Bを出し抜いて農場のシステムに悪意あるソフトウェア（マルウェア）を仕込むことだってできるし、SR06のコードを弄（いじ）ることだってできる」

「エンリコさん、それは聞き捨てなりません。私の作成したコードは、L&B経由で農場へ納品されています。だいたい、私が納品したコードはエンリコさんの検収サインを頂いているじゃないですか」

エンリコの表情が、また一瞬固まった。さっきは気づかなかったが、これは〈アバター〉のビヘイビアが本来の表情を出さなかった時に発生する不自然な描写（アーティファクト）だ。

舌打ちでもしたのだろう。

ほんの少しのやり取りだが、私はエンリコを嫌いになり始めていた。

「そうだったな。いや、そういう細かい話じゃない。黒川の話だ。あんたは実際に会っているだろう。あの小さな身体を見て、異常を感じなかったのか？」

エンリコは、背もたれにまわした腕に力を込め、さらに顔を近づけた。

「あれは、蒸留作物の被害者の証だ。しかも、バーナードが絡んでる」

エンリコは、一枚の映像ファイルをポケットから取り出した。

「スタイルシートしか弄らないようなジーン・マッパーが知らなくても不思議はないが、L&Bは二十年前に一度、蒸留作物で食品傷害を起こしている。黒川は、その被害者だ」

「二十年前？」

「正確には二十一年だな。二〇一六年の資料だ」

彼は映像ファイルを私の胸元に突き出し、長い指で再生ボタンを押した。

俯く格好になった私が、身じろぎをしようとしたときに、聞き慣れた声が叫んだ。

『息子を返せ！』

エンリコが再生した映像の中で、黒川さんが叫んでいた。子供がいたのか？

黒川さんは、マイクがたてられたテーブルの中央に座り、画面の左側を睨みつけている。黒縁のメガネやぴったりとした分け目の髪型、おなじみの紺色のスーツは、紛れもなく黒川さんのものだ。

しかし顔を覆う無精髭、垢染(あか)みたシャツ、そして袖口が擦れて光ったスーツは、映像の中の黒川さんが数週間はまともな生活を送れていないことを物語っている。私は、こんなくたびれた姿も、激高する彼も見たことがない。

映像の下の方に「米が危ない！　スーパーライス・ZERO食品傷害事故」というテロップが配置され、黒川さんの右横には、グレーのスーツを着た女性が、気遣うような視線を送っていた。代理人か、弁護士のようだ。

映像は日本のニュース番組から抜粋されたものに見える。しかし、二十年も前の映像に黒川さんが映っている理由がわからない。

『スーパーライスだと？　なんであんな物を作りやがった！　息子を、隆を返せ！』

テーブルを乗り越えてしまいそうな黒川さんの肩を、隣の女性がやんわりと押さえたところで、映像に細い指が重ねられて再生が停止された。

「林田さん。これは、黒川の親父だ。不気味なほど似てるだろう。映像は、まぎれもなく二〇一六年のアーカイブから拾ってきたものだ。後で確認したいだろうから、ブックマークを渡しとくよ」

エンリコはいつの間にか立ち上がっていた。しおりの形をした拡張現実ウィジェットを、私に差し出している。

「……黒川さんの父親が、彼によく似てることはわかった。しかし、なんで、こんなものを見せるんだ？」

私は、エンリコの手からしおりをもぎとり、ポケットにねじ込んだ。キタムラに真贋を判定してもらおう。全てが捏造だとは思わないが、重要なポジションを奪われたエンリコが、黒川さんを貶めるためにやっていないとも限らないのだ。

「それは、続きをみればわかるさ。いいか？　始めるぞ」

エンリコは人差し指を私の額のあたりに掲げ、ゆっくりと再生ボタンに降ろしていった。つい、指の動きを目で追ってしまう。

映像がまた再生される。カメラが大きくパンし、黒川さんの父と向かい合ったテーブルへ動いていくところから始まった。

カメラが焦点をあわせたテーブルには、見慣れた巨漢が顔を痛ましそうに歪めて座っていた。ボールのような腹を見るまでもない。バーナードだ。

バーナードはゆっくりと口を開いた。

『Our product, Super-Rice ZERO is――私たちの製品、スーパーライス・ZEROは、日本酒を作るための特殊な植物であり、基本的に人間が食べる仕様になっていません。黒川隆さんをはじめとする二十七名もの方が食されたことは、残念で仕方がありません』

日本語の通訳が、バーナードの声に重なった。人間が声をかぶせる、古くさい方法だ。

『健康被害……ここで言葉を飾っても仕方がありません。私たちの製品のために昏睡状態に陥った二十七名、そしてご家族へは、L&Bが責任を持って補償をいたします。希望されるならば、治療法が見つかるまで、私どもの用意する施設で介護いたします』

エンリコの指が映像をタップし、再生は停止された。

「これ、結構長いんだ。もう、要点はわかっただろう。黒川は、バーナードの作った蒸留作物、スーパーライス・ZEROを食って昏睡状態になったんだ」

「……ちょっと待って。蒸留作物じゃないでしょ」

「なにが？」

「蒸留作物はSR01からじゃないか」

一瞬、表情を固めたエンリコは、肩をすくめてみせた。

「細かいな」

――基本的な用語すら正しく使えないのか。こんな奴なら、調査チームに加わってくれないほうがいい。

「とにかく、わかったろう。黒川は、奴の親父に食わされたL&Bの米で昏睡状態になったんだ。そんなひどい目に遭って、加害者企業の下請けやってるってのがおかしいと思わないか？　ヘンテコな英語で頭ペコペコ下げてるが、腹の中で何考えてるか、わかったもんじゃない」

エンリコは背もたれに両手をついて、頭を近づけてきた。

「バーナードが黒川に仕事を出すのもおかしいんだよ。自分の手で人生を奪った男に仕事出すか？　俺は、バーナードが黒川にとんでもない弱みを握られてるんじゃないかと思うんだが、なんだろうな。俺はそれが知りたいね」

私は、エンリコを睨みつけていた。黒川さんの話は後で考えるとして、この男が信頼に値しないことは、よくわかった。私は〈アバター〉の感情補完レベルを落としている。エンリコには不愉快な表情がそのまま伝わっていることだろう。

望むところだ。

「怖い顔、するなよ。とにかく黒川を信用するな。作物化けの調査は、奴の手から引きはがせ。それがあんたのためだ。いいか、伝えたからな」

エンリコは姿を消した。

膝に当たっていた背もたれを押し、スペースを作る。案の定、硬いベンチと狭い席のせいで尻が痺れていた。両腕をあげ、首をひねるとこわばった筋肉が音を立てた。

見渡すと、スキンヘッドの女性に率いられた撮影クルーも、姿を消していた。

そのまま首を巡らせると、ホールの奥に掲げられたイエス像に視線を吸い寄せられた。

薔薇窓から差し込む西日の照り返しが、天井と壁にまだらな模様を描いている。揺らぐ光に照らされるイエス像を見つめていると、エンリコが吐いた言葉が、頭の中をぐるぐると回り始める。信用するな……。そうなのか？ホーチミンに来て、黒川さんに魅力を感じ始めていたところだ。小さな身体を受け入れ、快活に、誠実に振る舞う彼が、私たちを騙しているというのだろうか。

「黒川さん——」

思わず言葉を漏らしたところへ、真っ白なアオザイが、風を巻いて歩いてきた。

「林田さん、お待たせしました。あら、どうしたの？　ひどい顔よ」

「なんでもない。ちょっと気分が悪くなっただけだ」

「大丈夫ならいいんだけど……そうそう、キタムラさんから連絡が入ったのよ。今日はもうオフィスに戻らないから、解散したら帰っていいって。夕食でも一緒にいかが？」

「ごめん、ちょっと確認したいことがあるから、オフィスに戻るよ」

*

真鍮の取手に触れてドアを開き、キタムラのオフィスに入る。

瞬きを二つ、拡張現実を有効化(アクティベート)。

「だれも、居ないか」

ソファテーブルの上には、汚れたフリスビーとテニスボールが山積みになっていた。キタムラの検索エージェント犬、ジョンとポールがサルベージしてきたファイルだろう。

床にこぼれていたテニスボールに手を伸ばすと、触れる直前に書類ばさみ(フォルダー)に変わる。ラベルには【ファンファンファーム：新潟の農家　二〇一四年】と書かれていた。キタムラは、今日の午後からサルベージを始めていたようだ。

これだけのファイルと〈汚染稲〉のＤＮＡを照合しなければならないのか。気が遠くなるが、全く進んでいなかった調査が前進する感覚に、少しだけ気が休まった。

「キタムラさんに、照合も頼んでしまおうか――」

入り口で、何かが動いた。

振り返ると、赤いバンダナを首に巻いたゴールデン・リトリバーが顔を覗かせていた。

「……脅かすなよ」

ジョンは爪を鳴らしながら私の脇を通り過ぎ、ボールをテーブルに載せる。手を差し伸べると頭をすりつける仕草をしたが、拡張現実フィードバック・チップが腕を動かす感覚だけが残り、肌に触れて見える毛並みの感触は伝わらない。本物の犬にしか見えないが、これが拡張現実であることを改めて思い知らされる。

ひとしきり、頭をすりつける仕草をした犬（ジョン）は、名残惜しそうに私を振り返りながら、扉を開けて出て行った。

ソファに腰掛けた私は、エンリコにもらったブックマークを開くことにした。二度も見たくはなかったが、エンリコの居ないところで確認しておきたかったのだ。

エンリコのブックマークが指し示す映像ファイルは、キタムラのオフィスからも、問題なく閲覧できた。続きも再生してみたが、黒川さんが昏睡状態になってしまったことと、その原因がＬ＆Ｂのスーパーライス・ＺＥＲＯにあるという事実を再確認するだけに終わった。バーナードの謝罪からすると回復不能な障害が出たようなのだが、黒川さんはどうやって回復したのだろう。

　それにもう一つ、気がかりなことがあった。

「……似てるというレベルじゃない」

　メガネの形も、髪型も、身長こそ違うものの体型も見分けがつかない。映像自体が作り物に見えてしまう。キタムラに映像の真贋を判定してほしいところなのだが、こんな映像を見せていいものだろうか。

　テーブルに浮かべた映像を注視していると、後ろから声をかけられた。

「林田さん。君も見たのか」

　いつの間にか、奥のデスクに、クリーム色の開襟シャツを着たキタムラが座っていた。拡張現実で入ってきたのだろう。

「この映像、キタムラさんもご覧になったんですか？」

「ああ、林田さんの同行者ってことで調べたんだが……ひどい話だな。他にもいくつかニュースを拾ったが、彼がL&Bのスーパーライス・ZEROの被害者だってのは、間違いないだろう。業界筋では事故を覚えている人も多そうだ――どうした、林田さん。なにか心配事でもあるのか？」

　今、私は、どんな顔でキタムラを見ているのだろう。エンリコの件を、キタムラに伝えてもいいものだろうか。

「心配はわかるが、黒川さんが何か言いたくなるまで待とうじゃないか。それより、私たちは調査を進めようや」

キタムラは膝に両手をかけ、ソファから立ち上がった。

「マザー・メコンの調査は一泊らしいな。心配だろうが、二人が居ない間はこっちで〈汚染稲〉の候補のサルベージを続けるよ。今日だけで、ジョンとポールは二千ほど候補を持ってきた。〈汚染稲〉との照合も私の方でやっておこう」

「あ、ありがとうございます」

キタムラが姿を消した。

明日は、マザー・メコンへ現地調査に行く。

キタムラの言うとおりだ。エンリコの話は置いて調査に集中しよう。

第三部　黒川さん

8　Farm Manager

私は、最後の下着に手をかけていた。

靴下を脱いだ足を通してリノリウムの床で冷やされた血液が、脚を這い上がってくる。

私と黒川さんは〈マザー・メコン〉の農場管理棟でテップ・シュエ主任のセキュリティ・チェックを受けているところだった。

「テップさん、男性のスタッフは……」

「人が足りないの。時間も。さっさと脱いでくれない?」

テップは顔にかかっていた黒い髪を払った。

切れ長の目の下には青黒い隈が浮き上がっている。更衣室のドアに体を預けた彼女の身長は黒川さんより少し高いはずだが、上半身を脱いで腰に巻き付けた大きすぎる作業着のツナギが、彼女を小さく見せていた。

小さな上半身をぴったりと包む半袖のサポーターシャツと紫色のタンクトップは洗い立てのようだが、本人と身につけている他のすべてのものに、土ぼこりがこびり付いているように感じられる。

「形だけのことよ。何も持ってないことを確認したら、後ろ向くわ」

テップは、くたびれた姿に似つかわしい声で、再び私を促した。

もしかしたら丁寧な英語で話しているのかもしれないが、キタムラから貰った翻訳エンジンは話者の感情をもれなく翻訳してしまう。きっと不機嫌なのだろう。感情に対する感度を落とす方法があれば、ぜひ知りたいところだ。

一足先に全裸になっていた黒川さんは、壁際のロッカーに張り付くように立って、緑色のジェルが詰められたボトルを見つめていた。注意書きを読んでいるようだ。

黒川さんとは、今朝ホテルのロビーで合流してから、ほとんど話をしていない。

朝の六時にロビーに降りた私は、〈キムの店〉から運ばれてきた山積みのコンテナと一緒にホテル前の川岸まで運ばれ、停まっていたヘリコプターに押し込まれた。シートベルトを締める間もなく飛び立ったヘリの中で、私と黒川さんは仕事に忙殺された。黒川さんはヘリコプターの騒音をものともせず、L&Bやマザー・メコンと会議を続け、私もキタムラから届き始めたサルベージ結果と〈汚染稲〉との照合結果を確認することになったのだ。キタムラが昨日の午後から始めていたサルベージで、日本で栽培されていたイネのDNAは三千ほど集まったが、まだ有望な結果は出ていないという。

黒川さんと機内で交わした会話は、彼が四本目のチョコレートバーの封を切ったときの「チョコレート、好きなの？」「ええ、カロリーが高いんです」という一言だけだった。


「性器にも塗ること……ですか。念の入ったものですね」

キタムラが〈キムの店〉とやらで調達してきた米軍の放出品、生物[B]・化学[C]兵器対応の防護服は、漠然と想像していた「服」ではなく、黒いカーボンファイバーの装甲で全身を覆う鎧のようなものだった。身体の動きを妨げないように小さく分割された装甲同士は、着用者のサイズや姿勢に従って自動調整されるカーボンファイバーのリボンで繋がれていた。

コンテナを開いたときに再生されたチュートリアル・ビデオによると、組み込み（ビルトイン）の拡張現実ステージが作戦の遂行を支援するとのことだ。防護服の拡張現実ステージから、使用者の神経へ情報を伝えるのが、黒川さんが手にしている緑色のジェルということになる。ジェルには、皮膚を通して神経を叩くナノマシンが大量に含まれているらしい。

軍用品のチュートリアル・ビデオを見るのは初めてだったが、構成の上手さに感心した。装着方法に始まり機能説明、そして負傷した場合の緊急脱出手順までを流して見たが、初めての私にも一通りのことが頭に入っている。

湿度一〇〇パーセントの下水道でもそよ風を感じ、死体置き場でも平穏に作戦を遂行できるとチュートリアル・ビデオのナレーターが自信満々に伝えていたのが印象的だった。

テップの視線が、壁際で緑色のジェルを塗り始めた黒川さんに注がれている。

「あなた、スーパーライス・ZEROの被害者だったの？　いつ動けるようになったの？」

「テップさん」

咎(とが)めた私へテップは顔を向けたが、視線はずっと手前で焦点を結んでいる。

「ベッドから起き上がれるようになったのは、七年前です。ご覧の通り、成長は止まってしまいましたけどね」

部屋の隅から飛んだ黒川さんの声でテップは我に返ったように目を瞬(またた)かせ、頭を左右に振った。ドアを後ろ手に押した反動で、姿勢を正す。

「ごめん、黒川さん。立ち入ったことだったかな」

「お気になさらず。それより、大変にお疲れのようですね」

「疲れ……そうね。五日前、SR06が化け始めてから、ろくに休めてないの。いくら報告してもL&Bからは返事がないし、かと思えば外部スタッフの黒川さんからデータを送れ、って二回も連絡がくる。それで、昨日バーナードから直々に現地調査を受け入れろ、ってビデオメッセージが届いたのよ。プロジェクト・マネージャー(PM)はエンリコでしょ？　L&B、どうなってるの？」

「エンリコは――」

言いかけた私を黒川さんが遮った。

「テップさん、今後は私に連絡してください。調査の実動チームは私と、こちらの林田さんです。集約して必要なところに情報をお届けしますよ」

暗く沈んでいたテップの顔が、心なしかほぐれたようだ。L&Bからの反応がなかったことは相当なストレスだったのだろう。

「黒川さんがコーディネーター？　ありがたいけど、エンリコはどうしたのよ」

「しばらくお休みをいただいています」

「PMがこの状況で休みって……参っちゃったの？」

「そう、だと思います」

黒川さんが苦笑する。

「ったく、あのイタ公め。この忙しいときにメンタルやられちゃったのか。マンマのお膝にもじゃもじゃ頭を押しつけて寝てるんでしょ、どうせ」

「技術には明るい方ですので、復職したらすぐに追いつくと思いますよ」

エンリコがもじゃもじゃ頭？　それに――。

「彼が、技術に明るい？」

「ああ。でも、もう戻ってこなくていいよ。黒川さんの方が頼りになる」

テップはもう一度、扉に寄りかかった。重心がしっかりと足の間に落ち、胸の下で組まれた腕と、サポーターシャツに浮き上がる筋肉の束が陰影を強めた。

「林田さん、手が止まってるよ。さっさと、パンツ脱いでくれないかな」

刺のある、だが親しみを幾分か含んだテップの声が、再び催促した。

私は、ため息をついて最後の下着を降ろす。

「縮こまってる訳じゃなかったのね。後ろ向いてるから、ジェル塗って、防護服に着替えちゃって」

＊

管理棟から農場に出るための殺風景な通路を、テップが先に立って歩いていく。

「黒川さん、助かるよ。これでようやく夜間の撮影ができる」

テップは三脚を右肩に担ぎ、左腕で八行八列にカメラがセットされた〈トゥルービジョン社〉の多点カメラをぶらさげている。いずれも黒川さんが〈キムの店〉で調達して、マザー・メコンに持ち込んだ機材だ。

「プノンペンまでヘリでも二時間。こんな奥地じゃ機材の調達に出るのも面倒だし、SR06が化け始めてからは、業者の立ち入りも制限してるからね」

「助かります。無用の不安を煽るようなことも避けなければなりません。迅速に立ち入り制限をしていただいたことに感謝いたします」

「農場に入ろうとする奴は、毎日のように来てるけどね」

「こんな奥地に？」

「奥地で悪かったわね」

声と裏腹に、テップの目は笑っていた。

「遺伝子工学に反対する環境保護団体が、毎日、侵入しようとしてるのよ」

五冠プロジェクトが始まってからずっと、マザー・メコンの周辺に居座っている環境保護団体がいるという。人里から遠く離れた農場の周囲にテントを張り、様々な計測器で、農薬や化学肥料、その他の薬品が使われていないかチェックし続けているのだそうだ。

「真面目に計測してくれるなら、ちょっとは役に立つかと思ったんだけどね。計り方もデタラメだし、私が運用してる農場から、そんな不適切なものが出るわけはないの」

テップはタンクトップの胸を張った。

「最近は凧を揚げて写真を撮ってるわ。夜中光る農場は蒸留作物を糾弾するのにちょうどいい題材なんだろうね。おかげで余計な警備コストがかかってるんだけど」

テップは、管理棟の入り口あたりを指差した。確かに、マザー・メコンの施設には多数の警備員が詰めている。まさか、活動家を排除するためだとは思わなかった。

「こんな奥地でもう一年以上活動を続けてるのよ。お金が続くのが不思議なのよね。遺伝子工学や蒸留作物に問題がないなんて言わないけど、奴らが主張する持続性や環境保護、食の安全だけなら、伝統的（レガシー）な焼き畑や突然変異に頼る育種よりずっとマシよ。奴らのピーマン頭に詰め込んでやりたいな」

　重い三脚を担ぎカメラをぶら下げたテップは、通路を歩きながら話し続けた。地域経済保全（フェア・ディール）のために現地採用を徹底しているマザー・メコンでは、インテリの彼女と話が合うスタッフもそう多くないのだろう。

「黒川さん、調査の後こいつを置いていってくれない？」

　両腕が塞がっているテップは、私の胸を顎で指した。

「私？」

「違うよ、その防護服。米軍生物化学部隊（SBCCOM）の生物化学兵器耐性作業服（BCPF）、それも拡張現実（AR）モデルでしょ」

　テップは、防護服の型番が書いてある脇腹を覗き込んだ。

「きちんと準備してくれて、助かるわ。今のマザー・メコン農場で活動するなら、ＢＣ兵器への備えぐらいは必要なのよ。ウチにはこんな防護服しかないんだけどね」

　テップは腰を振って、袖を巻き付けているツナギに私たちの注意を引いた。ゴム引きの表面は汚れ、膝には毛羽立ちも目立っている。作業靴とツナギを縛り付けている銀色のダクトテープは、まさか遮蔽（シーリング）のためなのだろうか……。しかし——。

「BC兵器……大げさだったり、しません？」

私の言葉にテップは立ち止まり、ぶら下げていたカメラを床に下ろした。

「いや、兵器だなんて、なにか証拠——」

テップが右手で私の胸を押した。

「証拠がなきゃいけないの？」

細い目を見開いて私を睨む。

「ないから怖いんじゃないの！　農場では原因不明の作物化けが進行しているの。大気も、水質も土壌も、調べられる限りは調べたわ。それでも化けた原因は全くわからないの」

胸を押す手が震えている。

「でも現実に朝農場に行くとSR06が生えてた場所に別の植物が生えてる。絶対に何かあるのよ。危険な物質かもしれないじゃない。そんな農場に、精霊（ネアック・ター）の呪いだって怯えるスタッフを送り込んでるのよ。それにあの不気味なバッタ——」

黒川さんがテップと私の間に割って入った。

「テップさん、私たちは農場からの報告をほとんど受け取っていません。エンリコさん宛に送っていたのではないですか？」

テップの胸を押す力が緩む。

「……あのバカ、私のレポートも調査チームに伝えてないの？」

「L&Bのチームもエンリコさんとは連絡が取れないらしいのです。私たちの持っている情報は、直接いただいた〈汚染稲〉のDNAと、SR06の生育記録だけです」

「――ごめんなさい。まさか、何にも伝わってなかったなんて……」

テップが私に頭を下げた。

「ごめん。兵器ってのが突飛だったので驚いたんだ。申し訳ない」

私もテップに謝罪した。

「化ける仕組みがわからないのは、本当に怖いんだ。生物兵器みたいなものが使われてないことを祈ってるわ」

テップは床に降ろしたカメラを持ち上げた。

「とにかく、このカメラでようやく化けている瞬間が捉えられる。黒川さん、ありがとう。林田さん、痛くなかった？　ごめん」

＊

まばゆい光が防護服のバイザー越しに目を灼く中、オリーブ色の防護服が両手を水平に広げていた。テップが防護服に除染室の紫外線を当てているのだ。

「その防護服は新品みたいだから大丈夫だと思うけど、私の防護服は汚れちゃってるの。もう少し我慢して」

オリーブ色の固まりが頭を下げた。布に空いた二つの覗き穴からはどんな表情なのかわからない。彼女の着ているゴム引きナイロンの防護服は私たちの着ているカーボンファイバーのものと素材や世代が違うだけではない。サイズもでたらめだった。銀色のダクトテープは大きすぎる防護服を身体に縛り付けるためのものだった。

「どうぞ、農場の規則でやってください。私たちの調査を行うことで、別の問題を持ち込みたくはありません」

黒川さんは、〈ワークスペース〉を開いて見慣れないコントロールパネルに何かを入力していた。テップが興味深そうに手元を覗き込む。

「なにやってるの？」

「今日の調査を、作戦(オペレーション)として防護服に設定してるんです。小隊(プラトゥーン)のメンバーは私と、林田さんとテップさん。作戦(オペレーション)の局所的な目標は〈汚染稲〉とSR06、そしてバッタの採取と、その他の情報収集。使命(ミッション)はマザー・メコンを襲った異常の原因を解明すること、と」

「バッタまで要るかな？」

「要ります」「必要よ」

黒川さんとテップが口を揃える。

「……そうですか。網とか持ってきてないけど、すぐに捕まるかな」

「大丈夫。〈汚染稲〉が生えている場所には、いくらでもいるから、手で掴めるよ」

テップが苦々しげな声で答えた。表情は、やはりわからない。

チュートリアル・ビデオによると、防護服に内蔵された拡張現実ステージには同僚の表情を見せる機能があったはずだ。

「拡張現実、そろそろ有効にしませんか？」

「そうですね。たしか、防護服の拡張現実は〝activate（アクティベート）〟と呟きながら、左手で顔を覆うようなジェスチャーで――」

カーボンファイバーのリボンが包帯のように巻き付く左手を開き、親指と小指で目の脇を挟むような仕草（ジェスチャー）をしてみせた。

「有効化（アクティベート）しま――」

言いかけた黒川さんの頭が落ちる。

膝が、そして、ヘルメットが床にぶつかる。

頭を床に打ち付けた黒川さんは、一瞬の間をおいて全身を痙攣（けいれん）させ始めた。

「黒川さん！」

見たこともない角度に背中を反らした黒川さんにテップが飛びつく。

ヘルメットの内側からごぼっという音が鳴った。嘔吐している。

「林田さん！　ヘルメット、脱がせて」

「どいて」

ヘルメットに飛びつき、顎の下にあるレバーを引くと、顔を覆っていたバイザーが弾け飛び、茶色の筋を引いた吐瀉物が散らばった。両手指をカギのように曲げ、顔の前にひきつけた黒川さんの目は見開かれ、眼球がでたらめに動いている。

「なに、なんなの？」

ひゅうっと息を吸い込む音が鳴り、喉の奥から次の吐瀉物が吹き出した。

緊急事態（エマージェンシー）の手順！　確かチュートリアル・ビデオにあったはずだ。畜生。しっかり見ておけばよかった。

黒川さんが痙攣に逆らって腕を首の後ろに回そうとしている。

思い出した。首の後ろに、緊急脱出紐（エマージェンシー・ストリング）がある。

「防護服を脱がす！」

暴れる黒川さんの小さな胴体を正面から抱きしめて、首の後ろに指を差し込む。

黒川さんが意味不明の音とともに、吐瀉物を私の顔に吹き出した。

指がエマージェンシー・ストリングにかかる。引き抜く。

防護服の装甲を繋いでいたリボンが緩み、隙間から緑色のジェルが覗く。

テップが背中から飛びついてジェルが絡み付くリボンをまとめ、もどかしそうに防護服を引きはがしていく。

「シャワー出して！　ジェルを洗い流す」

「ここの、純水よ！」

「いいから！」

テップが扉の脇に走り青いボタンを押しこむと、左右の壁から体を支えられないほどの圧力で水が吹き出した。黒川さんの体を起こしてシャワーに当てる。水圧に皮膚が歪み、全身に塗り付けられたジェルがみるみるうちに洗い流されていく。

「人、呼んだ！」

テップが耳元で叫ぶ声を聞くまでもなかった。除染室の入り口から、ストレッチャーを押した数名のスタッフが飛び込んできたのだ。

「ジェルを拭ってくれ！」

何本もの手が黒川さんを押さえつけ、毛布でジェルを拭いストレッチャーに乗せた。毛布を被せようとしたとき、私は黒川さんの右肩に奇妙なものを見つけた。

三列のバーコードだ。

それは普通の入れ墨（タトゥー）ではないように感じられた。毛布をずらして、黒川さんの肩を覗き込むと、そのバーコードは脈動するように輝いていた。

「顔、上に向かせないで！　ゲロが詰まる！　林田さん、なにやってんの！」

私の横で黒川さんに覆い被さったテップの声が遠くから聞こえるようだった。

光るバーコード？

ストレッチャーに乗せられた黒川さんを、テップと四人のスタッフが押して行った。

我に返った私は、通路を走るストレッチャーを追う。

着慣れない防護服が走るのを妨げる。防護服の拡張現実を有効化(アクティベート)すれば、固い装甲も第二の皮膚のようにしなやかに感じられるとチュートリアルは教えてくれたが、あの黒川さんを見たばかりでは、とてもアクティベートする気にはなれない。

ストレッチャーが吸い込まれた部屋にたどり着こうとしたとき、室内からテップの悲鳴が聞こえた。拡張現実眼鏡(グラス)をかけたスタッフが二人転がり出てくる。

「あれ！　精霊(ネアツク・ター)が！」

二人を無視して室内に飛び込むと、ストレッチャーに腰掛けているスーツ姿の黒川さんが私に会釈した。

なんでスーツ着てるんだ？　黒川さんの背後では二人のスタッフがストレッチャーのなにもない場所を押したり引っ張ったりしている。

テップは黒川さんの前で立ち尽くしていた。

「林田さん、テップさん。ご心配をおかけしました」

黒川さんはストレッチャーから降りて上着のボタンをかけ、頭を下げた。

「お恥ずかしいところをお見せしています。防護服の拡張現実フィードバックが、私には強すぎたようです。酔ってしまいました」

ストレッチャーにとりついていたスタッフの一人が血相を変えてこちらに叫んだ。

「この人、脈が止まってる！　テップ主任、何してるんですか！　そこの自動体外式除細動器（AED）持ってきてください」

壁にかかるオレンジ色の端末を指差している。

「AEDはやめてください！」

厳しい黒川さんの声に、私は伸ばした手を止めて振り返る。

「林田さん、大丈夫です。今はご覧の通り〈アバター〉で話しかけています。拡張現実をご覧いただけない彼らには――」スーツ姿の黒川さんは、ストレッチャーに取り付くスタッフを指した。「私の姿が見えていませんし、声も届きません。これから言うことを伝えてあげてください。とにかくAEDはやめていただいてください。フィードバック・チップが死んでしまいます」

私は、ようやく事態を理解した。

今、私に話しかけているスーツ姿の黒川さんは、拡張現実が描く〈アバター〉なのだ。

しかし、おかしい。脈が止まっているのになんで〈アバター〉を操れるんだ？

「私はこれから、胃の内容物を全て吐ききります。気道に詰まらないように、首を横向けにしておいてください。それからテップさん、ブドウ糖の点滴は用意されていますか？」

テップが首を左右に振った。

「ありませんか……消化は手間ですが――テップさん、スタッフへ、チョコレートバーを四つに割って十五分おきに私の口へ入れるよう、お願いしてください」

「おい、あんた。なにボーっとしてるんだ。この人死ぬぞ。脈が止まってる」

スタッフの一人が私の肩を摑んで揺すった。どう説明すればいいんだ。

「ニモル！　この方は大丈夫だ。体を拭いて、清潔なベッドを用意してくれ。AEDも要らない。それと、拡張現実が使えるスタッフを呼んでこい。眼鏡（グラス）でもいい」

「でも、この人、脈がな――」

「いいから、いうことを聞け！」

テップがスタッフに指示を飛ばした。

「テップさん、ありがとうございます。適切なご指示です」

黒川さんの〈アバター〉は手首に目をやった。腕時計を確認する仕草だ。

「林田さん、大変に申し訳ないのですが、テップさんとお二人で農場に入っていただけないでしょうか。防護服の拡張現実フィードバックが私と合わなかっただけです。林田さんなら普通に扱えます。ご自分のを無効にしてから、防護服のものをアクティベートしてください。オペレーションの概要は入力しておきました」

黒川さんが私に歩み寄った。いつになく真剣な顔つきだ。〈アバター〉の額には、玉のような汗が浮かんで見える。

「林田さん、テップさん。農場の調査をお願いいたします」

「黒川さんの体調が戻ってからでも――」

「だめです。急がなければなりません。あと二日もすると〈ランドビュー〉の人工衛星が日中のマザー・メコンを撮影できるようになります。それまでに集められる情報はすべて集めておきたいのです」

「〈ランドビュー〉がどうかした？」

黒川さんは再び手首に目をやった。

「申し訳ありません。もう肉体を放置するのも限界です。脳に血液を送らなければなりません。〈ランドビュー〉の件は後ほどお伝えします」

黒川さんは、見事な仕草で深く頭を下げた。

「お二方だけに頼むのは心苦しいのですが、よろしくお願いいたします。私は、肉体のコントロールに戻らせていただきます」

スーツ姿の黒川さんは、ストレッチャーに上がって身を横たえる。

途端に裸の黒川さんが現れ、毛布を撥ね上げる。

「はやし――おねがい――」

「黒川さん、喋らなくていい！　わかった、行ってくる」

一瞬、動きを止めた黒川さんは私とテップへいつもの柔和な視線を送ったように見えたが、すぐに背筋を反らして嘔吐を始めた。

＊

除染室でテップと二人、まばゆい光を浴びている。

「大丈夫？」

テップが動きにくそうな防護服の頭を下げて、私の顔を覗きこんだ。

黒川さんをスタッフに預けたあと、私は防護服を拡張現実の支援なしに扱えるかどうか調べてみたが、結果は否（ネガティブ）だった。生命維持に必要なシステムが、ジェルを通した拡張現実フィードバックの信号なしでは動作しないのだ。

全身を痙攣させて嘔吐する黒川さんを見たばかりだ。有効化（アクティベート）するのは気が乗らない。怖い。

「林田さん。黒川さんはああいったけど今日はやめておかない？」

マスクでくぐもったテップの声にも、震えが感じられる。

「いや。黒川さんがあれだけ急ぐんだ。行くよ」

私は、何度目かの決意を確認した。〈ランドビュー〉で日中の農場を撮られるのは面白くないだろうが、そこまで急ぐ必要があるとも思えない。しかし、生死をかけて依頼されたことだ。

私は、瞬きを二つ、自前の拡張現実を無効化（ディアクティベート）した。

「Hayashida-san, take care well.（林田さん、気をつけて）」

テップの英語が生で聞こえてきた。舌で鈴を鳴らすような訛（なま）りが可愛らしい。

「Thank you.（ありがとう）」

また嘔吐する黒川さんを思い出す。だが、黒川さんと防護服のチュートリアル・ビデオのいう通りなら、あの症状が私に出る可能性は限りなく低い。

真っ黒なカーボンファイバーのグローブに包まれた左手を顔の前に持ち上げる。親指と小指でヘルメットのバイザー越しに目の両脇を挟み〝activate（アクティベート）〟と呟いた。

全身を羽で撫で上げられるような感覚に、思わず目を閉じる。両目の脇を何かが押した。左手の親指と小指に感じる温かさは体温だ。

目を開くと、グローブに包まれていたはずの手が素手になっていた。顔の前から下ろす左腕も、アクティベートする前に見ていた真っ黒な鎧に覆われてはいない。清潔な作業着に包まれていた。手首からは袖口の生地と擦れ合う感触。そしてバイザーで覆われているはずの顔に、離れていく腕が巻き込んだ微かな風が感じられる。

指の感触も、体温も、風の流れも、全ては拡張現実ステージが肌に塗り付けたジェル越しに神経を叩いて作り上げた人工の感覚だ。

現実と全く区別ができない拡張現実の世界に、私は入っていた。

「林田さん、大丈夫？」

私と同じ清潔な作業着を着たテップが声をかけてきた。長いつややかな黒髪が頭の後ろでまとめられ、首を傾げる仕草でふわりと揺れた。

「大丈夫みたい」

Operation "Mother Mekong Field research" started at 10:45:22 in 15th June.
Recording all activities.
Emotion control activated.

視界の下にログが流れるのが見えた。

再び全身を羽が撫でる感触があり、体験したことのない強い感情がわき起こった。

い、い、い、い、い、い、い、い。

すぐに行動しなければならない。

「テップさん、防護服の消毒は終わりましたか？　すぐに動きましょう」

「どうしちゃったの、本当に大丈夫？」

テップは私を気遣うようなことを口にしつつも、穏やかな表情で信頼に満ちあふれた眼差しを送ってきている。テップは相棒だ。

この相棒とともに実施する作戦の使命は、マザー・メコンを襲う異常の調査だ。

もう一人の仲間、黒川さんは行動不能になり、作戦に参加できない。私は農場で〈汚染稲〉とSR06、そしてバッタを捕獲して持ち帰らなければならない。

バッタ？　私の記憶が違和感を訴えた。そんなに大事なことだったか？

胸の奥から急速に湧き起こった使命感が私の疑問を吹き飛ばした。

そうだ。バッタもだ。

「現場に出よう」

9　Field research

左右に目をやると、視界の切れるところまで蛍光グリーンの絨毯が広がっていた。私がSR06に設定した色だ。遠くに横たわる白い筋は、L&Bかマザー・メコンのコーポレート・ロゴの部分だろう。

私は、十メートルほど先を行くテップを追い、足に絡みつく下生えを掻(か)き分けて一歩、一歩、原野同然の農道を登っていた。

五冠プロジェクトで実際にどんな農場が作られるのか、考えたこともなかった。

完全な非二酸化炭素排出(ゼロ・エミッション)を達成するためにエンジンの付いた車両は使われておらず、有機表土(オーガニック・カバード)を達成するために舗装路も整備されていない。幅五メートルほどの農道には、胸ほどまでの高さがある草と曲がりくねった樹木が伸び、小さな虫が飛び交っていた。完全有機農業(フル・オーガニック)で運営されるマザー・メコン農場では化学的な除草や駆虫が行われていないためだ。もちろんSR06の栽培に支障のない生物しかいないのだろうが、雑多な草木の間を虫が飛び交う様は私に言わせれば原野だ。

「こんな場所だったのか」

「こんな、で悪かったね」

先を歩くテップがポニーテールを揺らして振り返った。熱帯の陽光に白い歯が眩く輝いている。活気にあふれて見える彼女の唇には薄く口紅が差されていた。肩に担いだ大振りの三脚も腕から下げたカメラケースも彼女の負担にはなっていないように見える。

「草の生えない道ぐらい、作ってもいいじゃないか」

「何いってるの。有機表土（オーガニック・カバード）の規定（レギュレーション）ぐらい知ってるでしょ」

前を向いたテップが足を踏み出すと下生えが軽やかに倒れ、道をあけていく。

私は、テップの本来の顔を忘れかけていることに気づいた。今見えているテップは、愛すべき仲間（バディ）として軍用の防護服が描き出している〈アバター〉だ。

実際のテップはサイズの合わないオリーブ色の防護服を頭から被り、汗にまみれてブカブカの裾にまとわりつく下生えを踏みつけて足を前に運んでいるはずだ。

私は、この防護服が作り出す拡張現実を、少しやりすぎだと考え始めていた。

周囲の情景を肉眼で見たのと区別のつかない実写（リアルビュー）で映し出すのはまだ納得ができる。しかし仲間（バディ）を美化し、現実と見分けのつかない品質で描き出す必要がどこにあるのだろう。

下生えが服を擦（す）る感覚も、草いきれも、髪の毛をなぶる甘い湿った風も、全て、防護服がジェルを通して私の肌や嗅覚に再現した拡張現実だ。服の間に飛び込んだり顔に当たったりする虫の感覚までも精密に再現してくれる。不快に感じないように調整されてはいるのだろうが、こんなことでは全身を覆っている意味がない。

「現場まで、どれぐらいかかる？」

「このペースなら二十分。私よりいい服着てるんだから、きちんとついてきて」

次の一歩を踏み出すために大きく息を吸い込んだとき、虫が鼻の中に飛び込んでくる感触が伝わってきた。バイザーで阻まれているはずの虫を吸い込んでしまう。こんな現実感（リアリティ）に意味があるというのだろうか。

鼻をこすって虫を出そうとしていると、テップが足を止めていた。

三脚を下ろし、〈ワークスペース〉を開いた手のひらを見つめている。

「黒川さんの痙攣（けいれん）は治まったって。いまニモルからメッセージが入った。相変わらず反射はないらしいけど脈拍は安定したようね。黒川さん、スタッフに時々〈アバター〉で体を横に向けてとか、腕を体の下から出してとかお願いしているみたい」

「よかった。安心した」

「林田さんは大丈夫？　何もおかしなところはない？」

「……ちょっとやりすぎかな」

Emotion control activated : Fear phase 1, a doubt（疑念）

視界の下の方で、防護服のステータスメッセージが流れた。疑念(a doubt)？

胸に軽い締め付けを感じる。防護服がフィッティングをやり直したのだろうか。

「やりすぎって、何が？」

「この防護服が感じさせる拡張現実は、ちょっとやりすぎている気がするんだ。今、私は綿の作業着を着ているように感じているし、テップさんも、その……」

美人に見える、とはさすがに口に出せない。言いよどんだ私に、テップが首を傾げた。

「とにかく、皮膚の感覚まで拡張現実で描かれると、現実と全く区別がつかなくなる。これだけの情報を叩き込まれると、黒川さんのように酔ってもおかしく——」

Emotion control progress : Fear phase 2 -> playback recorded scene, duration 0.2 sec（記録された情景を〇・二秒で再生）

ステータスのメッセージが変わり、胸を締め付けられる感覚が強まった。

テップの顔が淡く滲(にじ)み、左右からまばゆい光が差し込んでくる。

目の前で防護服姿の黒川さんが左手を広げ、バイザーごしに両目を挟もうとしている。

だめだ！　防護服の拡張現実を有効化(アクティベート)してはいけない！

黒川さんのバイザーが暗くなり、真下に落ちる。

飛びつくテップ。私がバイザーを開けると吐瀉物がヘルメットの中からこぼれ落ちる。

「防護服を脱がす！」

でたらめに動く黒川さんの瞳が一瞬だけ私の目線と交差した。

異様な音とともに吐き出された吐瀉物が視界を覆う。

Emotion control progress : Fear phase 3 -> change roll（ロール変更）

吐瀉物が鼻に入る。その匂いに、こみ上げていた胃液を再びぶちまける。

吐き出した胃液がバイザーと顔のわずかな空間を満たす。息が吸えない。

「首の後ろにある、緊急脱出紐（エマージェンシー・ストリング）を抜いてください！」黒川さんの声。

私に抱きついたテップの指が緊急脱出紐（エマージェンシー・ストリング）を探る。

頼む、早く脱がせてくれ！

防護服は私にも合わなかった――。

Emotion control progress : Fear phase 4 -> recovery sequence（回復シーケンス）

混濁する意識の中でステータスの文字列が変わったことだけがはっきりと感じられた。

私を抱きしめているテップの腕から体温が伝わり、鼓動が同期する。

私は仲間（バディ）とともにいる。

テップから流れ込んだ体温が胸の中央に集まり、私の決意を改めさせた。

使命（ミッション）がある。

胸にしがみつくテップが信頼に満ちあふれた眼差しを私に――。

「林田さん？」

テップの声が遠くから聞こえてきた。

Emotion control progress : Fear phase 5 -> finished（終了）

「ちょっと、どうしたの？　防護服が何？」

胸にしがみついていたはずのテップが、離れたところから声をかけてきている。

今のは何だったんだ。防護服のステータスに流れる文字列と何か関係があるのだろうか。

足を持ち上げ、下生えを踏みしめると防護服が作る拡張現実フィードバックが、作業服の裾にさわりとした感覚を送ってきた。胸の奥に点った小さな炎の感触はまだ残っているが、高揚感は急速に消え去っていく。

「行きましょう。時間がもったいない」

＊

「林田さん、ここから、あなたの仕事がよく見えるよ」

坂の中腹でテップは農場を振り返った。たった今設置されたかのようなメッセージタワーの白い表面に手をかけ、眼下に見える農場を指差している。

自分の仕事をこの目で見るのは初めての経験だ。

視界いっぱいに広がる扇状地には自然の地形を生かした水路がうねり、SR06の蛍光グリーンで塗りつぶされている。そんな中に長さ三キロメートルのL&Bコーポレートのロゴと、二・五キロメートルのマザー・メコン農場ロゴが白く描かれていた。黒川さんが教えてくれたのだが、ロゴの大きさはプロジェクトへの出資比率で決まったそうだ。

農場の地形や水路、管理棟などの配置は、ロゴの設計を行っているときに飽きるほど眺めていた3Dモデルの記憶と一致していた。テップの手による設計と施工がきわめて正確に行われたためだろう。点在する白いメッセージタワーも記憶通りの位置にある。あのタワーから噴霧されるメッセージ物質の信号が、SR06に埋め込まれたスタイルシートを発現させ、狙った場所で色を変えるのだ。

「設計した林田さんには悪いけど、蛍光グリーンは趣味悪いよね。それに、夜は不気味。

スタッフのリクルートが大変だったのよ。私だって精霊（ネアック・ター）が降りてきたのかと思うことがあるぐらいだもん」

日が落ちれば、視界の端から端まで広がる蛍光グリーンのSR06が、クラゲ由来のGFPで光りだす。バーナードがマザー・メコンのオーナーに売り込んだ蒸留作物の機能だ。

これだけの規模で青白く光るのか。

GFPを動くようにしたのは、確かに私だ。他の案を提案しなかったことを少しだけ悔やんだ。

Detected regretting（後悔の検出）…

Emotion control progress : recovering phase（回復段階）1 -> issue confirmation（問題確認）

ステータスバーに文字が流れた。さっきのフラッシュバックでも見えていた文字列だ。

後悔の検出、そして回復？

胸が締め付けられる。視界の端が暗くにじむ。

どうして、そんな非常識なオーダーをおめおめと受けてしまったのだろう。

Emotion control progress : recovering phase（回復段階）2 -> Exaggerated issue understanding（誇張された表現で認識）

ステータスが誇張された表現で認識（Exaggerated issue understanding）の段階へ進んだ。

日が沈む。人工の明かりがないカンボジアの夜空には手の届きそうな天の川が流れ、一面に植えられたＳＲ０６が淡い水色に輝いて私を下から照らす。

メッセージタワーの足下にうずくまるテップが口元に手を当て、体を震わせている。

「あなたでしょ。どうして、こんなことをしてくれたのよ！　光るイネなんて！」

「テップさん、これは――」

「近寄らないで、謝って済むようなことじゃないのよ！」

テップが涙を流しながら糾弾する声が、胸をいっそう締め付ける。

、、、、　、、、、、、、、、、、、、、、

どうして、こんなことをしてしまったのだろう。涙がこぼれ落ちる。

Emotion control progress : recovering phase（回復段階）3 -> Getting confidence（自信の回復）, duration 0.2 sec（持続時間〇・二秒）

感情制御は自信の回復（Getting confidence）へ進む。涙で滲む視界の中で、ステータスの文字だけはくっきり

と読み取れる。

「ごめん。言い過ぎた。もういいのよ、林田さん。よく考えたら、光る畑なんて素敵じゃない？　今の技術はすごいのね。こんなことができるんだ」

テップは作業服の胸元を緩め、柔らかな歩調で腰を揺らしながら歩んできた。夜目にもつややかな唇が艶かしい。

微かに感じた違和感をよそにテップは作業着の前をはだけ、私に両手を差し伸べる。

「自信を持っていいのよ。林田さん」

テップの滑らかな指が首にかかり、じんわりとかいた汗の香りが鼻をくすぐる。

鼻の後ろにツンとした熱を感じ、両腕がテップを抱きしめるために持ち上げられた。膝が震え、下半身に血液が集まってくる。テップの吐く息にさわりとなで上げられた私の唇も開かれ——全身の感覚が奪われている。

かすかに残った理性が抗議の声を上げた。

「感情制御を止めろ」

Emotion control progress : canceled（停止）

〔感情制御を停止します。今後は作戦の遂行に支障を来さない限り、感情制御は動作しません。なお、作戦のミッションは解除されません」

防護服の耳元から、チュートリアル・ビデオでのガイダンスと同じ声が流れた。ステータスが停止(canceled)になった瞬間、夜の農場は消え、陽光に照らされる蛍光グリーンのSR06を見つめている私が蘇った。

――防護服が見せた幻だったのか。

全身に塗ったジェルが神経を叩いて描き出す迫真の幻覚に、感情までも引きずられていたのだ。システムが伝えたステータスメッセージを信じるならば、〇・二秒に圧縮されたシナリオでテップに夜のマザー・メコンで糾弾され、そして求愛されたことになる。

感情制御。仲間(バディ)を美化するのと同じように士気を保つための機能なのだろう。「死体置き場でも平静に」と防護服のチュートリアル・ビデオは言っていた。黒川さんのことを考えたときのリアルなフラッシュバックも、そうだ。否定的な感情を増幅させて、理性が切れたところへ高揚を感じさせる。

防護服の拡張現実ステージに感情や思考までも振り回されていた。

喉の奥にこみ上げてくる感覚。これは本物か、それとも拡張現実が感じさせる幻か？

「林田さん。何か言った？」

メッセージタワーの基部に立ったテップが、私に声をかけてきた。

「……いや、何でもない」

口元までこみ上げた異物を飲み込むと苦い後味が残った。今のは本物だ。口の中にジェルは塗っていない。

「何でもない、じゃないでしょ」

近づいてくるテップが、幻の中で求愛してきた艶かしい姿を思い出させた。つややかな唇となめらかな肌、そしてまだ鼻腔に残る汗の香り。頬に熱がさす。

「農場に出たときから、様子がおかしいよ。気づいてる？　休憩とるよ。座って」

テップは、メッセージタワーの土台を指差した。

「お言葉に甘えるよ……。ここは、さすがに人工の素材(アーティフィシャル・エレメント)なんだな」

「そんな訳ないでしょ。これも珊瑚が作る持続性(サスティナブル)セメントよ」

手をついて腰を下ろした私の隣に、テップも腰を下ろす。

「別名の方がいいかな。人食い舗装」

思わず腰を浮かせようとした私を見て、テップが笑い声をたてた。

白い歯を見せたテップの口元に、〝幻〟が見せた艶やかな唇と吐息の香りが甦る。防護服の感情制御を設計した奴は、何を考えているんだ。米兵はバカなのか？　自信がそんなことで得られるなんて発想は貧しすぎる。

「テップさんがそんな言い方するなんて思わなかったな」

私はメッセージタワーの土台に座り直した。

「毎日聞かされてるからね。人食い舗装にプラスティック、吸血土に殺人草。蒸留作物を貶(けな)す言葉は何でも知ってるわよ。各国語でね」

テップは指を折って、蒸留作物にまつわる蔑称を数え上げていく。

「スタッフがそんなことを？」

「まさか。奴らよ」

テップが指差す先に、黒い点が浮かんでいた。注視するとその部分が丸く切り取られ、拡大される。防護服の高解像度カメラが意識と連動しているのだ。

「凧か。多点カメラをぶら下げてるね」

「農場の外に居座ってる環境保護団体よ。最近は空撮に凝ってるみたい。化けてるところが撮影されてるのよね。農場の上空に入ったら撃ち落とすように指示してるけど、ＤＭＺからこっちには入ってこないわ」

「ＤＭＺって軍事用語しか知らないんだけど、なに？」

「蒸留作物を害虫や雑草から隔離するためのエリア。見えるかな、あの丘の稜線あたり」

テップは農場の右手を指差した。蛍光グリーンのＳＲ０６が切れ、単一の植物で埋め尽くされた帯が密林との間に横たわっている。

ＤＭＺは二〇一〇年代に大規模な無農薬農業を実施するために考案されたコンセプトだという。高濃度の除草剤と殺虫剤を散布した不毛のベルト地帯で農場を取り囲み、害虫や雑草の侵入を阻む「必殺地帯（キル・ゾーン）」だ。幅が十キロメートルに及ぶ広大なものもあったという。本来は紛争地帯を分断する非武装の緩衝地帯を示す用語だが、格好のいい三文字略語が農家の心をくすぐったのだろうとテップは言った。

「今でも、たいていの農場ではＤＭＺで殺虫剤や除草剤を使ってるのよ」

「蒸留作物の完全有機農業（フル・オーガニック）でも？」

「農業の恥部ね。ＤＭＺを別の企業が保有、運用してれば完全有機農業（フル・オーガニック）の認証は取得できちゃうのよ」

「知らなかった……」

テップは、子供騙しのようなその仕組み（からくり）も説明してくれた。農場の土地を調達したら、周辺部をＤＭＺを運用する専門の企業へ売却して、認定される領域から外してしまうのだという。二〇一〇年代とは違い、ＤＭＺ専用の設計植物もあるため不毛の荒れ地を作る必要はないし、そこで使用される農薬の安全性も高まってはいるというが、完全有機農業（フル・オーガニック）農場が農薬を用いる「必殺地帯（キル・ゾーン）」に守られているのは大きな矛盾だ。

「マザー・メコンはＤＭＺのエリアもまとめて完全有機農業（フル・オーガニック）と他の四つの認証を取ったのよ。大変だったわ」

テップは膝を抱え、ＤＭＺへ視線を向けた。マザー・メコンでは防虫効果を徹底して高めたシロイヌナズナの設計植物を用いて、農薬なしのＤＭＺを実現したのだという。

「五冠の認定って、テップさんが申請したの？」

「だって、私が発案者だもん」

　私は、テップの顔を見直した。

「もちろん、一人じゃないわよ。Ｌ＆Ｂに持ち込んで形にしてくれたのは黒川さんだし、エンリコもバーナードに直訴して研究開発（Ｒ＆Ｄ）の予算（バジェット）を確保してくれたわ。みんなには本当に感謝してるのよ」

　テップは、風になぶらせた髪を顔から振り払おうともせず——髪は防護服が描く演出なので仕方がないのだが——眼下に広がる農場を見つめていた。

「農場は光ることになっちゃったけど、ＤＭＺも農薬なしで持続可能になった。次はＤＭＺなんて要らないような農場を考えなきゃね」

　防護服の拡張現実が描くテップは、愛すべき仲間（バディ）として美化されている。だが、それを差し引いても今の彼女は魅力的に感じられた。

「落ち着いた？　急ぎましょう。私の防護服は活動時間が制限されてるのよ」

　テップは細い腰を叩いた。実際の彼女は防護服からぶら下げたガスマスクのフィルターを叩いてみせたのだろう。

＊

　テップが三脚を地面に突き立て、カメラをセットする。

「このあたりが今日の境界線。見ればわかると思うけど左がＳＲ０６で、右が〈汚染稲〉ね。明日には、化ける瞬間を記録した映像が撮れてるわ」

「もう、穂が出てるんだね。あれ……」

　テップが指差したＳＲ０６と〈汚染稲〉の境界あたりがざわついて見えた。

「計画通りなら、あと三十日で収穫なんだけど。作物化けした農場からは出荷できないから、このまま放置――どうしたの？」

　葉の上を緑色の点が蠢(ひしめ)いているようだ。感情制御はオフにしているが、防護服がまたなにか仕掛けようとしているのか。

「葉っぱにノイズが見えるんだ、なんだか不安な感じがする」

「肉眼で見てみたら？　干渉縞(モアレ)か何かじゃないの？」

　テップのいう通りだ。肉眼ならモアレは出ない。私は、左手を広げて親指と小指で目の両脇を挟み〝deactivate（ディアクティベート）〟と呟いた。羽が全身を撫でるような感覚に続いて、ヘルメットと防護服、そして生温(なまぬる)くなったジェルの感覚が戻ってくる。

「変わらないな」

　透明になったバイザー越しに見るイネも防護服が見せていた実写(リアルビュー)と変わらず、ノイズにまみれていた。

「Pardon, what did you say?（ごめん、いまなんて言った？）」

「Sorry, what all I looking is not changed.（こっちこそごめん。何も変わらないや）」

「I guess, you are looking a cloud of grasshopper.（バッタの群れでもみてるんじゃない？）」

農道の端まで歩いてＳＲ０６に近づくと、緑色の生物が葉の上を動いていることがわかった。一匹や二匹ではない。見ている場所すべての葉に、バッタが何匹も取りついている。ノイズに見えたのは、バッタだったのだ。

すべてを覆い尽くすバッタの群れを見ていると、目が回りそうだった。そこへ日光で暖められたジェルの生温い感触が混じり、喉の奥にこみ上げるものを感じる。

左手を広げてバイザーに触れ、防護服の拡張現実を有効化（アクティベート）する。

私は、バッタの群れを指差した。

「これ、おかしいだろう。ＳＲ０６はバッタに食われないんじゃなかった？」

「だから異常だって何度もアラートをＬ＆Ｂに送ってたんだけど……エンリコがお休みなのよね。知らないのもしょうがないか」

「バッタは採取した？」

「もちろん。同定するためにＤＮＡをシーケンスするつもりだったのよ。でも、シリアル・ＤＮＡ・シーケンサーとジーン・アナリティクス用のマシンが壊れちゃって……あ、しまった。新しいのを持ってきてもらうよう黒川さんに頼むの忘れてたな。そうそう、それで〈汚染稲〉の再採取もできてないのよ。ごめんなさい」

「いや、いいよ。今日採取していくから」

「バッタの標本もいつの間にか捨てられちゃったのよね。スタッフが不気味がってたのを忘れて、放置してたのがいけなかった」

現地雇用を徹底するのも考えものだ。精霊の呪い、ということだろう。無数のバッタがじっとイネを食む姿は、呪いと考えても不思議のない不気味さだ。

膝をついてバッタをじっと見つめると、周囲に円が描かれて大きく拡大された。大きな羽に虎縞模様を浮かべたバッタは、葉に取り付いて口器だけをせわしなく動かしている。確かに、手づかみできそうだ。

バッタを観察しているとピッという音が耳元で鳴り、拡大されたバッタを取り囲む円の脇に、派手なアラートが浮かび上がった。

IFF（敵味方識別）: unknown（不明）
Found object（対象）:grasshopper type（バッタ型）
Urgent level（脅威レベル）: unknown（不明）

「これは……」

「どうしたの？」

「防護服が、バッタを敵味方識別（IFF）しようとしてる。脅威レベルは不明だそうだ」

「防護服のシステム、イカれてるんじゃない？　バッタはバッタよ」

彼女の言う通りだ。もしも戦場で昆虫にＩＦＦが作動してしまえば、本物の脅威を見逃してしまう。放出品だといっていたが、機能削減（デグレード）されているのかもしれない。

「そうだね。とにかく採取していくよ」

私は、バックパックから生体試料を採取するボトルを取り出した。

バッタの敵味方を判断できるシステムを考えたり、最高の拡張現実ステージを駆使した疑似恋愛で兵士を元気づけたり……米軍は暇なのだろうか。そうに違いない。

10 Dong Duong Express

私は個室（コンパートメント）のベンチに腰掛けて、ホーチミン行きの東洋高速鉄道（Dong Duong Express）が出発するのを待っていた。向かいのベンチには水色の毛布にくるまれた黒川さんが横になっている。

車窓の外では地平線に漂うオレンジ色の輝きが濃紺の空を塗り替えていくところなのだろうが、黒川さんに刺激を与えないようにカーテンは閉じたままだ。

「チョコが残ってる」

隣から、テップが私の口元を指差した。

口元を拭うと茶色の筋が親指に残り、安っぽいチョコレートバーの香りが漂った。

「ごめんね、林田さんにはチョコレートを食べさせなくていいってニモルに言っておいたんだけど……」

「謝ることはないよ。皆さんにありがとうって伝えておいて」

マザー・メコンのスタッフたちは、防護服に酔って倒れた黒川さんにそうしたように、私の口にもチョコレートバーを押し込もうとしていたらしい。

ジェルを通して皮膚感覚まで拡張現実を伝える防護服は私にもダメージを与えていた。農場から管理棟に戻った私は、除染室で防護服の拡張現実を無効化(ディアクティベート)した瞬間、長い叫び声をあげてテップにしがみついてしまったのだ。皮膚に絶え間なく送り込まれていた刺激が急速に消えたため、一時的なパニックに陥ったのだろう。

テップと農場のスタッフは、錯乱した私から防護服を毟り取り、ジェルを洗い流して救護室のベッドへ縛り付け、鎮静剤を処方した。そこまでは覚えている。

眠り続けた私がプノンペンへ向かうワゴン車の中で目を覚ましたのはつい一時間前だ。テップとスタッフたちは黒川さんの要請で深夜の農場を出発し、DDXの始発に私たちを乗せるために首都プノンペンへ車を飛ばしてくれたのだ。計器飛行の免許がないマザー・メコンのパイロットでは、ヘリコプターを夜間飛ばすことができなかったのだという。

「一日は休んでいったらって黒川さんに聞いたんだけど……」

ずっと眠っていた私と違い、黒川さんは身体を横たえたままで〈アバター〉を操り、スタッフへのインタビューなどの現地調査を終わらせてくれたらしい。その上で、今日中にホーチミンへ戻り、〈ランドビュー〉のリング衛星が日中の撮影を始める明日までに、なにかしら手を打っておきたいのだそうだ。キタムラが見つけたように夜間の撮影でもロゴが崩れている状態は見えてしまうのだが、日中のパスになれば作物化けが高解像度の衛星写真で撮影されてしまう。

「でも、本当に驚いたのは、寝ながら〈アバター〉を使っていることよね」

「言われてみれば、そうだ。凄いな」

テップに指摘されるまで気づかなかったが、黒川さんが寝たままで〈アバター〉を操れるのはとても不思議なことだ。

〈アバター〉が人間のように動くのは、手首や足首に埋め込んだ拡張現実フィードバック・チップが身体の動きと周囲を流れる神経パルスを読んで、それっぽい姿勢を再現しているからだ。歩き回る程度の動きなら〈アバター〉のビヘイビアで補正することはできるが、完全に寝た状態で〈アバター〉を扱うなんて話は聞いたことがない。

「プライベート・モードで身体を動かさないようにするのとも違うんだよな。それにベッドで吐きながら〈アバター〉出してたよね」

「吐きながらどころじゃないわ。あのときは心停止してたのよ。どうなってるのかしら」

いつの間にか出発の時間になっていた。

「国境近くまで一緒に行きたいけど、私も農場に戻らなきゃ。何か変わったことがあったらすぐに連絡するわ。〈汚染稲〉とバッタの同定、お願いするね」

テップが傷だらけの手を差し出してきた。

「それじゃ、また」

握りしめたテップの手から、本物の体温が伝わってきた。防護服の拡張現実ステージが感じさせたものよりも冷たく、そして現場の作業で荒れている。

だが、この体温と手触りは間違いなくここにいるテップが伝えてくれる感覚だ。

「また会おうよ」

できれば、現実で。

＊

車両が動き出した。私は瞬きを二つ、拡張現実を無効化（ディアクティベート）した。カンボジアでローミングする拡張現実ステージは、上限まで使ってしまえば五十ドルもかかってしまう。二時間後に国境を越えてベトナムに入れば上限二十ドル、それまでの我慢だ。

テップが去った今、キタムラが貸してくれた翻訳エンジンを使う必要もない。

向かいのベンチで毛布がごそりと動く。

黒川さんの小さな身体は、少し屈めるだけで二人がけのベンチをベッドにできる。とはいえ、座席のクッションでは寝心地も悪いだろう。

「黒川さん、出発です。ホーチミンまで五時間です」

顎が動き、空気が漏れだす音がした。

「だめだよ。休んで」

首が微かに動き、瞼が二度動いた。拡張現実会議の要請だろうか。私も瞬きを二つ、いま無効化（ディアクティベート）したばかりの拡張現実を有効化（アクティベート）する。

二つ目の瞬きを終えると、目の前のベンチにはスーツ姿の黒川さんが座っていた。

間近で黒川さんの〈アバター〉を見ると、その表現力の高さに驚かされる。カーテンの隙間から差し込む朝の光で、髪の毛の一筋一筋からスーツの生地までが存在感たっぷりに描き出されている。黒川さんがベンチで毛布にくるまっていることを知らなければ、いつもの実写（リアルビュー）だと思ってしまっただろう。

いや、逆ではないだろうか。私が実写（リアルビュー）だと思って見ていた拡張現実会議の彼は、実は〈アバター〉だったのかもしれない。

「林田さん、農場の調査、本当にありがとうございました。テップさんから伺いましたが、林田さんも倒れてしまったようですね。大丈夫ですか？」

「心配することないよ。黒川さんほどじゃないから。防護服の拡張現実を無効化（ディアクティベート）したときに、ちょっとパニックになっただけ。気にしないで。ぐっすり眠れたし。それより、黒川さんこそ起きてて大丈夫なの？」

「ええ。お手数ですが十五分おきのチョコレートだけ、忘れずにお願いいたします。チョコレートバーで補給できるカロリーがあれば恒常性（ホメオスタシス）ビヘイビアを回しながら修復できますので、ホーチミンに到着するまでには回復するでしょう」

「ホメオスタシス・ビヘイビア？」

黒川さんの〈アバター〉は唇を微妙に尖らせて鼻の頭をかいた。実写(リアルビュー)さながらの表情だ。しかも、寝ながら制御している。どうなっているんだ。

「……こんな姿をお見せしてしまったので、お話しいたします。ご迷惑をおかけしていますし、隠しているわけでもありませんので」

身を乗り出して手を組んだ黒川さんは、ゆっくりと話し始めた。

「私が、東アジア飢饉のときにスーパーライス・ZEROを食べて被害を受けたことはご存知ですか？」

「ええ……昨日、テップさんが言ってましたね。更衣室で」

思わず、エンリコから聞いたと言ってしまうところだった。そう伝えれば、不愉快な展開を避けられない。

「ああ、そうでした。私は十四歳のとき、父親がどこからか入手してきたL&Bの酒造好適米、スーパーライス・ZEROで脳に障害を負ってしまいました。酒造用に生成したポリグルタミン酸の異性体が、脳で神経細胞の自死コードになる〝ataxin-1〟の変異体を大量に作り出したのです」

黒川さんの〈アバター〉は、二つの輪が絡み合ったタンパク質の分子模型をポケットからつまみ出して手のひらに乗せた。

「ご覧ください。これがその〝ataxin-1〟変異体です。本来この二つの輪は並んでつながっているべきなのですが」根元の青い紐のような部分を、大げさな身振りで指差す。「ここです。スーパーライス・ZEROに含まれるポリグルタミン酸の異性体のために折れ曲がって、絡み合った構造になってしまうのです。異性体と変異体、二つのキーワードが登場して混乱されている方もいらっしゃるかもしれませんが――」

分子模型を片手に話し始めた黒川さんの目は私を突き抜け、聴衆に話すように遠くで焦点を結んでいる。

「黒川さん？」

「皆さんの中に――失礼しました。昨年L&Bで行った講演の録画（アーカイブ）をそのまま再生してしまいました。申し訳ありません」

アーカイブを再生する、とは――。

「ざっくりとお伝えします。スーパーライス・ZEROを食べたあと、私の小脳と脳幹の大部分は失われました」

黒川さんは顔を左に向け、右耳の後ろを指差した。

「その機能についてはご存知だと思います」

「え？　いや……そんな！　普通に動けてるじゃない」

小脳は運動神経を、そして脳幹は脊椎動物としての生命を維持するための中枢だ。脳幹が停止すれば「脳死」と判定される。それが大部分失われている？　そんなことはあり得ない。黒川さんは生きて、動いている。

「驚きはごもっともです。私は小脳と脳幹の機能を〈アバター〉と、特別に調整されたビヘイビアで賄っています。ビヘイビアは主に脳幹の機能を代替して――」

「ちょっと待って。脳幹の代わりにビヘイビア？　そんな話、聞いたことないよ」

「そうでしょうね。昨日、肩のバーコードをご覧になりましたか？」

「……ええ、チラっと」

黒川さんは、ポケットの中から一枚の写真を取り出して私によこした。

清潔なベッドに横たわる少年の写真だった。めくられたシーツから覗く右肩に、私が見た光るバーコードが刻印されていた。

写真の左下には〝23rd March 2019 Takashi Kurokawa（黒川　隆）, L&B, corp. Saki-bu Spor. Central Lab（シンガポール中央研究所）〟と書かれている。この肩の持ち主は黒川さん、そして、撮影された場所はL&Bの〝Saki-bu〟シンガポール中央研究所だろうか。この業界で飯を食っているなら誰もが知るラボだ。初めての蒸留作物「SR01」はそこで生まれた。バーナードが二十年以上所長を務めていることでも知られている。

黒川さんは、右手の人差し指を唇の前で滑らせた。〈アバター〉の非開示フィルターを要請する仕草（ジェスチャー）だ。私も目で頷いて同意（アグリーメント）し、NDA（NDA）データベースへここからの会話を登録する。こうすることで、もし私が口を滑らせても〈アバター〉がロをつぐんでくれるのだ。

「人体実験が行われたのです。私の身体を使って」

「そんな！」

「このバーコードは患者番号と実験番号です。L&Bのシンガポール中央研究所で刻印されました。無断で実験を行った当時の責任者は、その事実を知ったバーナードに更迭されました。その後で、彼が私に承諾を求めてきたのです」

黒川さんは人差し指をしまった。

「選択の余地はなかったのですけどね。植物状態になった私を安楽死させる権利を持っていた両親は、私がL&Bのラボに送られた時点で正常な判断能力を失っていました。〈アバター〉とビヘイビアを肉体に繋ぐことで新たな人生をプレゼントしたいというバーナードのオファーを拒否すれば、私の意識は止まった時間の中でL&Bという企業が続く限り放置されていたことでしょう」

——衝撃だった。L&Bが脳死同然の患者へ拡張現実の〈アバター〉やビヘイビアを組み込むなどという実験を行っていたのも、黒川さんがその実験に同意したことも、理解の度を超えていた。

「肉体を接続されるのは不思議な体験でしたよ。皮膚感覚のストリーミングが拡張現実フィードバックとして送られてきたとき、具体的な時間が動き始めたんです。私の時間は、スーパーライス・ZEROが出た夕食の途中で、気分が悪くなってベッドに潜り込んだところで止まっていました。目覚めるまでの間、何も考えていなかった訳ではないのです。ただ、何も覚えていないのですけどね。海馬もなくなっているので、記憶もできなかったのかもしれません」

私は、防護服の拡張現実ステージに翻弄された感覚を思い出していた。全身の皮膚を通して送り込まれたリアルでビビッドな情景は、〇・二秒に満たない時間で私を絶望の淵に叩き込み、そして至福へと持ち上げた。感情が機械に翻弄され、現実と拡張現実の区別すらつかなくなってしまう——不意に、私は気づいた。

黒川さんは、そんな世界を生きているのだ。

彼は、肉体の神経から伝わる信号を拡張現実フィードバックとして感じ、〈アバター〉を操作して現実の世界を生きている。

「L&Bには、それなりに感謝していますよ。大学には通信講座で行かせてもらいましたし、幽霊社員としてキャリアを始めさせていただきました」

黒川さんは笑ってみせた。

「もちろん反抗したこともあるんですよ。この顔や身体は……」黒川さんは顎に手をやった。「父親に似せてるんです。十四歳で成長が止まりましたので、成人に整形してもらうときに顔と声、それに身体の特徴を同じにしてもらいました。忘れるな、L&Bがやったことを……ってね。バーナードは今でも時々目を逸らします。それなりの効果はあるのでしょう。林田さんみたいに、ハンサムに作ってもらえば良かったと今では思っています。この身長では意味がないかもしれませんが」

黒川さんに、いつもの柔和な笑顔が戻っていた。気を遣ってくれているのだろう。これでは、どちらが衝撃的な過去を告白したのかわからない。

「意外に便利なものですよ。拡張現実会議へ出席するのも、現実に人と会うのも私には区別がありません。私は常に〈アバター〉を操作しているんです。一度やったプレゼンテーションは何度でも再生できますし、不快な感覚も遮断できます。味覚をオフにすれば、延々とチョコレートバーを食べていても飽きません。が、昨日、ひどい目にあったのも、どうやらこの体のせいですね。私の体には、拡張現実フィードバック・チップが二百以上も埋め込まれています。林田さんは七つぐらいですか？」

私は頷く。どんな顔で聞いているのだろう。

私が体内に埋めている拡張現実フィードバック・チップは両手・足首と両耳、そして喉の合計七カ所だ。役者や、軍隊などで拡張現実の支援を受けて特殊な活動に従事する人は、体幹や肘、膝にもチップを埋め込むと聞いたことがあるが、さすがに二百となると埋め込む場所を思いつかない。

「体内の拡張現実ステージは無効化（ディアクティベート）することができないので、それらのチップと防護服のフィードバックが干渉(コンフリクト)して、暴走してしまいました。脳梁がないおかげで〈アバター〉を二つまでは同時に処理できるのですが、あの防護服の送り込んできた情報量はちょっと多すぎました。もう、大丈夫です。国境を越える頃には復活していると思います。それまで、チョコレートだけ欠かさず口元に運んでください」

黒川さんは膝に手をついて頭を下げた。

「もうしばらく、修復にかかっています。なにかありましたら、拡張現実でお声がけください……あ、そうだ。採取していただいたイネとバッタは〈キムの店〉で解析してもらえますので、ホーチミンに着いたら、そちらへお持ちいただけないでしょうか。予約しておきました」

「わかったけ……けど、今予約したの？」

「ええ、申し上げたように、私は二つの〈アバター〉を同時に使うことができるのです。カロリーはかなり消費しますけどね。では、おやすみなさい」

黒川さんは再び頭を下げ、消えた。

＊

封を切り、四分の一のチョコレートバーを窓際のテーブルに置く。黒川さんをくるんでいる毛布を持ち上げたとき、右肩のバーコードが輝いた。人体実験の証だ。

「黒川さん、チョコレートバーの時間——」

光に照らされた黒川さんの右肩に、私の目は釘付けになった。

バーコードの周囲には無数の傷跡があった。何本も走る細い線は鋭利な刃物だろうか、ミミズ腫れのように残る跡は、爪で引っ掻いたものだろう。水ぶくれの跡も見える。ふらつく何本もの線はためらい傷にしか見えない。

黒川さんが見せてくれたラボでの写真にはなかった傷跡だ。黒川さんはラボを出てから、何度もこのバーコードに刃を立て、ひきむしり、時には炎をあてたのだろう……。

しかし、私の目を惹いたのは、古い傷跡ではなかった。

爪で引きむしったようなミミズ腫れが三筋、バーコードの表面を横断している。血が滲み、乾いた跡がミミズ腫れの上に点線のように連なっている。

彼は昨日、暴走した身体を呪いながら、刻印された人体実験の証をえぐり出そうとしたのではないだろうか。

今聞いた言葉が頭をめぐる。L&Bのラボ、父親に似せて整形した身体、人体実験、脳に接続された〈アバター〉とビヘイビア……。

私は、右肩に毛布をかけて体の下に敷き込み、頭だけが見えるように整えた。

そして、規則正しい寝息を立てる黒川さんの口元へチョコレートバーの欠片を運ぶ。目を閉じたまま黒川さんの顎が開き、舌がチョコレートバーを捉えて口の中へ放り込んだ。

一切の予備動作なしに行われる機械のような動きは、彼が望んで手に入れたのではない。

いつのまにか、頭の中で回っていた黒川さんの言葉は、忘れようとしていたエンリコの言葉と入れ替わっていた。

『奴を信じるな』『黒川は、遺伝子工学を憎んでいる』

第四部　未来の顔

11 Kim's Bio Solution

私たちを乗せた始発の東洋高速鉄道(DDX)は、正午にホーチミン中央駅に到着した。

タクシーだまりの周辺は電動バイクでびっしりと埋め尽くされ、クラクションが蟬(セミ)の音のように絶え間なく鳴り響いていた。ホーチミンに到着した日の「渋滞の時間」を予感させたが、私は渋る黒川さんを一人、タクシーに押し込むことにした。

「わかりました。それではキタムラさんのオフィスでお待ちしています」

私はタクシーのドアを閉じながら、今朝の黒川さんの復活を思い返していた。

ホーチミンに向かうDDXが国境を越えたあたりで起き上がった彼は「失礼」と言ってスーツに着替え、脂のような整髪料と櫛で髪の毛をぴったりと整えた。

私は、〈ランドビュー〉の日中撮影が彼をここまで急がせた理由を聞いてみようと思っていたのだが、そんな時間は取れなかった。キタムラからの報告を読むことに忙殺されてしまったのだ。キタムラは昨日だけでさらに六千の品種をサルベージし、同定を急いでいるとのことだった。多くは交雑や突然変異だというが、当時の日本にはいったいどれだけの品種があったのだろう。気が遠くなる。

　キタムラはバッタの情報も求めてきた。作物化けと関係があるかどうかわからないが調べてみたいのだという。防護服が録画していたＳＲ０６を食べるバッタの映像と、ボトルの中に転がっていたバッタの拡大写真を撮影してキタムラに送った。

　そんなことをしているうちに国境を越えてからの三時間はあっという間に過ぎ、渋滞の始まるホーチミンへ到着したのだった。

　黒川さんを乗せたタクシーが目の前で電動バイクの波に包み込まれるのを見た私は〈キムの店〉がある旧市街へ、徒歩で向かうことにした。

　駅の南側にある大きな市場（マーケット）の西側に広がるのが、ホーチミンの旧市街だ。

　旧市街は暑く、臭かった。

　路傍に停められた屋台の周りには野菜くずや卵の殻が散乱し、側溝へは生活排水が流れ込んでいる。下水道も整備されていないようだ。そんな暮らしの匂いと裏腹に、通りを歩く人影はまばらだった。

　絶え間なく聞こえていた表通りのクラクションも遠ざかっていく。

　こんな場所にバイオ屋があるのだろうか、通り過ぎてしまったのではないかという疑問を抱き始めた頃、私は〈キムの店〉にたどり着いていた。

見過ごしようがない異様な店構えだった。

並びの土産物屋とほぼ同じつくりだが、木の窓枠が嵌(はま)っていたはずの場所には十センチ角ほどの無骨な金属枠がねじ込まれている。オレンジ色にペイントされたその枠と建物の壁の隙間には、真新しいシリコンが指ほどの太さで充塡(コーキング)されていた。建物の壁や入り口には、ホラー映画で見慣れたバイオ施設を示すシールが乱雑に貼り付けられ、人を寄せ付けない空気を放っている。

〝Kim's Bio Solution〟と墨書された看板の下には細々としたメニューが並んでいた。DNAのデータ化や解析だけでなく、計測機器のリースや販売も行っているようだ。店名から察するに韓国系なのだろうが、時代に取り残されたようなホーチミンの旧市街で出会うにしては本格的だ。

私はドアの脇にあるインターフォンのボタンを押した。

『Hello, do you have an appointment?（いらっしゃい。約束あるかい？）』

「Yes, Mr. Kurokawa reserved, he told me to come here.（黒川さんが、今朝予約した件です）」

『おう、開けるよ。入ってくれ』

ざらついた英語はすぐに流暢な日本語に切り替わった。

ドアの中を重い金属が動くような音に続いて、空気を吸い込む甲高い音が笛のように鳴り響いた。換気扇からは強いオゾンの匂いを含む冷気が盛大に吹き出し始める。室内の気圧を下げて、中で扱う微生物を外に出さない仕組みだろう。

私は店主の職業倫理を信頼することにした。汚染が怖いとクレームをつけてくる住民もそう多くないはずの旧市街で、手間をかけて店舗を陰圧にしているのだ。

ドアノブに手をかけた私は、吸い込まれるように開いたドアに引きずり込まれた。

「おっと、危ない」

つんのめるように室内に転がり込んだ私は、白衣を着た大男に抱きとめられていた。

ざらついた、しかし愉快そうな声の男は、私を抱きとめた腕をそのままに、もう一方の腕で暴れるドアに手をかけ、そのまま腕の力だけで押し込んだ。

「普通、陰圧の部屋（チェンバー）は外開きだよな。バカな業者に頼んだのが失敗だったよ」

男は、私の肩に巻き付けていた腕を解いて一歩下がった。目の前にある胸には、発達した筋肉が綿のシャツに深い陰影を刻んでいる。

「金田だ」

私の倍は厚みがありそうな右手が差し出された。日焼けした肌に、白い傷の跡が何本も入っている。親指の付け根に盛り上がる筋肉が、金田の手を岩のように見せている。

「林田です」

「座りなよ。話は聞いてる」

　ドアの脇にある白い樹脂製のテーブルとチェアへ誘われる。屋台で使っているような安物だ。テーブルの周囲には、何に使うのかわからない機材が山のように積み上げられていた。

「ありがとうございます。日本人だったんですね」

「ん？　店名で韓国系だと思ったか。狙い通りだな。俺は日本人だよ。見ての通りだ」

　ここは笑うところなのだろうか。金田は日本人に見えない。

　二メートル近い身長と私の倍はありそうな分厚い体は、ゆったりと羽織った白衣でも隠せないほどの筋肉で鎧われている。日焼けした彫りの深い顔と短く刈り込んだ白髪は、バイオ屋というよりは軍人のようでもあった。

　なによりも無国籍な雰囲気を漂わせているのが、目の色だ。光の加減かと思った不思議な色は気のせいではなかった。右目はキタムラのような薄い鳶色だが、深い傷跡が瞼をまたぐ左目は漆黒の瞳だった。

「バッタとイネ二種類のＤＮＡをデータ化してくれって話だったが、それでいいのかな？　ヘリと機材調達の追加契約（エクステンション）じゃなくて、別契約にしたいんだが」

「もちろんそのつもりです。今度は業務委託が主になりますし、守秘義務を求めたい内容もあります」

「契約はメガネ（拡張現実）だろ。ウチのに入っていいぜ。しょっぱいステージですまんが」

金田は人差し指でかけていないメガネをずりあげる招待の仕草をしてみせた。私は瞬きを二つ、拡張現実を有効化して受諾する。金田は左手を開き、親指と小指を両目の脇に当てて〝activate（アクティベート）〟と呟いた。米軍の防護服で拡張現実ステージを有効化するのと同じ仕草だ。

現れた拡張現実ステージは何の変哲もないものだった。狭いオフィスもひび割れたテーブルもそのまま。ただひとつ、金田がそれとわかるほどの品質の〈アバター〉に変わっただけだ。

「これで十分ですよ。依頼事項の確認から非開示にしても構いませんか？」

私は人差し指で唇を撫でる仕草で、ここから話すことの守秘義務を求める。金田が頷くと、私の〈アバター〉のＮＤＡフィルターが解除された。防護服に翻弄された記憶がまだ生々しいため〈アバター〉を使うことに抵抗を感じるが、交渉の場では便利なものだ。

「マザー・メコン農場で採取してきた、Ｌ＆ＢコーポレーションのＳＲ０６と化けたイネ、そして農場にいるバッタ。合計三種のＤＮＡを抽出してｇＸＭＬ形式のデータにしていただきたいんです」

「バッタ？」

「ええ。農場で大量発生しているんですよ」

「確かマザー・メコンってのは蒸留作物を植えた〝夢の持続性農法〟の農場だろ。虫も食わないような作物の農場に、なんでバッタなんか出るんだ」

「よくわかってないんですよ。なので、まず同定から始めたいんですよね」

「写真かなんか持ってないか？」

バッタがSR06を食べている映像を手渡した。防護服が撮影していたものだ。

「こりゃ、ひこうじゃないか？」【ひ－こう（飛蝗）：トノサマバッタなどが多数群飛する現象、またはその個体】と注釈が出る。「サバクトビバッタの群棲相に似てるが……なんでこんなもんがカンボジアに居るんだよ」

「どういうことですか？」

「昔、ソマリアで見たヤツにそっくりなんだよな。種を同定するまではっきりしたことは言えんが、アジアで虫害を引き起こすバッタじゃあない。それより、趣味の悪い蛍光グリーンの葉っぱは蒸留作物だよな。林田さん、こいつは大変な……」

金田は拳を口元に当て、眉をひそめて写真を見つめながら続けた。

「金になる」

「え？」

「売っていいか？　蒸留作物を食うようなバッタの遺伝情報ならL&Bとかほかの蒸留作物メーカーは絶対欲しがるぜ。なんなら、あんたと山分けでも――」

「ダメですよ。何言ってるんですか」

「残念。じゃ、口止め料込みで千USDってとこでどうだ」

金田は、人差し指を立て、ウインクしてみせた。彼は笑っている。提示した金額も高くない。どちらかと言えば安いほうだ。売るだの口止め料だのは冗談だろう。

「構いません。そのかわり急いでほしいんです」

私にも余裕がなくなっているのだろう。こんな状況でなければ一緒に笑うところだ。

「シリアル・DNA・シーケンサーでいいんだろ？　今日の夜でいいかい？」

「助かります。では、契約書を——」

「いいね、あんたもいい。お仲間と同じだ」

契約書のテンプレートを取り出すとき、金田は意外なことを言った。

「黒川さん？」

「ああ、取引のやりかたがそっくりだ。キタムラも言ってたぜ。気持ちいい奴らが面白い仕事持ってきたってな」

「……ありがとうございます」

金田のいう通りなのだろう。今から使おうとしている契約書のテンプレートも、黒川さんのやり方を真似て作ったものだ。彼の仕事がいつも面白い訳ではなかったが、公正でスピーディーな取引に不満を抱いたことはなかった。

「茶でも飲みながら作ったらどうだ。外は暑かったろう」

契約書から顔を上げると、見たこともない不自然な描画(アーティファクト)が現れていた。

目の前の空間から透明な液体が流れ出し、いつの間にか手元に置かれていた氷入りのコップに注ぎ込まれている。一瞬、風変わりな拡張現実ウィジェットかと思ったが、氷で跳ねた水滴が自分の腕に落ちる感触で、コップと茶が現実のものだとわかった。

「怖がるなよ。普通の冷茶だ」

「今、この辺から……」

私はコップの上、茶が注がれていた辺りを指で示した。

「こいつが茶を注いだんだ」

コップの向こう側に、ボトルが出現した。

「面白いだろう。複合感覚行動(フィジカル・ミクスト・アクティビティ)って言うんだ。PMAの方が通りがいいかもしれん。〈アバター〉と別のことを肉体でやる技芸(スキル)さ。練習すれば、プライベート・モード会議してるときに、固まってる相手の首根っこを押さえつけることだってできるぜ」

金田は、腕を組んだままで茶のボトルを揺らした。

「一番簡単なPMAだ。〈アバター〉の腕を組ませておいてから、フィードバック・チップに気取られないように腕をそろりと抜いたんだよ。〈アバター〉は自然な姿勢になりたがるから、ちょっと変わった角度で腕を抜くとフィードバック・チップを騙せるんだ」

「理屈は、何となくわかります。でも、お茶を注いだでしょう。どうやって実際のコップを見てたんですか？」

「俺の目、気にならなかったか？　半分だけ拡張現実を見てるんだ。右目が角膜投影で、左は肉眼だ。簡単だろう？　意外なところにヒントはあるもんだ」

金田はにやりと笑った。

「覚えてみたいかい？　あんた、身近にいい先生がいるじゃないか」

「もしかして、黒川さん？」

「ああ、身長の補正をするなんてPMAは初めて見たがね。俺は単純な移動と利き手の制御ぐらいしかできんが、彼は表情までコントロールしてるんじゃないか？」

金田は〈アバター〉に腕を組ませたまま、PMAで自分の目の前においたコップに茶を注いだ。

「で、契約書――まだか。やりかたは似てるが、スピードは違うんだな。黒川さんは契約書を出した瞬間にはできあがってたぜ」

同時に二つの〈アバター〉を操作できる黒川さんと一緒にされても困る。

＊

金田についてビニールの仕切りをかき分け、ラボに入る。まばゆい光が天井から降り注ぎ、部屋の隅々まで照らし出されていた。奥行きのあるラボにはよく使い込まれた機器が新旧織り交ぜて整然と並んでいる。幅こそ広くないものの、とても使いやすそうだ。

開けた作業スペースの中央には、マニピュレーター付きの気密チェンバーと、バックライト付きの作業台が鎮座していた。

「林田さん、チェンバーには、バッタを自分で入れてもらっていいかな？」

作業台の傍らに立った金田がチェンバーのハッチを開き、シリアル・DNA・シーケンサーの読み取り部を入れた。

「構いませんが……どうして？」

「たまに居るんだよ。封印されてないボトルを持ち込むバカがさ」

「わかりました」

私はショルダーバッグから、バッタを入れておいたボトルを取り出した。

――バッタがいない！

「あ、あれ？」

「それか？　おいバカ、開けるな！」

作業台の上でボトルの蓋を開けようとした私の手を、金田が押さえつけた。

ボトルにはひとつまみの土塊が入っているだけだった。逆さにして蓋の裏を確認したが、土がさらりと移動しただけだった。

昨日、確かにバッタをつまみ上げて、このボトルに入れてきたはずだ。防護服越しではあったが、バッタをつまみ上げたときの感触はまだ指先が覚えている。身じろぎもせずにSR06を食べていたバッタは持ち上げられても抵抗しなかったので拍子抜けしたのだ。

ラベルに刻印された文字にも見覚えがある。

顔を近づけていた金田が、ボトルを私の手からむしり取った。

「こいつはバッタだ。貸せ」

金田はチェンバーにボトルを放り込んだ。

「ど、どうしたんですか？」

「触角が見えた。土に分解してる——いかん。みてる間にも砕けていきやがる。生きた細胞を分離するからオフィスで待ってろ」

金田は背を丸めてマニピュレーターにとりついた。

＊

私はオフィスのテーブルに二本のボトルを立て、頭を抱えていた。

農場から持ち帰ったボトルは三本。バッタとSR06、そして〈汚染稲〉だ。バッタを入れたボトルは、金田がラボのチェンバーに放り込んでいる。

目の前にある二本も問題だった。SR06と〈汚染稲〉を入れたはずのボトルには、両方とも〈汚染稲〉が入っていた。くすんだ緑色の葉と先端が赤みがかった稲穂は間違いなく〈汚染稲〉のものだ。

　頭がおかしくなってしまいそうだ。

「林田さん、よかったな」

　金田がビニールカーテンをかき分けてオフィス側に戻ってきた。

「脚の筋繊維と、少し残ってた腸が分離できたよ。シリアル・DNA・シーケンサーも吸い出しを始めた。なんか妙に遅いがここまでくれば大丈夫だ。バッタはなんとか――どうした。深刻な顔して」

　私はイネの入っていたボトルを示して、農場で栽培していたSR06と〈汚染稲〉を採取したはずなのだが、二本とも同じイネになってしまっていることを説明した。

「わからんな……。ま、両方ともDNAを吸い出しておくよ。あとでじっくり調べるといい。勘違いじゃないのか？　その、二種類の植物ってのがさ」

　私は、彼の言葉を否定できなかった。農場での体験はすべて防護服の拡張現実を通して見たものだ。あの服のよくわからない理屈で修正されていてもおかしくはない。

「気を落とすなよ。それよりバッタだ。あんなの初めて見たぜ」

　金田は私の向かいにどっかりと腰を下ろした。樹脂製のチェアが軋む。

「あんなの、って？」

「目に見える速度で土塊に分解していくんだよ。林田さん、マザー・メコンの高分解土壌をくっつけただろ？　あの速度なら人食いと呼んでもいいかもしれん」

そんな土壌を使っていただろうか。それに私はＳＲ０６からバッタを直接つまみ上げた。

農場の土なんか付けていない。それに——。思い出した。

「金田さん！　今朝、バッタの入ったボトルを撮影してるんですよ。見てください。朝撮った写真です」

私は金田へ、今朝キタムラに送ったバッタの拡大写真を手渡した。生きているかどうか写真ではわからないが、艶やかな緑色の胴体や虎縞模様の浮かぶ半透明の羽まで、どこも分解されてなんかいない。

「これが？　綺麗なもんだな」

「生きてはいないようでしたが、土に還ってる場所なんてありません。これがたった五時間前ですよ」

「じゃあ一服盛られたかね」

私が検討を避けていた可能性に金田が言及した。

「いや、冗談だよ。マザー・メコンでは殺虫剤も使ってないだろうし——」

金田の言う通りなのだ。なにかしらの薬品がバッタにかけられていれば、この分解の速度は説明がつく。

この写真を撮ってから、ボトルに触れることができた人が、私のほかに一人だけいる。

黒川さんだ。

12 Terrorism

金田のラボを出た私は、キタムラのオフィスまで歩いた。渋滞は終わったはずの時間だったが、旧市街ではタクシーが拾えなかったためだ。

真鍮の取手を握り、解錠音を聞きながらドアを引きあける。

たった二日しか使っていないキタムラのオフィスが既に懐かしい。素早く瞬きを二つ、拡張現実を有効化（アクティベート）して、室内へ歩を進める。

「林田さん、申し訳ありません」

壁際のソファで、黒川さんが私に頭を下げた。

「バッタのこと？」

「バッタ？　バッタがどうかされたのですか？」

顔を上げた黒川さんは、目を丸くして私を見ている。

「金田さんのラボに――どうしたんですか？」

黒川さんは下げた頭を戻しながら、真っ赤な開襟シャツのキタムラはソファの背に腕をかけて、そして奥のデスクではグェンがアオザイの袖をつまんだ手を膝にそろえて拡張現実眼鏡（グラス）ごしに私を見つめていた。皆、口をまっすぐに結んでいる。

私は、無意識に顎を撫でていた。溜まった汗が手首に伝い落ちていく。

「林田さん、まだご覧になってないのよ」

形のよい眉をひそめたグェンの言葉にキタムラが頷いた。

「どうしたんですか、なにかあったんですか？」

私は三人の様子を窺いながらキタムラの向かいに腰を下ろす。

逆光に目を細めたキタムラが、テーブルの上に重ねて置いてある二つのニュース・ウィジェットを指差した。両方ともに第一特集は〝二〇三八年問題〟のようだ。〈タイムズ・ワールド〉の特集バナーでは来年の一月十九日に向けたカウントダウンが動いている。

「今日の〈タイムズ・ワールド〉か〈コモン・ニュース・ネットワーク〉は見たか？」

私は首を振った。二つとも名前は知っているが定期購読はしていない。個別のエントリーを読んでいる時間もなかったし、誰かに教えられたとしても、ボトルの中で土塊に変わってしまったバッタと黒川さんのことで頭が一杯で読む気にはなれなかっただろう。

「林田さん。明日、この二つのメディアでマザー・メコンの作物化けがレポートされます。他のチャネルにも出るかもしれませんが、この二誌にはレポートの予告篇が流れていることを確認しました」

黒川さんは、眉間にしわを寄せていた。

深刻そうな表情が意外だった。マザー・メコンの作物化けが報道されることは想定内だったからだ。ろくに調査が進んでいない状態で報道されるのは面白くないことだろうが、いつまでも隠し通せるわけでもない。キタムラも〈ランドビュー〉の衛星写真で発見しているし、マザー・メコンには環境保護団体も居座っている。彼らなら喜んで空撮している写真や、計測している——テップによるといい加減な——データを情報源として提供するだろう。

「林田さん、これから映像を見せる。ショックを受けるだろうが、一つだけ先に言っておきたいことがある。私は君の味方だ。黒川さんもそうだ。いいか？」

「ちょっと、いったい——」

キタムラが、黒川さんの正面の壁を指差した。

壁にぽっかりと穴があいて赤く輝くワイヤーフレームの地球が現れ、〝真実は隠されている World Reporting〟という帯が回り込む。〈カフェ・ズッカ〉で読んだ〈ワールド・レポーティング〉のオープニングだ。

地球と帯が奥に消えるとステージが現れ、中央で赤毛の女性がスポットライトを浴びた。創業者の一人でもあるレポーター、サーシャだ。彼女は腰のあたりで手を組み、青い瞳でカメラをまっすぐに見据えている。

『〈ワールド・レポーティング〉のサーシャ・ライフェンスです。明日、私たちは遺伝子工学でねじ曲がった農業の怠慢を告発します』

サーシャの背後にバーナードの映像が浮き上がり、演説が流れはじめる。二〇一六年、国連食糧農業機関（FAO）で行った蒸留作物の登場を告げたときのものだ。

――我々は、ここにあるＳＲ０１に含まれる全てのゲノムを知り、コントロールできている。蒸留ポット（Distiller）から滴り落ちた一滴めではある――

『この男性はリンツ・バーナード。蒸留作物の種苗メーカーＬ＆Ｂコーポレーションのヴァイス・プレジデント（VP）です。彼は二十年もの間、世界中の農場へ作物を売り込み、大地に企業のエゴを描き続けました。ご覧ください』

ステージの床に、いくつかの農場が立体映像で浮かび上がったのを見て目を疑った。すべて、私が手がけた仕事だ。アデレードの〈ポップ・イン・ファーム〉、ボルネオの〈ヘブンズファーム〉やゴビ砂漠の〈バーミー農園〉……。

サーシャは床に浮かぶ農場の間を歩きながら蒸留作物を糾弾し続けるが、オリジナリティのない批判を繰り返す彼女の声は耳に入ってこなかった。

なぜ私の仕事ばかり出てくるんだ。ＳＲ０６を栽培している農場だけでも数千はあるというのに……。

サーシャは、ゆっくりとステージの中央に戻ってきた。

『私たちは致命的にロゴが崩れている農場と、そのデザイナーを見つけ出しました』

ステージの床が市松模様に変わり、真っ白な漆喰の壁が立ち上がる。木で作られたアーチが天井に走っていき、ホールを形作っていく。奥にはイエス像が掲げられていた。

『ここはベトナム、ホーチミン市にあるサイゴン大聖堂(カセドラル)です』

サーシャが後ろ向きに歩み、頭を垂れた男が座る礼拝席に近づいていく。

「……私だ、なんで?」

『祈りを捧げているのは林田護。L&Bコーポレーションの嘱託デザイナーです』

私の真後ろまで下がったサーシャは振り返り、私の肩に手をかけるそぶりをしてみせた。うなだれていた私が顔を上げてイエス像を見つめ、また頭を垂れる。

『彼が手がけた〝マザー・メコン〟プロジェクトで致命的な作物化けが発生したのです。彼は生命をいじり、大地を汚したことを悔いているのでしょうか、それとも高い報酬が得られなくなることを残念に思っているのでしょうか』

「あの女だ」

教会にいたスキンヘッドの女。奴が私を撮影していたのだ。

『私たち〈ワールド・レポーティング〉は一年に及ぶ取材で、この農場に関わった人々とずさんな管理、そして遺伝子工学そのものの闇を暴きます』

映像が終わり、壁の空洞が消えた。

「林田さん、あなたが狙われるとは思っていませんでした」

眉をしかめた黒川さんが私を見つめていた。

「今回の作物化けに関して、メディアのターゲットはバーナードかマザー・メコンになると考えて準備を進めさせていましたが、まさか〈ワールド・レポーティング〉が林田さんを狙うとは思ってもみませんでした。これ以上、名誉を損なわせないために打てる手はすべて打たせていただきます。先ほど、直通通信（ホットライン）でバーナードを呼び出し、L&Bの法務（リーガル）が最優先で支援する約束を取り付けました」

黒川さんは私の顔を正面からとらえようとして身を乗り出した。

「お名前まで出されてしまったことで、ほかのメディアも取材を申し込んでくると思われます。林田さんの代理人としてL&Bの広報（PR）をたてることも——」

「やめた方がいい。林田さんの代わりにL&BのPRなんか出たら火に油を注ぐだけだ」

キタムラが黒川さんをたしなめた。

「最大限真摯に対応したところで〝担当者や協力会社への取材はご遠慮ください〟ぐらいしか言えないんじゃないか？　外注を黙らせてるようにしか見えんよ」

黒川さんが唇を噛んだ。私もそれ以外の対応は想像できない。

「〈ワールド・レポーティング〉は林田さんを生贄（スケープゴート）に、蒸留作物と業界へのヘイトスピーチをやろうとしているんだ。L&Bからの抗議は無視するだろうし、何を言っても揚げ足を取られるだろう」

「おっしゃる通りです。準備がよすぎます。どうやって撮ったのでしょうか」

黒川さんが首を傾げる。どうやって……そうだ——。

「……エンリコだ」

「エンリコ？　連絡が取れないプロジェクト・マネージャーの？」

「教会で拡張現実会議に呼び出されたんです。まさか、こんなことに……」

「ごめんなさい。私が教会で待つようにいわなければ——」

キタムラは話しかけたグェンを遮った。

「林田さんは狙い撃ちされたんだ。どんな手を使っても映像を撮っただろう。このメンバーなら黒川さんでもよかったんだろうが……」

「構いませんよ。私が対象とならなかったのはこの身体のせいです。遺伝子工学でいい思いをしている業界人を代表するにはエキセントリックすぎますからね」

〈ワールド・レポーティング〉が黒川さんでなく私を選んだ理由は、その通りだろう。遺伝子工学の被害者であることが一目瞭然な黒川さんを題材にすれば、もっと複雑なストーリーが必要になるはずだ。

「いずれにせよ〈ワールド・レポーティング〉のレポートとやらを私たちが阻止することはできそうもない。作物化けの原因を究明するのが唯一の対策になる」

キタムラは、私が今朝、東洋高速鉄道から送ったＳＲ０６と〈汚染稲〉の映像ファイルをテーブルにばらまいた。

「私たちは〈汚染稲〉の調査に戻らなきゃならんということだ」

私はキタムラの発言に頷いたが、エンリコのことで頭がいっぱいだった。彼は黒川さんが作物化けについて陰で糸を引いているとまで言っていた。

なぜエンリコは、私を嵌める報道に手を貸したのだろう。

＊

ベトナムコーヒーの甘い香りがオフィスに立ちこめていた。いつの間にか隣にグェンが座り、漉しだされたコーヒーに砂糖を入れてかき混ぜている。

「林田さんは、砂糖だけでよかったかしら？」

目の前に、冷やされたコーヒーのグラスが置かれた。

頷いたものの、手を出す気にもなれない。キタムラの言うとおり〈汚染稲〉の正体を探らなければならないのだが、一万近くサルベージしてきたイネのＤＮＡの中に、これという候補すら見つかっていないのだ。

キタムラは生長した植物にヒントがないかといってＳＲ０６と〈汚染稲〉の立体映像をテーブルに浮かべて見比べていた。そんなことでヒントが見つかるならば苦労はしない。

イネはイネだ。見ただけでわかるものか。

「――こうやって眺めてみると〈汚染稲〉はイネ赤錆病に罹患するような旧来型作物としては不自然だな。種のつき方がＳＲ０６と同じに見える」

キタムラは穂を拡大して、籾の根元にマーカーで印を付けて指を折り始めた。

「――四、五、六と。蒸留作物ってのはここまで設計されてるのか。すごいもんだな。イネ科で螺旋状に作るってことは維管束の分岐も普通のイネと違うのか……おっと。いかんいかん。つい見入ってしまったよ」

キタムラはグラスを持ち上げ、コンデンスミルク色の液体をうまそうに一口飲んだ。

「林田さん、確かＳＲ０６は一株一千粒だったよな」

「そうです。適切に育成した場合に限りますけど」

私は、ＳＲ０６の謳い文句を思い出していた。Ｌ＆Ｂは一千粒にもなる籾の重さを支えるために、維管束の水圧を動的に制御する構造体を開発している。特許もあったはずだ。

「なら、ちょっとした発見だな。旧来型作物のはずの〈汚染稲〉が同じぐらいの種をつけてるんだよ。しかもＳＲ０６と稔り方が同じだ」

私はキタムラがマーカーで印を付けた二種の穂を見比べた。確かに、同じ規則で籾がついているように見える。

「その歳じゃ、旧来型の稲穂なんか見たことないか。自然作物のイネは二百粒もつけば大収量と呼んでいい品種だったんだ。ところがこの〈汚染稲〉はＳＲ０６と同じ、一千粒ついてるように見える。まるでＳＲ０６の色を昔のイネで塗り替えたかのようだ」

　キタムラは〈汚染稲〉の穂についている籾の一つを拡大した。

「こうやって拡大するといろいろ違うんだけどな。ＳＲ０６の穂はそうでもないが、〈汚染稲〉は少し枯れてるみたいだし」

　籾の数がＳＲ０６と同じというのは発見だが、〈汚染稲〉の正体はますます混沌としてくる。旧来型（レガシー）のイネにそんな数の籾を付けるものはない。

「旧来型（レガシー）の自然作物だとすると、マザー・メコンの土壌では養分も水分も足りません。枯れてもおかしくはありませんよ」

　私はキタムラが指さした籾の先端を見た。赤く色づいている。

「――いや、ちょっと待ってください」

　私は立ち上がってキタムラの方に回り込み、種子を逆光に透かす。

「枯れてるんじゃない。組織に色がついています。赤紫色ですね。色がグラデーションになっているでしょう」

　私は赤紫色がはっきりとわかる籾の先端と根元を指さした。そこから中央に向かって薄くなっていく様子が光に透けていた。枯れて水分が抜ければ不透明になる。

　キタムラが口を開けて私の顔を見た。

「大当たりだ！　よく気がついてくれた」

キタムラが私の肩を拳で押した。

「こいつは古代米だ」

「古代米？」

「古いイネの特徴を残す餅米だよ。確かに赤紫色に染まっている。色素はなんだったかな。茄子と同じアントシアニンの……シアニンジンだ」

キタムラはどこからか汚れた布切れを取り出した。

「ジョン、ポール、仕事だ！」

キタムラの呼びかけに応じてオフィスのドアが開き、赤と青のバンダナを巻いたゴールデン・リトリバーが駆け込んできた。

「黒米のDNA探してこい！　成分にアントシアニン、シアニンジン、〝$C_{15}H_{11}O_{6}^{+}$〟が多く含まれるやつだ。八倍急げ」

キタムラがジョンとポールに布切れを嗅がせて命じると、犬たちは一声吠えてオフィスから飛び出していった。

「その布、何ですか？」

「検索文字列（クエリー）さ。DNAと直結してるタンパク質ならコドンを直接検索できたんだがな……しかし、これで時間の問題だ。古代米の品種はそれほど多くない。〈汚染稲〉の品種は今日中に見つかるだろうよ」

キタムラは再びアイスコーヒーに手を伸ばそうとしたが、グェンがテーブルから持ち上げている。ほとんど口を付けていなかった私のグラスも回収されてしまっていた。

「林田さん、氷が溶けるまでほっとかないでくださいね。氷は生水で作っていることが多いんです」

黒川さんも飲みかけだったグラスをグェンに返した。

「素晴らしい。今日中ですか。〈ワールド・レポーティング〉への牽制には足りませんが、何も言えない状態からは脱却できます——失礼。音声メッセージが入りました。もしもし、黒川です」

黒川さんが立ち上がり、壁の方を向いた。親指と小指を受話器の形にして音声メッセージに出る。古い映画などで見る仕草だ。

「テップさんですが、こちらに招いても構いませんか？　皆さんに聞いていただいた方がよさそうです」

黒川さんは私たちを振り返り、小指を反対側の手で押さえた。

「いいんじゃないか？　林田さんは」

「ええ。ここに来るんですね。どうぞ」

黒川さんが招待の仕草（ジェスチャー）で私が座っていたソファを示すと、テップの〈アバター〉が現れた。マザー・メコンのロゴが背中にプリントされたジャンパーにカーゴパンツという出で立ちだ。就業中はこの〈アバター〉で通しているのだろう。

「バッタが……」

「バッタが、どうかした？」

私の問いかけに、テップは頭を振る。〈アバター〉の顔色は健康そのものだが、声には震えが感じられた。

「……どこから話したらいいかしら。ちょっと、あまりのことに混乱しちゃって……」

テップは膝に拳をあてて顔を伏せた。相当参っているようだ。

そのときオフィスのドアが音もなく開き、テニスボールを咥えた犬（ジョン）が駆け込んできた。ジョンは新参者のテップに目を留めて近づき、テーブルの上にボールを置いて頭をテップの膝にすりつけた。本物の犬ならばテップの〈アバター〉を突き抜けてしまうところだが、ジョンの頭はテップの膝を押した。

「わあっ！」

膝に手を当てたテップに苦笑したキタムラがテニスボールに触れ、紙ばさみ（フォルダー）になったサルベージ結果を取り上げてみせた。

「はじめまして、テップ主任。私はキタムラ。この犬はジョン。検索エージェントだ。たった今〈汚染稲〉の候補（キャンディケート）をインターネットからサルベージしてきたところなんだ」

ジョンはテップに甘えるように頭をすりつけている。

「犬は平気かな？」

「平気です。あら、また……何頭いるの？」

ジョンの首筋へ手を伸ばして撫でるような仕草をしたテップが顔を上げ、私の肩越しにオフィスの入り口へ視線を投げた。開きっぱなしのドアから、赤いバンダナのゴールデン・リトリバーが入ってくる。

その後ろからまたジョンが入ってきた。ジョンたちはボールをテーブルに転がして出ていくが、青いバンダナのポールたちも現れてフリスビーを持ってくる。

あっという間にテーブルはボールとフリスビーでいっぱいになった。

「今は十六頭。私はデスクで〈汚染稲〉の同定をやってるよ。話を続けてくれ」

「犬のおかげで落ち着いたわ。二つ報告があるの。まず、これを見て。昨日セットしたカメラで撮影した映像よ。SR０６が〈汚染稲〉に変わっていくところが映ってるわ」

テップは映像ファイルをテーブルの上に置いた。見覚えのある農場を背景に、蛍光グリーンが鮮やかなSR０６の葉に何匹ものバッタがとりついている。

「ちょっと回すわよ。よく見ててね、バッタの脚下のあたり」

テップが再生速度を三千倍に設定して映像ボタンをタップするとみるみるうちに日が沈んでいき、背後の農場がうっすらと発光し始めた。ハイスピード再生のためにチラチラと動く葉の上を、バッタはゆっくりと歩いている。その脚下にシミのようなものが出ているように見えた。

「色が変わってるの見えた？　もう一回、アップにするわ」

テップが一匹のバッタをアップにして、再生速度を百倍にセットした。

「バッタはほとんどSR06を食べてないのよ。口元をよく見て」

――自分の目を疑うところだった。バッタが噛み付いた部分がくすんだ〈汚染稲〉の緑色に変わり、その範囲が徐々に広がっている。インクを落としたかのように葉脈に沿って蛍光グリーンの葉がくすんだ緑色に変わっていく。

「生きたまま……色が、変わっていく」

「私も信じられない。だけど、見ての通りよ。バッタに噛まれたSR06は、その場所から〈汚染稲〉に化けていくの」

私はキタムラの「発見」を思い出した。籾の付き方が同じになるはずだ。〈汚染稲〉はSR06が生きたまま〈汚染稲〉に変化したものだったのだ。

生きながら別の生物に変わっていく。そんなことがあるだろうか。

テップは二枚の写真を取り出してテーブルに並べた。

「化けた部分の細胞よ。正常なSR06と比べてみて」

薄い色の壁で仕切られた細胞の中には小さな緑色の粒がたくさん浮かんでいる。右の写真では細胞の中に核と思われる大きな粒が一つ、そして蛍光グリーンの小さな粒がいくつも浮かんでいた。これがＳＲ０６だろう。左の写真には濃い緑色の粒と核のほかに、紐のような黒いシミが浮かんでいる。大きさは核と同じぐらいだ。

「右が正常なＳＲ０６で左が化けた部分。左には核と同じぐらいの大きさの器官がある。こんな倍率で染色もしないのに見える器官なんて、聞いたことがないわ」

「これ、なに？」

「調べる機器は農場にないの。作物の組織を確認することなんて考えてなかったもの」

「テップさん、サンプルをこちらとＬ＆Ｂの中央研究所に送っていただけますか？」

「いわれなくても送ってるわよ。到着はどっちも明後日になるわ」

テップは続けてフォルダーを取り出した。

「これが一つ目。次が本題よ」

「当ててやろうか」

デスクでフォルダーを選別していたキタムラが口を挟んだ。

「バッタが噛み付くのはＳＲ０６だけじゃないんだろう。農場の外にも〈汚染稲〉が広がっている。どうかな？」

テップの表情が一瞬固まり、続いて微かな笑みを浮かべた。〈アバター〉の感情補正ビヘイビアが動作したときに出る初期状態（デフォルト）の一つ。〈微笑（スマイル）〉だ。

「外れだったらよかったんだがな」

キタムラが首を振り、大きな息をついた。

「テップさん。農場の外の自然植物も〈汚染稲〉に変わっているということですか」

身を乗り出した黒川さんへ頷いたテップはフォルダーから数枚の写真を取り出してテーブルに並べた。

異様な風景と植物が写っていた。

農道か、農場の外を写した写真は、緑のモノトーンだった。樹木の濃い緑も黄色みがかった新芽の色もなく、すべての植物が〈汚染稲〉と同じくすんだ緑色に染まっている。濃い緑も、新緑もない。すべてがおなじ緑色に染まった風景は画像処理の失敗にしか見えなかった。

拡大写真はより深刻な状況を伝えていた。地面を這うミントから鞘のついたイネ科の芽が出ようとしている。ゴムの木の赤い樹皮が緑色に染まっている。

そこには、植物のキメラが写っていた。

「イネに近い植物ほど変化が早いようね。被子植物も目立たないけど、確実に変わり始めてる。シダやコケは影響が出てないわ。動物に影響がないことを——祈る、だけね」

テップの表情が再びデフォルトの〈微笑（スマイル）〉に落ち（フォールダウンし）、途中で言葉が崩れた。

「生物学的危害（バイオ・ハザード）だな」

キタムラの声に、全員が凍り付く。黒川さんは目を丸く見開き、唇をふるわせている。グェンまでもが固唾をのんでキタムラを見つめていた。

「バイオ・ハザードの関係機関は世界保健機関（WHO）でしたっけ──黒川さん？」

「……バッタを、駆除できませんか？　サンプルをL&Bの中央研究所に──」

黒川さんが動揺している。私の質問を聞いていない。

「政府と関係機関への報告が先でしょう！」

思わず大声を出していた。バイオ・ハザードとなればL&Bやマザー・メコンだけの問題ではない。行政や国際機関へ報告しなければならない事態だ。

「L&Bとマザー・メコンの本部（ヘッドクオーター）には今報告しました。関係機関へのアラートはそこから出していただきます。私たちは状況を正確に把握することと、これ以上の拡散を防止する方法を考えるべきです」

「直接報告しちゃだめなんですか！」

「私たちが報告してしまうと、事態を初期から追っていた私たちが手を出せなくなります。関係機関との窓口（ウィンドウ）はバーナードたちにまかせて、私たちは現場に留まりましょう」

「でも──」

「いいですか、現場で調査ができるテップさん、キタムラさんの経験と知恵、そして蒸留作物エンジニアの林田さんがここに揃っているのです。アラートが受理されても、すぐにできることは農場の隔離ぐらいです。正式な現地調査が始められるまでの間に、可能な限り情報を集めるべきです」

「賛成だ」

キタムラが赤いフォルダーを取り上げてデスクから歩いてきた。

「〈汚染稲〉の出元がわかったよ。二〇〇三年に新潟の農業試験センターで固定された古代米〈紫雲〉だ。これで決まりだ。作物化けは管理の失敗や製品の問題じゃない。バッタももちろん偶然なんかじゃない」

全員の視線がキタムラに集まった。

「テロだ」

キタムラはソファに腰を沈め、赤いフォルダーをテーブルの中央に投げた。

「〈紫雲〉は二十年も前にイネ赤錆病で生産停止になっている。それもかなりマイナーな作物だ。そんなものがバッタに噛まれて発現するなんてことが自然に起こるはずがない。事故も考えにくいだろう」

キタムラは左の方の顕微鏡写真を指差した。

「分析が終わらなければわからないが、私の推測だと、この大きな器官はナノマシンだ。〈紫雲〉のDNAを埋め込んで発現させる単機能の〝胚プリンター〟じゃないだろうか。二〇〇GBもあれば、そのサイズの器官は十分作れるはずだ。バッタは、ナノマシンの媒介者(クター)として使われているんだろう」

私は、キタムラが作った巨大な分子模型を思い出していた。暗号解読のようなことをするナノマシンだと言っていたが、あれはキタムラの思考実験だったはずだ。生体の細胞の中で動いていたわけではない。

しかし単機能とはいえ、DNAのデータを胚細胞に埋め込んで発現させる〝胚プリンター〟となると話は変わってくる。生きた生物のDNAを書き換えてしまうようなことが自然の環境で動いている、そして、その仕組みが生物によって拡散されているとキタムラは言っているのだ。

ありえない、といいたいところだが、キタムラの言葉は今回の事象を最もよく説明できる。

だれかが、何らかの意図を持って、植物を古代米に変えるナノマシンを、バッタで拡散させているのだ。

「農場に殺虫剤はあるか？」

「ないわ。完全有機農法(フル・オーガニック)では管理棟のゴキブリだって薬品で殺せないのよ。スタッフが隠し持ってた家庭用ので試してみたんだけど、バッタは死ななかった。でも検査のために管理棟に持ち込むと、いつの間にか死んでるのよ」

「薬剤耐性があるんだろうな。そもそもナノマシンを媒介するバッタがまともな生物であるわけもないか……」

私は、農場を覆うバッタの群れを思い出していた。あのバッタに嚙まれた植物が単一のDNAを持った植物に変わっていく。バッタを駆除できなければ、アジア中の植物が古代米に変わってしまう可能性があるということだ。

「林田さん、金田はいつDNAを持ってくるって言ってた？」

「今夜だそうです――あ、メッセージが届いています」

〈ワークスペース〉を確認した私は、金田からのメッセージを開いた。重要度、緊急度ともに通常のメッセージだったために、通知に気づかなかった。

林田さん、申し訳ない。

バッタの細胞を食わせたら、シリアル・DNA・シーケンサーとジーン・アナリティクスを使ってた〈ワークスペース〉がイカれた。今日中の取得は無理かもしれん。何かわかったらすぐに連絡する。

「つまり、今夜は解析できないってことか？　バッタの素性ぐらいわかれば有効な殺虫剤を発注できたかもしれないのに。運が悪い」

キタムラが険しい顔をした。

「シリアル・DNA・シーケンサーとジーン・アナリティクスが壊れたようです」

「ホーチミンのバイオ屋さんでも壊れちゃったの？　ウチのもそうよ。解析しようとしたら壊れちゃったの」

テップが驚きの声を上げた。

バッタの素性を探る試みはことごとく失敗している。テップが採取したバッタは農場のDNAシーケンサーを壊し、標本はスタッフに捨てられた。私が農場で採取したバッタは途中で土塊に分解してしまい、危うく金田の店にも届けられないところだった。

その金田も、DNAの採取に失敗してしまった。不運な偶然だと信じたいが、ここまで失敗が続くと何らかの意図を感じざるを得ない。

「今晩は、個々にできることをするしかなさそうだな」

キタムラが天井を仰いでため息をついた。

「私は〈紫雲〉の栽培農家を調べるよ。バッタに埋め込んだ奴につながるかもしれん。テップさんはバッタがどこまで広がっているか、それと〈紫雲〉への変異速度を調べておいてくれないか」

「急いで行ってくるわ。日没まで時間がないし。気は進まないけど環境保護団体の連中にも話を聞いてみる」

テップは立ち上がり「バッタが私を噛まないことを祈っててね」と言い残して拡張現実

ステージから消えた。テップは動物への影響があるかどうかわかっていない状況で、これから農場へ入る。無事であってほしい。

黒川さんがビジネスバッグを持って立ち上がった。

「私は、バイオ・ハザードのアラートと、林田さんに対するメディア対策に集中します。バーナードから許可は得ましたが、L&Bの法務(リーガル)が動き始めるのは夜中になりますので、それまで少し休ませてください。なにかあったら、遠慮なく連絡をください」

黒川さんは、いつも通りの見事なお辞儀をしてみせた。

「私はこれで失礼させていただきます。ではまた明日」

オフィスを出る瞬間、拡張現実ステージから抜けた黒川さん本来の小さな姿が見えた。〈アバター〉ではわからなかったが、少し肩を落とした彼のスーツ姿はかなりくたびれているようだ。

無理もない、昨日あれだけ吐いて、のたうち回っていたのだから。

二人を送り出したキタムラも立ち上がり、フォルダーを持って奥のデスクに向かった。

「私は古代米を栽培していた農家を探るよ。金田には私から急げと連絡しておこう」

「ありがとうございます。私は〈紫雲〉と〈汚染稲〉のDNAを比較して同一のものかどうかもう一度確認しておきます」

「バッタのDNAがやってくれれば一番大変になるのは林田さんだ。まずは休むといい」

「林田さん、夕食でもいきませんか？」

グェンが散らばった資料をフォルダーにまとめながら、声をかけてきた。

「グェンさん、今日はやめておいてあげてくれ。〈ワールド・レポーティング〉のカメラがどこで狙っているかわからない。二人には悪いが、今日はホテルで夕食をとってもらった方がいい」

残念だが、ホテルに戻るとしよう。これ以上サーシャの玩具にされるのはごめんだ。

13 Bio weapon

バスローブのタオル地に、顎の下に残ったヒゲが引っかかった。ホテルのカミソリには慣れることができそうにない。

ヒゲの剃り跡を触りながらバスルームを出てクローゼットの扉に手をかける。エアコンのものとは異なる湿った空気を感じた。クラクションの音も近い。

窓が開いている？

「林田さん、結構いい身体してるんだな」

カーキ色の作業服に身を包んだ大きな男が、窓際のソファに座っていた。

「金田さん、何してるんですか！」

「脅かしてすまない。身を隠さなきゃならなくなった。オンラインだと追跡されそうなんで、直接来ちまったよ」

金田は紙切れを指につまんで見せた。バーコードが印刷されているようだ。

「データ届けにきたんだ。体拭きな。キタムラのオフィスに慣れるとエアコンはきつい」

クローゼットの扉を開き、その陰でバスローブを体に押し付けて水気をぬぐう。

「どうやって入ったんですか？」

「部屋はキタムラから聞いてたんで、テラスを辿ってきた。窓は揺すったら開いたぜ」

「どこかに呼び出してくれれば、取りにいったのに」

「そうもいかなくてな。今日はカメラが多い場所を歩きたくないんだ。ホテルは結構いい場所でな。建前だけでもプライバシーのためにいろいろがんばってる。それにアレだ。あんた〈ワールド・レポーティング〉に狙われてるだろ」

確かにそうだ。ホーチミンにはあのスキンヘッドの女がいる。私がこのホテルにいることも知っているだろう。うかつに外出して、堅気に見えない金田と落ち合ったりすれば、撮影チームの思うつぼだ。あの連中が金田を紳士的に扱うはずもない。よくて〝L&Bの嘱託ジーン・マッパー、もぐりのバイオ屋と密会〟というあたりだ。

「あんたがシャワー浴びてる間、部屋にカメラが仕込まれてないか確認しといたぜ。とりあえずここは安全（グリーン）だ。窓の向こうにはサイゴン河しか見えん。キタムラが選んだんだろうが、いい部屋だ」

私はTシャツとジーンズを身につけ、クローゼットの扉を閉じた。

「お待たせしました」

「本当にすまんね。明日にしようと思ったんだがキタムラがせっついてきたんだ。非常識なのはわかってるが――」

　私は金田の正面、ベッドに腰掛ける。

「これがデータだ」

　バーコードが印刷された紙切れが手のひらに押しつけられた。

「ダウンロード先はホーチミンの市民ネットワークだ。直接ＵＲＬを叩けば足はつかないようにしてある。取り扱いには十分気をつけてくれ」

「どういうことですか？」

　しわくちゃになった紙を伸ばそうとした私に、金田が顔を近づけてきた。

「そいつは、軍事機密だ」

　ざらついた声が耳元で囁いた。

「国防高等研究計画局（DARPA）で開発した生物兵器だよ。どの軍で運用するのか知らないが、来年か再来年には実戦投入されるかもしれんぜ」

　そこまで言って金田は顔を離し、ソファにもたれた。

「そんなもんだとは知らずにジーン・アナリティクスに食わせちまったのさ。ＤＡＲＰＡが部隊向けに用意しているテンプレートで開かないとウィルスが飛んでくるって仕掛けだ。おかげでシリアル・ＤＮＡ・シーケンサーを道連れに〈ワークスペース〉が飛びやがった。全く、念の入ったことだよ」

「そういえば機材が壊れたって言ってましたよね。どうやってデータ化したんですか？」

金田は人差し指をカギのように曲げて、にやりと笑ってみせた。

「昔の知り合いからテンプレートを調達できたんだが、ちょっとヘタ打ってしまってな。俺がやったとはバレてないと思うんだが、念のために地下に潜ることにした。二つ預かってたイネのDNA、あれもマトモじゃないな。やはり二〇〇GBあったぜ」

「なんだか、危ないことをさせてしまったようですね……大丈夫なんですか？」

「気にするな。キタムラがなんとかしてくれるさ」

金田は立ち上がって窓を大きく押し開け、窓枠を乗り越えた。

「そんなわけで、もう行くよ。ここで一緒にデータを見たいんだが、林田さんを巻き込みたくないからな。いいか、一緒に入れておいたテンプレートを使って、必ずオフラインで開くんだ」

窓に近寄ると金田は小さな出っ張りに立ち、腰のカラビナにロープを通していた。

「じゃあな」

金田は壁を蹴って夜の闇に消えた。「テラスを辿って」が聞いて呆れる。

私はライティングデスク前のチェアに移り、黒川さんとキタムラ、そしてテップに、金田からバッタのDNAが届いたこと、そして生物兵器であったことを伝えるテキストメッセージを作成して送信した。

次はバッタの同定だ。長い夜になりそうだ。

ライティングデスクに向かい、瞬きを二つ。拡張現実を有効化(アクティベート)してバーコードを読み取った。

［ダウンロードが終了しました。データを開きますか？］

金田から貰ったデータは四つ。バッタのDNAと、金田が調達してきたというジーン・アナリティクス用のテンプレート。残りの二つは農場で採取したSR06と〈汚染稲〉のDNAだ。SR06はボトルの中で〈汚染稲〉に化けてしまっていたので、中身は同じものだろう。イネの方は後回しでいい。

「ジーン・アナリティクス、バッタのDNAを、このテンプレートを使って開いて。オフラインで」

ライティングデスクに面した壁に一本のバーが表示され、データが読み込まれるのに従って色分けされた帯が描かれ始めた。製品ヘッダー、パテント、圧縮コード、そして膨大な量のドキュメントを示す帯――ほとんどすべてが人工(アーティフィシャル)的なコードだ。

「なんてことだ……設計動物(Designed Animal)だったのか」

ジーン・アナリティクスが見せたデータは、私の想像を超えていた。

まともな生物でないとは考えていたが、このバッタは自然な動物の遺伝子を部分的に組み換えたようなものではない。最新の蒸留作物、SR06のように、人がフルスクラッチで設計した動物だ。

エアコンの冷風が産毛を撫でた。鳥肌が立っている。

移動しない動物ならばいくつか実用化もされている。持続性（サステイナブル）セメントを分泌する陸棲の珊瑚は最も有名な設計動物だ。大学や企業の研究室では、蠕虫（ワーム）のように体節が複雑に分化していない設計動物がナノマシンの搬送などを行っている。

だが、昆虫ほど複雑な設計動物が現実に動いているというのは信じられなかった。

金田が「生物兵器だ」と言ったときも、ナノマシンを抱え込んだ普通のバッタ、せいぜい遺伝子組み換えで薬剤耐性を高めた程度の生物を想像していたのだ。

私の驚きをよそに、ジーン・アナリティクスは読み込んだコードを色分けし、見出し（インデックス）をカード形式でぶら下げていく。

私は、色分けされたインデックスに新たな違和感を感じ始めていた。体を作ったり行動を制御したりする表現型のコードと比べて、ドキュメントやツール類のデータがあまりにも多いのだ。蒸留作物をリリース・ビルドして納品するときには、付属していたドキュメントやツールは削除するのが作法だ。生きた蒸留作物のＤＮＡからここまで大量のドキュメントが出てくることはない。

「デバッグ・ビルドみたいだな……いや、開発キットそのままか」

Ｌ＆Ｂが提供する開発キットには膨大なドキュメントやデバッグ用のツールが含まれて

いる。ジーン・アナリティクスが開いたバッタのDNAは、その状態にそっくりだ。

「まさか〝Read Me（ここからお読みください）〟なんかないよな」

［〝VB01G-X W/E〟の〝Read Me〟を開きますか？］

「あるのかよ……開いてくれ」

〝Read Me〟は約款や利用許諾書、そして取扱説明書などを含むこともあるドキュメントだが、納品時には真っ先に捨てられるファイルの一つだ。

この生物の概要がわかるだけでもうれしい。うまくするとチュートリアルなども用意されているかもしれない。

ライティングデスクの上に緑の背景が浮かび上がり、重々しい声のナレーションが流れてきた。防護服のチュートリアル・ビデオも同じように始まっていたことを思い出す。

〝MY RIFLE（我が銃）〟
The creed of a United States Marine（合衆国海兵隊信条）
Maj. Gen. W. H. Rupertus, USMC（ウィリアム・H・ルーパテス准将）
This is my rifle. There are many like it, but this one is mine.（我が銃。世に似たるものは多くあれど、これぞ唯一の我が銃なり）

My rifle is my best friend. It is my life. I must master it as I must master my life.（我が銃は我が親友。我が命である。我が銃を御するは生命を御するが如し）

My rifle, without me is useless. Without my rifle, I am useless. I must fire my rifle true. I must shoot…（我なくしては我が銃は用をなさず、我が銃なくして我の用もなし。必中を旨とし、敵を圧倒し……）

海兵隊？　金田は国防高等研究計画局（DARPA）で開発中だと言っていたが、もう実戦配備が始まろうとしているのだろうか。

勇ましいナレーションが終わると、操作説明書の目次を兼ねた表紙が現れた。

Operator's Manual（操作者向け説明書）
VB01G-X W/E (1015-02-138-0001) Biological Tactics Pod（生物戦術級ポッド）

1. WARNING（警告）
2. Boot, Stop, Resume and Halt（起動・停止・再開・強制中断）
3. Installing Operation（作戦のインストール）and Overriding Operation（作戦の上書き）
4. Tutorial（チュートリアル）

4-1. Gene Transportation（遺伝子交換）
4-2. Message signification（メッセージ表示）
4-3. Assassination（暗殺）
…

開発キットが丸ごと含まれているという推測は当たっているかもしれない。

このドキュメントには、バッタの起動、終了のような基本的なオペレーションだけでなく、バッタの本能として動作するプログラムを設計してインストールする方法が記載されている。

防護服のチュートリアル・ビデオを飛ばし見して感情制御の存在と操作方法を見落としていた教訓から、まず〝WARNING（警告）〟を開く。一般的な遺伝子組み換え生物に関する警告から始まる長い文書だが、内容は十分に理解することができた。

〝When operation was canceled, you must HALT VB01G-X before leaving zone.（作戦が停止されたとき、作戦地域を離れる前に必ず〈VB01G-X〉を強制中断すること）〟のように「停止」と「強制中断」へのリンクが貼られている。

「よかった。止められるんだ」

私は、チェアの背にもたれて安堵のため息をついた。

探している情報は、このドキュメントのどこかにある。

〈ワールド・レポーティング〉への対抗レポートを肉付けるためにバッタの出自を探る方が先か、それともバッタを止める方法を先に知るべきか……。

背もたれに寄りかかって両腕をのばし、取扱説明書の「停止」を読もうとしたとき、拡張現実会議の申し込みを示すドットが視界の端で閃いた。

黒川さんだ。

「林田さん、バッタのDNAの件、伺いました。連絡ありがとうございます」

黒川さんは昼間と同じスーツ姿で、金田の座っていたソファの横に現れた。

「寝てなかったんですか」

L&Bの法務や営業など、サンフランシスコの事務方が動くのは数時間後だ。

「半分は眠っています」

黒川さんは人差し指を眉間に立てて右に動かした。脳を半分だけ眠らせている、という意味なのだろう。呼吸や心拍を司る小脳や脳幹を自らの意思で制御している黒川さんの「眠っている」状態は、私と大きく違うのかもしれない。

「もう、バッタのDNAはご覧になっていますか？」

「今、取扱説明書を読んでいるところです。あのバッタは設計動物（Desgined Animal）でした」

私は、これまでにわかったことを伝えた。

黒川さんは設計動物と聞いて驚いたが、すぐに状況を理解したようだった。

「とにかく詳細がわかったらすぐに私とテップさんへ連絡していただけないでしょうか。実際の駆除はテップさんが行うことになるでしょうからね」

「駆除？」

「ええ、可能でしたら明日朝から始めていただくようにお願いするつもりです」

「明日の朝……マザー・メコンやL&Bの承認はとってあるんですか？」

私は耳を疑った。

キタムラがテロを示唆したのは今日の夕方だ。その時点でマザー・メコンは終業していた。そしてL&Bの本部はまだビジネスアワーに入っていない。バッタの駆除どころではない。バイオ・ハザードの報告すら受け取ってもらえてないはずだ。

「駆除は現場の判断として実施します。テップさんはこれから説得します。バーナードにはもちろん直通通信(ホットライン)で報告しますが、マザー・メコン本社へは事後承認になる可能性が高いでしょう」

そんな、馬鹿な。

バイオ・ハザードを止めるためといえ、黒川さんの権限で実行していいわけがない。

「ちょっと待って。駆除はともかく証拠は残さないと。バッタが根こそぎいなくなると作物化けの原因を知らせるのが難しくなる。後に残るのは〈紫雲〉だけ――」

「証拠など二の次です。L&Bやマザー・メコンの体裁など、このバイオ・ハザードの前にはたいした問題ではありません。あのバッタは、おそらく普通に使える殺虫剤で死ぬことはないでしょう。そんなバッタが農場の外で植物のキメラを作り続けることを止めなくてどうするのですか」

黒川さんからは、いつもの柔和な雰囲気が消え失せていた。眉間と顎にシワを寄せ、私をまっすぐに注視している。

「現場判断が後々禍根を残すことは十分に承知しています。しかし、マザー・メコンの法務から返ってきたバイオ・ハザードのアラートへの返答が思わしくなかったのです。L&Bはきちんと対応してくれると思うのですが、外国企業から現地政府へ警告する形では初動が遅れてしまいそうなのです」

「……そうか。何かわかったら連絡する」

「よろしくお願いします」

黒川さんはいつものように見事なお辞儀をして、消えた。

了解した形にしたものの、黒川さんの依頼には違和感を感じる。

真剣な表情に押し切られてしまったが、作物を化けさせているバッタが死滅してしまえば、後に残るのは〈紫雲〉に化けたSR06と農場周辺の植物だけだ。

駆除の方法と即効性はまだわかっていないが、黒川さんのいう通りに駆除を実行すれば、

〈ワールド・レポーティング〉が流すであろう農場のライブ映像には、作物を化けさせているバッタが映らない。

まさか、それが黒川さんの望みなのだろうか。

「……とはいえ、やることは同じか」

私は頭を振ってライティングデスクに向かった。バッタが生物兵器だという金田からの情報で、キタムラが指摘したテロの可能性が高まった。農場の外にまで出たというバッタが、どこまで拡散するのかわからない。

確かに、バイオ・ハザードはすぐに止めなければならないのだ。

*

「よくできてる……」

一時間ほどドキュメントとコードを読み込んだ私は〝VB01G-X〟と名付けられたバッタの設計思想に感服した。私程度の技術さえあれば、用意された作戦（オペレーション）コードのテンプレートを調整するだけで様々な軍事作戦を実行できるよう設計されている。期間と地域を限定した蝗害（こうがい）を演出することも、ゲリラが依存する作物を遺伝子交換して不稔種（タネナシ）に変えてしまうことも、発光モジュールを用いて架空の銃撃戦を演じてみせることもできる。

いくつかのチュートリアルを起動して、実際にコードを書いてみる。バッタの群れに図形を描かせる〝Hello, world!〟というチュートリアルで示された手順はSR06よりも遥かに扱いやすく、複雑な図形をリアルタイムで描くことができそうだった。しかも、描く図形を作戦コードとして上書きインストールすることもできる。これは、決まったDNAしか持てない蒸留作物や設計珊瑚にはない特徴だ。

機能と運用面での柔軟性も数年先をいっている設計だったが、なにより驚かされたのは安全対策だった。

驚くようなことではないのかもしれないが、生物兵器の最大の問題点とされる、意図しない拡散を防止するための手段が何重にも張り巡らされている。細胞死（アトポーシス）、機能不全、分解など、何種類も用意された自壊（スーサイド）モジュールがもし変更されていたら、バッタは孵化できない。フェイルセーフのお手本のような設計だった。

また、繁殖オプションも厳しく制限されている。作戦区域と繁殖世代が制限され、ある程度以上の期間にわたってバッタが繁殖できるようにするには大統領から発令されるコードが必須になる。

これらの安全対策を確認して、焦りは幾分か収まった。

マザー・メコン農場にはびこっているバッタは、放っておけばいつか自壊する。インドシナ半島すべてを覆うこともないだろうし、何年にもわたって食害を及ぼすこともない。危機ではあるが、人類の存亡がかかった状況ではないということだ。

私はドキュメントを閉じて、ジーン・アナリティクスのバーを眺めた。DNAの上に並べられているデータの順番も美しい。DARPAの設計者は細部までこだわり抜いた設計を行ったようだ。

「金も技術もたんまりあれば、ってレベルじゃないな。追いつける気がしない」

初めてSR06のクリーンな設計を知ったときもL&Bの技術に驚いたものだが、このバッタは、より高度な設計思想の元に、高い技術レベルで作り上げられていた。

「ジーン・アナリティクス、作戦概要(オペレーション・シート)を開いて」

取扱説明書を読み、チュートリアルをこなしたおかげで、ユーザーが埋め込んだデータの位置がすぐわかる。これも美しい設計のおかげだ。

Operation: Operation St. Mary（オペレーション・聖母マリア）
Operation Type: Gene Transportation（遺伝子交換）
Operation zone（作戦地域）: Infinite（最大）／Term（期間）: unlimited（無制限）／Target（対象）: all／multiplication（繁殖）: unlimited（無制限）／Resistance for pesticide（薬剤耐性）: Infinite（最大）

「オペレーション・聖母マリア？」

テロというキタムラの推測は正しかったようだ。

地域、期間、対象の制限なしに遺伝子交換を行う。薬剤耐性までも最大に設定されたオペレーション・シートは、被害を与える意図を感じさせるものだ。間違いない。これはテロリストの手によって設定された作戦だ。

だが、実際にはこのような作戦は行えない。制限なしで作戦を行おうとしてもDARPAがこのバッタの基礎プログラム(カーネル)に組み込んだ機能がそれを阻止する。

——この作戦を設定したのは素人、それとも用意されているドキュメントをろくに読んでない？　取扱説明書には、いかに巧みに制限をかけるかということが事細かに説明されているのに……。

ジーン・アナリティクスが開いてみせた作戦コードは私の勘を裏付けた。

雑で、稚拙だ。プロの仕事ではない。

変数の名前に〝変数A〟とつけるセンスのなさ。ろくにコメントも入っていない。たまにあったかと思えば〝ここから繰り返しを開始〟〝ここで変数を定義〟といった、そこに書いてあるコードを読めば済むものばかりだ。しかも、オペレーション・シートで制限しなければならない作戦範囲や期間を作戦コードの中で手ずから指定しようとしている箇所もみられた。

テロの実行者は私よりも低い技術しか持っていない。どうやって軍事機密の開発キットを入手したのか知らないが、取扱説明書を流し読みして無茶な作戦を計画し、動くようになったらそのまま農場に放したのだろう。

「誰だ、この作戦コード作ったの」

「ジョージ・マッカリー氏です」

「履歴が残ってるのか！」

ジーン・アナリティクスが最終修正者を回答するとは思いもしなかった。テロリストが自分の素性をデータに残しているのか！

「マッカリーのプロフィールを表示して」

ジョージ・マッカリー：二〇一五年生まれ／シドニー在住／最終学歴：オートランズ工科大学（ポリテクニーク）二〇三六年卒／所属：ランド・ガーディアン（NPO）

早速、オンラインの〈ワークスペース〉で〈ランド・ガーディアン〉を調べる。シドニーに拠点を置く環境保護団体で、現在はマザー・メコンに常駐しているチームもあるらしい。マザー・メコンの空撮写真が〈ランド・ガーディアン〉のウォールを飾り、〈ワールド・レポーティング〉への情報提供を行っていることが誇らしげに記載されている。

「マッカリー氏からあなた宛のメッセージを読み込みました。ご覧になりますか？」

「なんだって？」

〔コラボレーション・メッセージです。次回修正者への引き継ぎ事項です〕

テロリストが自分の素性をデータに記録し、そのうえ、野に放たれたバッタで引き継ぎを行う。理由がわからない。

「翻訳エンジンを通して、再生」

ライティングデスクの奥の壁にぽっかりと空間が広がり、水色のTシャツを着た男が座っていた。よりによって立体映像のメッセージだ。生物のDNAにこんなものを埋め込む神経が知れない。

私は、マッカリーの位置を動かしてソファに重ねた。

『やぁ、はじめまして。僕は、とある環境保護団体でエンジニアをしてる、ジョージ・マッカリーだ。どこから話したらいいだろう……そうだね。単刀直入にやろう』

マッカリーは両手で何かを抱えるような手つきをして、話し始めた。

『僕たちは、行き過ぎた遺伝子工学に警鐘を鳴らすために〈オペレーション・聖母マリア〉を実施している。オペレーションの名前はメンバーの一人が提案してくれたんだけど、素敵だね。マリアは世界中で愛されている』

「……単刀直入はどこいったんだよ」

『〈オペレーション・聖母マリア〉には数多くの仲間が参加している。僕たち〈ランド・

ガーディアン〉からも意識の高いメンバーが──』

「マッカリーからのビデオメッセージを停止、伝達事項を要約してくれ」

〈伝達事項が一ヶ所ありました〉

「映像をスキップしてそこだけ再生して」

『……それで、頼みがある』

メッセージを開始してから二十分後だ。こいつ、何をしゃべり続けていたのだろう。しかも、残りはまだ一時間もある。

『このバッタを止めて欲しいんだ』

どういうことだ？

『〈オペレーション・聖母マリア〉はマザー・メコン農場のSR06を全て〈紫雲〉という古代米と遺伝子交換して、蒸留作物が管理されてないことを示すためのプロジェクトなんだ。ゴーフがどこからか持ってきたこの……生物兵器、チュートリアルをちょっと読めば、去年学校を出たばかりの僕でも簡単に設定できたんだ。驚いたよ』

私は呆れ、そしてゴーフという人物に怒りを覚える。学校を出たばかりのエンジニアに生物兵器を扱わせるなんてどうかしている。

『ゴーフに言われた通り、農場のSR06が全部〈紫雲〉にかわったところでバッタが死ぬようにプログラミングしたつもりなんだけど、デバッガーで見ると、エラーが出てて、範囲なんかも制限できてないみたいだったし……』

その通り、できてない。マッカリーはコードを書く場所を間違えている。作戦コードから期間や範囲の制限を行うAPIを叩いてもバッタの基礎プログラム(カーネル)は無視する。

『でも、時間がなかった。それで、ゴーフに黙って開発キットをDNAに全部埋め込んでおいた。バッタを止めるための情報が入ってるはずだ。バッタを止めてくれないかな』

私は耳を疑った。

自分にできないからお願いします、材料は揃えました、ということだ。

停止コードなんてものがない生物兵器だったらどうするつもりだったんだ。

『バッタがちゃんと消えれば〈オペレーション・聖母マリア〉は完成するんだ。このメッセージを読んでるのは誰かな。軍、警察？　僕たちに賛同してくれなくてもいいけど、バッタが無限に増えるのも困るでしょ？　利害は一致してると思うんだよね』

「ふざけ――」

『どうせならゴーフが仲間にするんだって言ってたメーカー側の日本人だと嬉しいな。調査に来るんだよね――』

怒鳴りつけようとした私は、意外な言葉に虚をつかれた。

メーカー側の日本人が仲間？

独演するマッカリーの映像を止めるのも忘れて、私は黒川さんの依頼を思い返していた。

マッカリーのお願いと、黒川さんの依頼は同じものだ。バッタを消す。そうなれば〈オペレーション・聖母マリア〉は完成してしまう。

「……何考えてるんだ。バッタを止めるんだ。やることは変わってない」

私は自分に言い聞かせた。

忌々しいことに、マッカリーの言う通り「利害が一致して」いる。仮に黒川さんがゴーフとやらに引き込まれていたとしても、バッタを止める方法を探さなければならないことに変わりはない。

「聖母マリアだと？　ふざけるなよ」

私は、ゴーフとマッカリーを盛大に罵倒してから取扱説明書へ戻った。

＊

空腹を感じて時計を睨む。二十二時を回ったところだ。

ルームサービスが深夜帯に切り替わってしまっている。

私はライティングデスクの引き出しからメニューを取り出した。

「サンドウィッチとコーヒー……か」

［メッセージを受信しました。マザー・メコンのテップ主任からです。開きますか］

「もちろん。読み上げてくれ」

たったいま農場から帰ってきたところです。
黒川さんからの依頼を確認しました。バッタの駆除について話し合いたいので、三十分後に拡張現実会議を申し込みます。

とっくに日が沈んだ農場でテップは調査を続けていた。嚙まれれば何がおこるかわからないバッタのいるフィールドを、ナイロンの防護服で歩くのはどんなに怖いことだろう。バッタを駆除する方法が見つかったことと、農場の施設だけでそれが実施できることをテップに返信する。これで、少しでも安心してほしい。

バッタの駆除に特殊な薬品や機材は必要ない。DARPAが張り巡らせた安全対策は本当によくできていた。利用者（ユーザー）は何種類もの方法でバッタを停止させることができる。特殊なストロボを使って発光信号で伝える方法や、薬品を空中散布する方法、果ては音を聞かせる方法まで、考えられうるすべての方法が用意されていた。

その中から「メッセージ物質による強制中断コードの送信」を選んだ。バッタは、蒸留作物の発色を促すメッセージ物質のひとつ「ヘキセノール trans-2」を決まったリズムで受け取ると、体内に組み込まれている自壊（スーサイド）プロセスが起動して死ぬようになっていたのだ。麻薬組織が運営する蒸留アヘン農場で作戦を実行するときのための仕様だろう。これが今回は最も簡単に使える方法だった。

メッセージ物質を散布するタイミングが蒸留作物よりも厳しくて手間取ったが、私はマザー・メコン農場全域と周囲三キロメートルを覆う範囲へバッタの停止コードを伝える、メッセージタワーの制御コードを書き上げていた。

ルームサービスにサンドウィッチとコーヒーを頼み、ベッドの上に展開したマザー・メコン農場の立体映像に向き合う。

「昨日、ここに行ったんだよな」

農場を歩き、防護服に翻弄されたのが昨日のことだとは思えない。

今朝はまだ〈汚染稲〉の正体も、作物化けの原因も全く分からなかった。

テロだなんて思ってもみなかった。

それが今やテロリストの存在を知り、作物化けを引き起こしているバッタを駆除する方法をテストするところまで来ている。

たくさんのことがあったはずなのに、あっという間に一日が終わろうとしている。

「〝自壊（スーサイド）フェイズ〟のシミュレーションを再生」

ベッドの上に描かれた二千本のメッセージタワーから、黄色く着色されたヘキセノールtrans-2が様々なタイミングで同心円上に広がり、農場を覆い尽くしていく。一つ一つのメッセージタワーはばらばらのタイミングで噴霧しているが、農場の個々の点をヘキセノールの輪が通っていく。

いつもやっている、農場にロゴを描くための技法だ。

私は、シミュレーションの結果に満足し、映像が展開されているベッドに体を投げた。

コーヒーとサンドウィッチ、そしてテップがもうすぐやってくる。

＊

「すごいことになってるわね」

テップは時間通りに現れ、ベッドに展開されたマザー・メコンの立体映像と、ライティングデスク奥の壁に開かれたバッタのコードを見て、両手を広げた。

カーゴパンツは変わらないが、昼間キタムラのオフィスへ現れたときのジャンパーは脱いでいる。業務時間外に使っている〈アバター〉のようだ。ついさっきまで農場に出ていたというので疲れていないはずはないが、〈アバター〉はそれを伝えてくれない。

「ああ、でもバッタを駆除する方法は見つけたよ。特別な機材や薬品は要らない。農場のメッセージタワーでやれる。シミュレーションも終わった」

私はテップに取扱説明書を渡し、バッタがDARPAで作られた設計生物であったことと、駆除するためのコードが完成したことを伝えた。

「不謹慎かもしれないけど、きちんと設計された兵器だったので助かったよ。止める方法が何種類も用意されているんだ」

「ほんとに……兵器にはこんな技術が投入されているのね」

テップはソファに腰掛けて、バッタから取り出したドキュメントを読みながら頷いた。

「この技術が投入されれば、農業がどれだけ前に進むかしら。落ち込むわね」

「まったくだ。でも、おかげで止めることもできる」

私は自壊（スーサイド）フェイズのシミュレーションを走らせた。

「ヘキセノールtrans-2が一定のリズムでバッタを通過すればいいんだ。今、黄色の輪が通過している範囲のバッタは、そのドキュメントが正しければ、すぐに死んで土塊になるらしいよ」

テップはソファから立ち上がり、ベッドの上に乗り、農場を囲む丘にしゃがみ込んだ。

「いいんじゃない？　メッセージタワーのシステム、起こしとくわ。朝までにはバッタが跡形もなくなってるのね――どうしたの？」

「バッタが死ねば、テロが完成するんだ」

私はテップに、〈ランド・ガーディアン〉とテロの目的を教えた。

「バッタが居なくなれば、古代米だけが残ってテロが成就するってこと？　謎の作物化けにしたいのね。なら犯行声明も出さないわよね」

「声明……それだ！」

私の頭に、先ほど試したチュートリアル〝Hello, world!〟がよぎった。

「見てほしいものがある」

私は作戦(オペレーション)コードを上書きするページを示した。

「駆除する前に、バッタに別の作戦(オペレーション)コードをインストールしたい」

「農場のバッタに？　どうやってそんなデータを転送するのよ。SR06に着色するだけでどれだけ苦労してるか知ってるでしょ」

「私も驚いたんだ。ちょっと聞いてくれ」

バッタの取扱説明書に含まれていたチュートリアルをテップに見せた。

メッセージタワーから散布する単純なパルスでは作戦コードのようなデータをバッタへ送信することはできない。一MB(メガバイト)のコードを〇・二秒間隔で散布するメッセージ物質で伝えようとすると十九日もかかってしまう。それもエラーなしに受信できた場合だ。風が吹き、草が揺れる農場で動き続けるバッタが、そんなデータを受信できるわけがない。

そこでDARPAの設計者が考えたのが、バッタに作戦コードを推測させる方法だった。

バッタを運用する部隊のオペレーターは、作戦コードのユニークな〝ハッシュ値〟を64バイトのSHAで作成し、作戦コードの長さとともに、特定の波長の光やメッセージ物質のパルスでバッタに伝える。

長さを示す四文字の信号と六十四文字の〝ハッシュ値〟を受け取ったバッタは、腹に数億個ほど抱え込んだ暗号解読細胞で文字列を総当たり(ブルートフォース)で作り出し、受け取ったものと同じ〝ハッシュ値〟になる作戦コードを探すのだ。

私はテップに説明しながら、キタムラが作って見せてくれた雲のような分子模型を思い出していた。あのときは全く意味がわからなかったが、彼はまさにDARPAがここでやっている元データの推測を行う細胞器官を作ろうとしていたのだ。

「そんなの、終わるわけないじゃない」

テップがそう言うのも無理はない。作戦コードに二百五十六種類の文字が使われる場合、二文字で六万五千通り、たった八文字の組み合わせでも千八百京通り、一MBの作戦コードならば宇宙中の原子の数よりも多い組み合わせ数になってしまう。バッタの腹に含まれる暗号解読細胞が数億個どころか数兆、いや数京個あったとしても〝Jackpot(大当たり)〟を引き当てる確率は限りなくゼロに近い。

「私もそう思ったよ。でも、協力(コラボレーション)すれば可能なんだ」

宇宙が始まってから終わるまで試行錯誤しても引き当てることのできないはずの〝大当たり〟を推測させるためにDARPAの設計者が仕込んだ方法は、バッタ同士のコミュニケーションを用いた絞り込みだった。

「バッタ同士が通信して、総当たりする範囲が重複しないようにするんだ。『いまから〝a〟から始まる場所を探す』『じゃ、俺は〝b〟からね』といった具合にね。さらに

『〝c〟から始まるやつはハズレだ』って絞り込んでいくんだ。そして〝大当たり〟を引いた個体は、他のバッタも当たりを引けるようにするんだ。例えば『探索範囲の四〇パーセントのあたりを探せ』って周囲に伝える」

「伝える……どうやって通信するの？」

「接触しているときは相手の体を叩くみたいだね」

「うわ、原始的」

「広範囲に伝えるためには、腹の発光体を点滅させながら飛ぶんだそうだ。さっきチュートリアルをやったときに作ってみたんだけど見る？」

私は〝自壊(スーサイド)フェイズ〟を閉じて、チュートリアルの〝Hello, world!〟を農場で行ったときのシミュレーションをベッドの上で再生してみせた。数KB(キロバイト)ほどの作戦(オペレーション)コードではあるが、バッタの単位(ノード)が作戦(オペレーション)コードを推測し、伝達しあっている様子が描かれる。

「……信じられないわ。設計動物による、個体間のデジタル通信なのね。これ……大丈夫かしら」

「心配ない。風でメッセージ物質が流されても、正常なコードを一匹でも拾えば――」

「そんなことを言ってるんじゃないわ。〝通信する生物〟なんてものを世界中の人に見せても大丈夫か、って言ってるのよ」

テップはベッドに肘をついた。通信を実行している無数のバッタの単位(ノード)点がテップの

〈アバター〉に重なりあう。

「もし、私がニュースでバッタを見たらどうすると思う？　賭けてもいいわ。同じようなものを作ろうとする」

テップが言おうとすることは、少しだけ頭をよぎっていた。突き詰めて考える前に頭から追い払っていたのだが……。

「この取扱説明書を読んで、林田さんの説明を聞いたら……」

言葉をきったテップは顔を上げ、私の顔を見た。

「胸が躍ったわ」

正直な気持ちなのだろう。

「作物が状態に応じて通信できたら、農場に通信できる設計動物の虫を放てたら、どれだけのことができると思う？　農業だけじゃない。人も機材も入れないような小さな場所で実写（リアルビュー）を撮影して送信してくれる虫だって作れる。土壌の回復、エネルギー開発、テラフォーミング……いままで考えもしなかったプランに手がかかるのよ。今すぐに研究室に戻って、そんな作物や動物を設計してみたい」

私も同じだった。ＤＡＲＰＡが用意した取扱説明書を読み、実際にチュートリアルを走らせてみたとき、このコンセプトがどれだけの可能性を秘めているのか実感したのだ。

「でも、誰もが作っていいと思う？　確かにＤＡＲＰＡの設計者はよく考えてるわ。でも想像してみてよ。L&Bのエンジニアでもいい、彼らが農場で動く設計動物を見て同じようなものを作ったとき、このバッタみたいに入念な安全対策(フェイルセーフ)を組み込むと思う?」

　彼女の指摘は的確だった。

「……無理だろうね」

　ベッドに目をやった私は、バッタにインストールした作戦(オペレーション)コード、〝Hello, world!〟が実行されていることを確認した。

　ベッドに肘をついていたテップが起き上がり、シミュレーションの全景を見る。

「これ?　林田さんがやろうとしていること」

　チュートリアルをこなしながら作ったコードなので完成度は低いが、私がやろうとしていることは十分に伝わったようだ。

「明日〈ランドビュー〉の衛星が農場を通る何分かだけでいい。この作戦コードを実行したいんだ。そのあとは〝自壊(スーサイド)フェイズ〟で駆除してしまえばいい。すべてがテロリストの思い通りになるなんて、我慢できない」

「い、い、このプラン自体は、いいと思う。設計動物の存在が知られてしまうことをどう考えるか、黒川さんにも相談――」

「ごめん。黒川さんには知らせないで実行したいんだ」

「どうして?」

テップに、私の疑惑を伝えるべきだろうか。

黒川さんがテロの片棒を担いでいるかもしれないというのは、私の推測でしかない。エンリコは確証もなく黒川さんが作物化けの手引きをしていると言っているだけかもしれない。ボトルの中でバッタが土塊に変わってしまったのも、DARPAが仕込んだ自壊プログラムの一つなのかもしれない。マッカリーが言った「ゴーフが仲間に入れようとしている日本人」が黒川さんであるという確証もない。テロの証拠を隠滅するかのような要請も、私の受け止め方が悪かっただけなのかもしれない。

黒川さんは本気で、ただバイオ・ハザードを止めるためにバッタがいなくなることを望んでいるだけなのかもしれない。

しかし私は、彼の肩に刻まれていたバーコードと、それをえぐり出そうとした生々しい傷跡を忘れることができなかった。

「わかったわ」

「え?」

「林田さん、あなた今〈アバター〉の感情補正を切ってるのね。黒川さんに伝えた方がいいとは思うけど、真剣に悩んでいるのはわかったわ」

いつの間にかテップはベッドから立ち上がり、チェアに座る私の傍らに立っていた。

「あのバッタ、夜はそんなに派手に動かないのよ。朝までは猶予があると思う。私も考えるわ。それで手遅れになりそうだったら全滅プログラムの〝自壊フェイズ〟を走らせる。いい？」

テップは、私がライティングデスクに置いておいたファイルを取り上げ、カーゴパンツのポケットに放り込んだ。

「……ありがとう」

「なんて顔してるのよ。まだ、あなたの〝コード〟は完成してないんでしょ？　それに、この技術をどう世界に報せるか考えなきゃいけないんだよ。さっさと始めたら？」

「ありがとう」

「期待してるよ」

テップは顔の前に突き出した拳を握りしめ、親指を立てた。

＊

ポットでサーブしてもらったドリップのコーヒーが空になった。日本では毎日飲んでいたスタイルのコーヒーだが、甘い香りのベトナムコーヒーに慣れてしまったためか、酸味が口に嫌な後味を残している。

午前四時三十分、窓から見える空の基部が白みがかっている。

私は、ライティングデスクから振り返り、何度目かのシミュレーションを走らせてみた。

ベッドの上に展開したマザー・メコン農場では、私が考えた作戦（オペレーション）コード通りにバッタが仕事をしてくれる様子が描かれ始める。

サンプルのテンプレート〝Hello, world!〟を元に作成した作戦（オペレーション）コードは一時間ほど前に完成していた。DARPAが開発キットに用意してくれていたテスト用のツールでも何度も確認し、マッカリーが埋め込むのを忘れていた終了プロセスも追加した。テップに渡してある〝自壊（スーサイド）フェイズ〟を実行しなくても、バッタは明日の夕方には土塊に変わる。

あとは、テップを呼び出してマザー・メコン農場のメッセージタワーからバッタにデータを送信してもらえば、シミュレーション通りにこの作戦（オペレーション）コードは実行されるはずだ。

私はその決心がつかず、一時間もシミュレーションを再生し続けていた。

この作戦（オペレーション）コードが実行されれば、デジタル通信を行い、処理を実行する設計動物が動く姿に世界中のエンジニアが惹きつけられる。論文よりも企業のコンセプトモデルよりも先に、動いている結果が世界に知れ渡ってしまうのだ。

エンジニアならばその開発に携わりたいと痛切に願うだろう。無数のスタートアップが資金を集め「マザー・メコンで見たような」生物を開発し始めることは間違いない。なにしろ「できることはわかっている」のだから。

そして多くの劣化コピーが蔓延する。結果として起こるのは、今度こそ手のつけられないバイオ・ハザードだ。

私はシミュレーションをもう一度再生する。先ほどと全く同じ光景が繰り返される。ほんの数時間しか扱っていない私が、これだけのプログラムを実行できることに改めて驚きを感じる。戦争という動機には賛成できないが、同じエンジニアとしてＤＡＲＰＡの設計能力と、彼らが安全性に力を注いでいることは尊敬に値するのだ。

私の中に、一つの疑問が芽生えた。

今回この作戦コード（オペレーション）を実行しなかったら？

いずれ米軍はバッタを実戦に投入する。そのときはどうなるのだろう。

金田は数年内に実戦に投入される可能性を示唆していた。

取扱説明書はこのバッタが海兵隊の装備として登録されていることを示していた。

戦場を飛ぶバッタを劣化コピーする追従者たちは、オリジナルの設計思想がどれだけ安全に配慮しているかなど知る由もない——。

突然、一つのアイディアがおりてきた。いける。これしかない。

私は、テップを呼び出した。

＊

「決めたのね」

テップはベッドに浮かぶマザー・メコン農場の立体映像に目をやった。

「ああ、決めた」

私はテップに、新たに作った作戦コードと、それを起動するためのメッセージタワーの制御コードを手渡した。

「バッタの存在が知られちゃうのをどうするつもりか、聞かせて」

先ほど思いついたアイディアを伝えた。実行してしまえば、蒸留作物のエンジニアを続けるどころか、一生逃げ回らなければならなくなるリスクもある。

「偶然かしら。私も同じことを考えてたのよ」

私はテップの〈アバター〉が見せた自然な笑顔に引き込まれた。

「林田さんの真似をして感情補正を切ってみたの。緊張感が気持ちいいね」

14 Fear Report

コーヒーを頼むグェンの声で目が覚めた。

朝の光が回り込む漆喰の天井が眩しい。

キタムラのオフィスに八時に出勤した私は、テロの概要と私とテップが作った〝自壊(スーサイド)フェイズ〟でバッタの駆除が実行されることだけを黒川さんとキタムラに伝えて、ソファに体を倒し、そのまま眠りこんでしまったのだ。その時点ではグェンの姿は見えなかったのだが、どれぐらい眠っていたんだろう。

明け方、テップへ作戦(オペレーション)コードだけを渡すつもりで始めた会議が長引いてしまったのだ。私よりも高等な教育を受けているテップは、取扱説明書をざっと読むだけでバッタの制御方法をほとんど理解してしまった。そのまま一緒にコードを改良していたら、七時を回っていた。ベッドに潜り込んではみたものの、今日のオペレーションのことで頭がいっぱいになってしまい、仮眠もとれなかった。

手のひらに〈ワークスペース〉を開いて見た時間は九時。三十分は眠っていたことになる。

「林田さん、もうしばらくお休みいただいても構いませんよ。テロとバッタの駆除について詳細なレポートをまとめるのは後回しになりました」

黒川さんはテーブルの上に〈ワークスペース〉を何枚も浮かべていた。彼も未明からL&Bとやりとりを続けているはずなのだが、疲れも見せず手を動かし続けている。

「黒川さん、何をそんなに急いでるんだ？」

キタムラがデスクから立ち上がり、首を伸ばして黒川さんの手元を眺めた。

「バーナードのプレゼンテーションです。〈ワールド・レポーティング〉の報道に対して対抗声明を出すことになりました。これを真っ先に仕上げなければなりません」

「ヴァイス・プレジデントのプレゼン？　そんなのはL&Bのスタッフがやるべき仕事じゃないのか？」

「それが、そうもいかないのです。バーナードから私宛に依頼が入ってしまいました。彼は〈ワールド・レポーティング〉の予告篇で直接非難されているので対抗声明を出す人物としては適切でしょう。まさか、林田さん名義の声明を出すわけにもいきませんし」

「VP様直々か……大変だな」

「昨日流れた予告篇のせいで、窓口という窓口すべてに問い合わせが殺到してL&Bはマヒしていますし、ほぼすべての情報はここにあります。私に頼むのは適切ですよ」

キタムラに顔を向けながらも、黒川さんの手は止まらない。〈アバター〉を同時に二つ使うことができると言うが、その恩恵もあるのだろう。

「キタムラさんと林田さんのおかげで〈汚染稲〉の正体もわかりましたし、原因であるバッタが生物兵器であることも、この作物化けが環境保護団体によるテロであることも判明しました。農場に視察に行ったおかげで映像資料も十分な量があります。かなりしっかりした対抗声明が出せますよ」

私は、バッタの解析を通して得た情報のいくつかを黒川さんに報告していない。彼がテロに荷担している疑いがぬぐえないからだ。テロの証拠を摑んだことと、そして彼らの狙いが蒸留作物の信頼失墜であることだけは伝えたが、〈ランド・ガーディアン〉という組織の名称も、彼らの作戦名も、マッカリーからのビデオメッセージも見せていない。

〝自壊(スーサイド)フェイズ〟を実行してバッタが死滅することでテロもまた成就してしまう件は伝えたが、黒川さんは「なるほど、利害が一致してしまったのですね。しかしテロの証拠は手元にあるものだけでも十分だと思われます」と言っただけだった。

やはり彼は、テロが見えなくなってもいいと思っているのだろうか。すくなくとも、テップは私の企て、〝宣言(コール)フェイズ〟の存在を漏らしてはいないようだ。

「林田さんも大変だったみたいだな」

キタムラが声をかける。

「金田さんを急がせてくださったんですね。ありがとうございました。まさか設計動物が出てくるとは思いもしなかったんですが、農場の設備だけで駆除できるのは幸いでした」

キタムラは私の顔の上で一枚の書類をひらめかせ、いつものソファに向かった。

「私のほうも進展があったよ。〈紫雲〉の出元だ。見たいだろ」

私はテーブルに手をついてソファの上で体を起こし、キタムラに向き合う。

「昨夜〈紫雲〉を出荷していた農家を洗っていたら、なかなか興味深い人物たちと関係していることを見つけたんだ。〈いおりの郷〉って米農家なんだが――」

キタムラが指先を震わせると、古臭いWebサイトがテーブルの上に浮かんだ。

「PCにホームページのバックアップが残ってたんだ。こういう作りも懐かしいな」

人好きのする初老の男性が稲穂を抱えている写真に、無農薬、地産地消、遺伝子組み換えなし、合鴨農法というキャッチフレーズがファンシーな文字で躍っている。二十年前は人を引きつけていたのだろうが、理解のできない言葉も多い。地産地消は自給自足のことだろうが、山がちな日本の狭い農場で、年に一度しか収穫できないイネでどれだけの食糧が生産できたというのだろう。

ホームページの左肩には、キタムラが口にした〈いおりの郷〉という農園の名前が太い筆文字で書かれていた。

「ここはイネ赤錆病で閉鎖されて、L&Bの蒸留作物を作る農業法人に農地を売り渡したそうだ。売却する際には出資者とのトラブルもあったらしい。マーケットも遺伝子組み換え作物（GMO）への反発はあっただろうが、イネだけはどうしようもなかったからな」

「恨みに思ったでしょうね」

「仕方がないかな。二〇一五年に輸入障壁だったコメの関税がなくなっちまったんで、遅かれ早かれ規模（スケール）の農業へ転換しなければ立ちゆかなかっただろう。農場を閉じたのはイネ赤錆病だけが原因じゃないさ」

　キタムラはホームページの中からブログを開いた。

「見せたかったのは、こいつだ」

　キタムラが指差したのは、二〇一六年の七月で更新が止まっているブログの〝自然農法は国境を越える〟というエントリーだった。若い外国人の集団が取り囲む中で、二十代の白人男性が二人、農園主を挟むように立って肩を組んでいる写真が掲載されている。

「エンリコだ！」

「エンリコ？　L&Bのプロジェクト・マネージャー（PM）か？」

　キタムラが怪訝な顔をして私を見た。

「ええ、ここに」

　私は、農園主と肩を組む右側の男性を指差した。水色のTシャツには、白い文字で「しぜん」とプリントされている。見間違えようのない麦わら色の金髪とそこから覗く少し垂れた目は農園主に向けられ、実にいい顔で笑っている。数日前に教会で見せた暗い雰囲気は少しも感じられない。

「エンリコさんが〈紫雲〉を栽培していた農家に？　ありえません」

テーブルの上に浮かぶ画面をちらりとも見ずに黒川さんは断言した。

「彼はまだ二十八歳。テップさんの同期ですよ。イネ赤錆病前の話ですよね。二〇一六年だとしてもエンリコさんは八歳です」

キタムラも頷いた。なら、こいつは――？

「林田さん、こいつはゴーフ・ロバートソンというベテランの環境保護活動家だ。複数の団体が絡むようなデモではコーディネーターとして動いてることが多いみたいだな。〈いおりの郷〉には六年ほど居座って、外国人を呼び寄せていたらしい。農園主を敬愛している様子はブログからも伝わってくるし――」

「ゴーフ、〈ランド・ガーディアン〉の？」

キタムラが「おや」と私の顔を見た。

「よく知ってるな。〈ランド・ガーディアン〉に入ったのは最近らしいが……。林田さんはどこで知ったんだ？」

「バッタのDNAを解析しているときに、名前が出てきたんですよ」

「バッタから出たとなると間違いない。テロの主犯はこいつで決まりだ。ちなみに肩を組んでいるもう一人はダリル・マッカーシー。海兵隊をつい先週――」

「キタムラさん、ちょっと待ってください。私は、マザー・メコンに行く前日、こいつに会ってるんです。その時はエンリコと名乗っていました」

「なんだって、ゴーフがエンリコを？　どこで会ったんだ、何話した？」

　キタムラが身を乗り出した。

「教会です。Ｌ＆Ｂへの愚痴みたいなことと……」どこまで話していいのだろう。「黒川さんの昔の話を聞かされたんです。その時の映像が撮影されて〈ワールド・レポーティング〉の予告篇で使われてるんですよ」

「なんだ、あれはゴーフが林田さんを誘い出して撮らせた映像だったのか。〈ランド・ガーディアン〉の活動家が〈ワールド・レポーティング〉のでっち上げ（フレームアップ）に協力――」

「違う！」

　背後からグェンの厳しい声が飛んだ。

「でっち上げ（フレームアップ）なんてバカにしないで！　何にもわからないくせに」

「グェンさん？」

　振り返った私は、一瞬、そこにいる女性がグェンとは思えなかった。カーキ色のフィールドベストを羽織り、髪を後ろで束ねた彼女は、キタムラを睨みつけている。

「これから、古代の植物が忌まわしい蒸留作物を押しのける姿を世界中が見るの。私たちは〈オペレーション・聖母マリア〉と呼んでいる——」

「なんでその名前を知ってるんだ！」

私は立ち上がり、グェンの方に踏み出した。

「林田さん、下がれ！」

キタムラの声が聞こえたとき、顔に柔らかいものが押しつけられた。

反射的に仰け反る。踵（かかと）に何かが引っかかり、私はバランスを崩してテーブルに腰をぶつけ、床に転がった。

膝に痺れたような痛み。

「痛くなかった？」

顔を上げると、グェンの体がブレる不自然な描画（アーティファクト）に包まれ、新しく腰を落としたグェンが描き直されていた。

「複合感覚行動（フィジカル・ミクスト・アクティビティ）の護身術か。合気道、いや、散打（さんだ）だな。どこで習ったやら……林田さん、痛いところはないか？」

〈アバター〉の姿勢を止めたままのグェンが実体の手で私の顔を押し、踵を引っかけて転ばせたのだ。

「林田さん、キタムラさんの横に座って。私は〈ランド・ガーディアン〉よ。もうすぐ〈ワールド・レポーティング〉の撮影クルーがやってくるの。蒸留作物の関係者が揃ってる映像が必要なの」

――グェンがテロリストの一員？

「今日、〈ランドビュー〉の人工衛星が日中に農場の上を飛ぶ。夜間の光る農場でロゴが崩れているのもインパクトがあるけど、それだけじゃ足りない。高解像度の立体映像で見る〈オペレーション・聖母マリア〉は全世界に衝撃を与えるわ。L＆Bのロゴを押しのけて生えてくるのは古代の植物」

グェンが胸の前で両手を開いた。偶然だが、昨日のマッカリーと同じポーズだ。

「自然で安全な、昔ながらの作物よ。それを見ている関係者を〈ワールド・レポーティング〉が撮影するの」

混乱していた私の中で、徐々にいろいろなことが結びつき始めた。グェンが〈ランド・ガーディアン〉として〈ワールド・レポーティング〉に協力しているならば、あの教会に立ち寄ったのは偶然ではない。

「映像の力ってすごいのね。林田さんには悪かったけど、予告篇なんか映画の一シーンみたいだった。こんなことを言っても許してくれないかもしれないけど、私は反対したのよ。でも〈ワールド・レポーティング〉のディレクターが、いい素材になるから連れてこいって譲らなかったの」

ドアにノックの音。

「Master!（旦那!）」

こんな時にコーヒーが届くとは。

グェンは床に転がったままの私を跨（また）いだ。

「もう一つ、言っておくわ。〈オペレーション・聖母マリア〉は私が名付け親よ」

そのまま入り口に歩きながら拡張現実眼鏡（グラス）を外してキタムラの膝に投げる。

「I don't need this, thank you Kitamura-san.（もう要らないわ。キタムラさん、ありがとう）」

歩くグェンの体が一瞬だけ不自然な描画（アーティファクト）に包まれる。グラスを外したことで〈アバター〉が消え、現実の姿が描かれたのだろう。

グェンが真鍮の取手を押し、ドアを開けた。

「Hey guys! Nice to meet you!（ハーィ、みなさんこんにちは!）」

＊

入ってきたのは、スキンヘッドにサングラスのあの女だった。

女は私たちに颯爽と手を振り、ヒールを鳴らしながらテーブルの脇まで歩いてきた。ベージュのジャケットに黒いパンツ、ハイヒールというキャリア風の格好に、スキンヘッドと無骨なサングラスが似合っていない。

「Nice to see you again, Kitamura-san.（キタムラさん、お久しぶり）」

キタムラが鼻から息を吹き出した。――知り合いだったのか。

女性に続いて男性が二人、金属の触れあう音を立てて入ってきた。

一人はでっぷりとした腰のベルトから伸ばしたスタビライザーに多点カメラを乗せたカメラマン。ゴーグルとマスクで顔を隠したもう一人の男は……突撃銃を構えている。

カメラマンは八行八列の多点カメラを横に向けたまま、私を跨いでデスク側にのそのそと歩いていった。顔に掛かる長髪を邪魔そうにどけながらデスクの横に位置を定め、一脚（モノポッド）を立ててカメラの重心を預けた。

銃を構えた男はドアを閉め、入り口側の隅に陣取った。ソファに座るキタムラに銃口を向ける。足を肩幅より少し開いて軽く腰を落とした姿に気負いや緊張は感じられず、光を通さないゴーグルと顔の下半分を覆うマスクで表情は全くわからない。その道のプロフェッショナルだろう。

「Take easy, he's my security staff, and.（気にしないで、彼は私のセキュリティ・スタッフなの。それで、こちらは）」女は銃を構えたゴーグルの男を指さし、続けてカメラマンを指さした。

「Jean c-man.（ジャン、カメラマンよ）」

女は腰に手を当ててキタムラに小首を傾げた。

「And, would you let us join on your A.R.Stage with this camera?（私たちをオフィスの拡張現実ステージに入れてくれない？　カメラも一緒に）」

銃口を向けられたキタムラが無言で右手の人差し指を目の脇に立てて招待(インビテーション)の仕草(ジェスチャー)をすると、入ってきた三人の姿が軽くぶれて〈アバター〉に置き換わった。女とゴーグルの男はほとんど印象が変わらないが、ジャンと呼ばれたカメラマンは見違えるようにスマートな体型の〈アバター〉になる。

「改めて、お久しぶりね、キタムラさん」

女に呼ばれたキタムラは不機嫌そうに眉を寄せた。

「また会うとは思っていたが、実際に見ると胸が悪くなるもんだな。回れ右してドアから出てってもいいんだぞ」

「ずいぶんね。ギャラは十分お支払いしたでしょう？　助かったわよ。インターネット時代のエンジニアの映像」

「あんな風に使われるとは思わなかったがな。それに、ギャラは返したろ」

〈カフェ・ズッカ〉で見たライノカリプス特集のことか。キタムラが関わっていたとは。

「出資してくださったお金のことかしら。今回の報道に使わせていただいてるわよ」

「〈ワールド・レポーティング〉も相当ネタが足りないみたいだな。〝ニュース〟を作らなきゃならんなんて」

「失礼ね。おおよそ正しいことよ。遺伝子工学とエンジニアが危ないなんてことは常識じゃない。そんな話をみんな聞きたいの。わかってないなぁ」

「落ちぶれたもんだな」

「そうかしら？」

女はサングラスを持ち上げた。真っ青な目に吸い込まれそうになる。

サングラスは額の上で赤いボブカットの髪の毛に変形（モーフィング）し、完璧なヘアスタイルで彼女の頭を覆っていた。

「〝サーシャ・ライフェンスが見た、暴走するエンジニア〟は、とても人気があるのよ」

番組で見る姿になったサーシャは、ステージに立っているときのように軽く腕を組み、背筋を伸ばした。

「昨日流した予告篇、どれだけの人が見たと思う？　一億人よ！」

あまりの数に、私は膝の痺れを忘れた。

「林田さんよね。ソファに腰掛けてちょうだい。床に座られても絵にならないわ」

サーシャはキタムラの横を指さした。キタムラは奥に動き、私が座る場所を空ける。

金属音に入り口を振り返ると、ゴーグルの男が銃を私に向けて、顎でソファを指し示している。セキュリティ・スタッフが聞いてあきれる。脅迫するために連れてきたのだ。

私はキタムラの左隣に腰を下ろす。

「あら、一人足りないわね――グェン！　あなたって、本当に手際が悪いのね」

サーシャがヒールをフローリングに打ち付けた。グェンが唇を噛んで顔を伏せる。

「もう頼まないわ。農場の人をここに呼び出すには、誰にお願いするといいのかしら」

黒川さんが無言で左手の親指と小指を広げ、甲を前にして立ててみせる。

「あなたが黒川さんね。実際の身長になってくれるかしら。今のままだとインパクトがないのよね」

サーシャは両手の親指と人差し指で枠を作り、黒川さんを覗き込む。

黒川さんが頷くと床についていた足が宙に浮きあがる。

「そうよ。その絵、いいわね。じゃ、呼び出してくれるかな。わかってると思うけど、余計なことは言わなくていいのよ」

黒川さんは胸ポケットから取り出したアドレス帳をめくった。

「もしもしテップさん、すぐに拡張現実会議をお願いできませんでしょうか——お越しいただいてから説明いたします」アドレス帳を収める。「数分かかるとのことです」

「間に合うかしら……ま、いいわ。後で合成すれば」

「合成までしてるのか。報道の定義を変えた方が——わかったよ」

キタムラのイヤミを、頭へ押しつけられた銃口が止めた。

ゴーグルの男はいつの間にか私とキタムラが座るソファの真後ろに移動している。

全く気配に気づかなかった。

テーブルの脇に立ったサーシャが両手を打ち鳴らす。

「いいかしら？　あんまり時間もないので簡潔にディレクションするわね」

サーシャは手のひらに開いた〈ワークスペース〉から一枚のしおり（ブックマーク）を取り出した。

「〈ランドビュー〉のリアルタイム映像をテーブルの上に開いておくわ。マザー・メコンが見えてきたらズームするように設定されているから見やすいわよ。あなたたちは深刻な顔で農場を眺めるの」

テーブルに投げられたブックマークは、人工衛星から見た緩やかにカーブする水平線を映し出した。その向こう側に「マザー・メコン」と名前がつけられた半透明のピンが立てられている。

「銃で脅してやらせか。本当にどうしようも――小突くなよ。ＡＫの銃口（マズル）は痛いんだ」

キタムラが再び突きつけられた銃口を摑み、ゴーグルの男を睨みつけた。

サーシャが手を振ってゴーグルの男を下がらせる。

「やらせだなんてひどいわね。どうせ〈ランドビュー〉の衛星通過は見るつもりだったんでしょ、深刻な顔で。そういうことは事実として報道するのが私のポリシーなの」

サーシャはキタムラに人差し指を振ってみせた。

「続けるわ。私は、入り口からゆっくりと歩いて、ソファに手をかけたりしながらオフィスを歩き回る。素人さんには難しいかもしれないけど、声をかけるまで私を見ないでね。質問にはもちろん素直に答えてくれていいのよ。ノンフィクションなんですから――あら、いらっしゃい。間に合ったわね」

サーシャが黒川さんの隣を見た。テップの〈アバター〉が立っている。

「あなたたちが――」

言いかけたテップを黒川さんが遮った。

「何も言わないで！　座ってください」

テップが不満そうに黒川さんを見下ろした。昨日と同じマザー・メコンのロゴが印刷されたジャンパーのポケットに両手を突っ込んでいる。

「農場のロゴ、いいわね。絵になるわ。ジャン！　彼女の背中も押さえといて」

カメラマンは「了解」と呟いて一脚（モノポッド）を畳み、カメラの重心をスタビライザーに乗せてソファの後ろへ回り込むために歩き始めた。

「それぐらい言われなくてもやりなさいよ」

怒鳴りつけたサーシャは、テーブル越しにテップの正面に立つ。

「マザー・メコン農場のテップ主任ね。初めまして。まず座ってくれない？」

テップはオフィスを見渡し、私とキタムラの間で視線を止めた。ゴーグルの男が持っているものに気づいたのだ。

「また、古くさい銃ね。革命の時にさんざん見たわ。使えるの？　それ」

背後からゴーグルの男が鼻で笑うのが聞こえた。

「試したい？　あなたの〈アバター〉に弾が当たらないと思って調子に乗らないでね。言うことを聞かないとどうなるか、わかるでしょう」

テップは唇をゆがめてソファに腰を落とす。

「そうよ。大人しくしてないと、この二人とは拡張現実でも会えなくなるのよ」

二人。キタムラと私だ。

サーシャの言葉で私は確信した。

黒川さんは、テロリストの一員だ。

ゴーグルの男が部屋に入ってきてから気にはなっていたのだ。男の銃口が黒川さんに向けられることはなかった。

私は、彼がL&Bや遺伝子工学を憎む理由を知っている。実の父母は精神を患い、黒川さん本人の肉体も回復できない損傷を被った。それだけではない。流れない時間の檻に閉じ込められ、人体実験の材料にされて、消せないバーコードまでも肩に刻印された。

その怒りが過去のものでないことを示す生々しいミミズ腫れもこの目で見た。

「あと五分よ。ジャン、カメラの用意はできてる？　皆さん、テーブルの上を見つめてくださいね——林田さん、何笑ってるのよ」

私は立ち上がった。

黒川さん、残念だ。

私はあなたと一緒に戦いたかった。

「サーシャ。どうせなら、大きくして見ようじゃないか」

＊

「林田さん、座りなさい」

私は、サーシャを無視してテーブルに浮かぶ〈ランドビュー〉の立体映像の両端をつまみ、両腕を引き延ばす仕草(ジェスチャー)で、映像を床いっぱいに広げた。

拡大した立体映像には異様な迫力があった。床には海が投影され、〈アバター〉やソファに重なる部分は半透明に描かれている。マザー・メコン農場の位置を示すピンは黒川さんの後ろの壁で、水平線の下に薄く描かれていた。

「……何を考えてるの？」

「マザー・メコンが見えるまであと四分半ぐらいか」

私は床に広がった〈ランドビュー〉の北側、黒川さんの座るあたりを指差した。衛星からの視界はインドネシアの島々を捉えている。

「サーシャ。収録なんてケチなことしないでライブで流さないか？　グェン、そんなところに座ってないでカメラに入れよ。どうせならゴーフとやらも呼ぶといい」

サーシャが私の肩越しに顎をしゃくる。

思わずサーシャの視線を追った私は、ソファの向こうに立つゴーグルの男が頭を下げるのを見た。と思った瞬間、顔の右側に衝撃を感じ、続いて後頭部を何かにぶつけていた。口元を硬いもので覆われ、その力で背中を壁に押し付けられている。右目の上に熱の中心を感じ、続けてそこから温かいものが流れ出して口を覆うものの隙間に溜まっていく。

ゴーグルの男が動くのは全く見えなかった。複合感覚行動（フィジカル・ミクスト・アクティビティ）でやられたのだ。

「林田さん！」

遅れてテップの叫び声があがる。彼女の目には、私がいきなり壁に叩きつけられて、その後から現れた男に押さえつけられるように見えたはずだ。

「口を開けろ」

ゴーグルの男が初めて口をきいた。風体に似合わない澄んだ声だ。

顔を押さえつける指先に、電子部品を封入したカプセルが出現した。何かわからないが、体内に入れてはならない。歯を食いしばる。

「噛み付こうなんて考えるなよ。歯がなくなるぞ」

男が掌底で顎の先端を押し下げてきた。噛み合わせた歯がずれる。

「フィードバック・ジャマーは使わないで。関係者の中ではいちばん見栄えのいい素材なのよ。体が動かなくなったらコメントも取れなくなっちゃう」

サーシャの言葉でカプセルの正体を知って背筋が凍った。人体通信（HMC）で行われる拡張現実フィードバックを攪乱させて全身の運動を止めてしまう装置だ。

「林田さん、〈アバター〉に傷は描かれないのよ。報道に支障はないの。もう一回痛い目に遭う前に、何が起こるのか教えてくれないかしら」

ゴーグルの男が手を離す。

私はサーシャを睨みつけた。額からの血が目に入り、頬を伝い落ちていく。

「あんたの方がよく知ってるだろう？〈ランド・ガーディアン〉のやった倫理観のかけらもないテロの証拠が〈ランドビュー〉に映し出されるんだ」

「林田さん、それは違うわ」

グェンがチェアから立ち上がった。

「倫理観がないのはあなた方の方よ。メーカーのロゴを地面に描くなんて正気じゃない。それに、遺伝子工学は本質的に危険なのよ。どうしてわからないの？一緒に教会の横で車椅子を見たでしょう！あんなにたくさんの人が苦しんでるの。知ってるわよね、あれを作ったのは遺伝子工学のメーカーよ。ベトナムは化学兵器の実験台にされたの！」

「ふざけるな。お前らも生物兵器を使ったじゃないか！」

「だから何？これ以上、企業が自然を汚さないためよ。他の方法はなかったの！」

「何だと！駆除する方法がなかったら……」

私は言葉を失った。どれほど危険な兵器を使ったのかという自覚がないのだ。

「や・め・て！」

サーシャが両手を打ち鳴らした。

「もうすぐ収録が始まるのよ。グェン、いい加減にして。あなたの話はいつもそう。ベトナム、米軍、枯れ葉剤。誰も憶えてない六十年以上も前の話ばっかり」

「……そんな、私は――」

グェンは唇を震わせた。

「誰もあなたの話は聞きたくないの！　ゴーフを呼んで」

「……わかりました」

グェンはチェアに座り、初期設定（デフォルト）の姿勢をとった。プライベート・モードでゴーフに連絡をとっているのだろう。

「素人と組むのは難しいのよ。ジャン、覚えといてね。林田さんも座りなさい」

「いやだね。お前たちの素材になる気はない」

「同感です。なんであなたの下らない番組に出演しなければならないんですか」

ずっと黙っていた黒川さんが、静かに声をあげた。

黒川さん？

「ねぇ、あなた……。まさかゴーフと話してないの？」

黒川さんが首を傾げる。

私は額の痛みを忘れた。

「……うそ、話が違うじゃない！」

サーシャは一瞬間を置いて、それからグェンの額に人差し指を突きつける。

そのとき、黒いサファリジャケットを羽織ったゴーフが現れた。

「サーシャ、撮影の準備はできてるか？」

「ゴーフ！　あんた、このチビをまだ引き入れてなかったの？　L&Bの被害者が関係者の中にいる、そいつを仲間にするって言うから、私はあんたの話に乗ったのよ。農場に張りつくコスト、どこが出してると思ってるの？」

サーシャが現れたばかりのゴーフに詰め寄り、まくしたてる。

ゴーフは肩をすくめるが、動揺した様子はない。

「連絡はしたさ、返事が来てないだけだ」

「ふざけないでよ！」

サーシャは、右足を踏み下ろした。細いヒールが床にめり込む音がする。

キタムラが額に手を当て「ああ」と漏らした。こんな状況でフローリングの心配か。銃を突きつけられても動揺する様子もない。彼の心臓はどうなっているんだ。

「説得してよ、今すぐ！」

ゴーグルの男はサーシャの言葉に反応し、銃口を黒川さんに向けた。

「銃で彼は動かん気がするが……」

ゴーフはサーシャの横に立ち、黒川さんに向き合った。

「黒川さん、〈ランド・ガーディアン〉に賛同して、〈ワールド・レポーティング〉に出演してくれるようお願いしたんだが、読んでないのかな？」

「私の元へは、世界中から同じようなオファーが数多く来ています。遺伝子工学の被害者として出演してくれとか、人体改造の脅威を身を以て示してくれとか……どれも似たような内容ですので中身の確認なんかしていません。ゴーフさんからのメッセージは……なるほど、七月十五日に届いたこれですか」

黒川さんはスーツの内ポケットから一枚の映像メッセージファイルを取り出し、机の上に放り出した。キタムラが拾い上げる。

「なるほど、下らない」

「〝下らない〟か。あんたの恨みを晴らすいいチャンスだと思うんだがね」

「お断りいたします」

黒川さんはソファの背にもたれ、足を組み直した。

ゴーフはサーシャの方を向いて「ほらね」と両手のひらを上に向ける。

「あんたねぇ、そんな――」

ゴーフはサーシャを遮って黒川さんを指さした。

「サーシャ、君が相手にしてるバカどもと違って、彼は自分の考えを持ってるんだ。君は君の仕事をしろよ。材料は俺が用意した。原因不明の作物化けで最新の蒸留作物農場がコントロール不能に陥っている。遺伝子工学の粋を集めて作られたイネを押しのけて生えてきたのは、古代の作物だった。自然の怒りか、呪いか、それともエンジニアの怠慢か。どうだい。完璧じゃないか」

ゴーフは指を鳴らした。

全員の視線が集められた先では、マザー・メコン農場の位置を示すピンが地平線を越えてこちら側に現れようとしてくるところだ。

「さあ、ショウタイムだ。農場の拡大映像も貸してやる。これでチャラにしてくれ」

ゴーフはブックマークを取り出し、テーブルの上に浮かべた。低高度から撮影されたマザー・メコン農場の映像が四角い枠に映し出され、地平線の向こう側にあるピンと結びつけられる。農場の周辺からあげた凧で撮影した映像なのだろう。SR06と〈紫雲〉が一本一本区別できそうなほどの高精細な映像の立体感は、衛星の画像とは段違いだった。

これなら見える。

「そうだ、ショウタイムだ」

全員の視線が私に集まった。

「ただし、原因不明の作物化けなんかじゃない。これから流れるのは〈ランド・ガーディアン〉の犯行声明だ」

「ずいぶんなお言葉だな。林田さん」

私は、ゴーフがテーブルの上に浮かべた拡大映像を指さした。

室内の全員が、農場の拡大映像を注視していた。

イネの上にチラチラと星のような輝きが見え始めている。

「なんだ？　この光は……」

ゴーフが呟いた。

いままで微動だにしなかったテップが長い息を吐いてソファにもたれた。

「きれい……」

グェンの呟きが、声を失った全員の耳に聞こえてきた。

「……なによ、これ」

サーシャが農場の拡大映像を指さし、私を見る。

瞬く星のような輝きは、農場全体を包み込んでいく。

〝宣言フェイズ〟が始まった。

「ウォン、座らせて」

サーシャの声で顔に衝撃。膝が折れ、テーブルに当たる。また殴られた。

ゴーグルの男だ。ウォンというのか。

プチっという音が右目から聞こえた気がする。コンタクトレンズが割れたのだろうか。

「林田さん！」

テップと黒川さんが叫ぶ声が、また遅れて聞こえてきた。

目に指を当て、コンタクトレンズを外す。樹脂に封入された基盤は無事のようだ。

「Sit your ass on your seat! Don't move.（ソファにケツ収めな。動くなよ）」

サーシャがテーブルに手をついた私の頭を小突いた。

オフィスの翻訳エンジンを通さない英語がそのまま聞こえてくる。

拡張現実が動作していない。床に投影されていた〈ランドビュー〉の映像もゴーフが浮かべた拡大映像も消えている。

私は後ろから髪の毛を掴まれてソファに腰を落とした。

テップとゴーフの〈アバター〉も見えなくなっている。

「ひどいことするな、サーシャ。警察沙汰になるぞ」とキタムラの声。

「Why I worry 'bout police? Who call them?（どうして警察のことを心配しなきゃいけないの？　だれが通報するのかしら）」

滲む視界の中で、スキンヘッドに戻ったサーシャが肩をすくめている。

顔を下に向けて目をしばたいていると、キタムラが私に向かって右手の指をひらひらと動かしているのが見えた。彼は口を開け、右手の人差し指を口の中に入れる仕草をした。

飲め、と言っているようだ。コンタクトレンズのことだろうか。

「Gaffer, don't move. Focus on map, seriously.（じいさん、動くなよ。地図を真剣に見てろ）」

ウォンがキタムラの後頭部に銃口を押し当てる。キタムラは両肩をすくめ、テーブルの上に浮かんでいるのであろう地図を見つめる姿勢に戻った。

指先を口にいれ、コンタクトレンズを飲み込むと、喉と耳の奥で拡張現実フィードバック・チップが起動する。拡張現実の世界が、左目を通して描かれる。

腫れ上がった右目は閉じることにした。

キタムラから音声のプライベート・メッセージが飛んできた。

（両目のコンタクトレンズが体液に包まれていないと、拡張現実は動かない。まだ終わってないぞ。無茶はするな）

キタムラは、この状況にも動じていない。

彼の言うとおりだ。

ソファに腰を沈め、テーブルの上に浮かぶ農場の拡大映像を見る。

農場はチラチラと瞬く光が重なり合って、柔らかく輝き始めていた。

数千万匹のバッタが〝宣言（コール）フェイズ〟の作戦コードを推測し続けているのだ。じきに、その中の一匹が〝大当たり〟を引き当てる――。

もうすぐだ。

床を流れていく〈ランドビュー〉の立体映像が農場を捉えた。

蛍光グリーンの農場の中で、北端とその周辺が〈紫雲〉の葉の色に変わっている。

その農場全体を、柔らかな光が包む。小さく泡立つように現れては消える光の塊(クラスター)は、農場が呼吸しているかのように感じさせる。

数千万匹のバッタが作戦(オペレーション)コードを探すシンプルなコミュニケーションは、いまや衛星軌道からも見えていた。

拡大映像に覆い被さるようにして覗き込んでいたゴーフが私を見た。

「ぼんやり光ってるのは……バッタか？　バッタだな。お前、なにをやった？」

「何度も言ってるだろう？　〈ランド・ガーディアン〉のテロを全世界に示すんだ」

「だから何だと――」

鋭い光が農場の拡大映像で瞬き、ゴーフが摑みかかろうとした手を止める。

映像に今までとは異なる輝点が現れた。

真っ白に輝く点はチカチカと輝きながら農場の上を低く飛んでいる。

イネの葉の上をかすめるように飛んだ輝点は、葉の中に潜り込み、また飛び立つ。

室内の全員が息をのむ気配を感じた。

「〝大当たり〟が出たわ」

テップが呟く。天文学的な組み合わせの中から〝大当たり〟を見つけたバッタが、周囲の仲間たちへ伝えるために発光信号を放ち、飛び立ったのだ。――これほど明るく輝くとは思っていなかった。

輝く点は増えていた。

輝点が飛ぶ、その航跡から新たに数十もの輝点が生まれて別の方向へ飛び出し、さらに新たな輝点を生み出していく。連鎖して増えていく輝点は、徐々に農場全体へ広がっていく。

ほんの少し見ている間にも、テーブルの上に浮かんだ農場の立体映像は満天の星空のように無数の輝く点に覆われていた。

床に流れる〈ランドビュー〉の立体映像にも点滅する光が見え始めている。

キタムラがほうっと息をついた。黒川さんも食い入るように見つめている。

農場全体が白い輝きに覆われた。

もはや、蛍光グリーンのＳＲ０６もくすんだ緑色の〈汚染稲〉も見ることはできない。ただ点滅する輝きだけが映し出されている。

「始まるぞ」

私の呟きと同時に、農場の北側から急速に輝きが薄れはじめた。

くすんだ緑色の葉の上に、輝く赤い線が残る。

農場の半分ほどから輝きが失せたとき、グェンが息をのむ音が聞こえた。

赤く輝く文字だ。

白い光がなくなった農場には、赤く輝く巨大なバーコードと二行の文字列が浮かび上がっていた。

Operation St. Mary（オペレーション・聖母マリア）
produced by Land-guardian（制作：ランド・ガーディアン）

文字の輪郭はまるで野火のようにチラチラと滲んでいる。

「ゴーフ、読めるだろう。〈ランド・ガーディアン〉の犯行声明だ。お前たちがテロに使ったバッタで描かせてもらった」

「……これ、お前がやったのか？　どこで制御方法を知った」

「マッカリーがバッタにＤＡＲＰＡの開発キットを丸ごと入れておいてくれたんだ。彼からのビデオメッセージも入っていた」

「マッカリー？　あの能なしが！」

「能なしはお前だ。素人同然の学生上がりに生物兵器を調整させるなんて、どうかしてる」

私は、壁にもたれていたサーシャの方を向いた。

「ゴーフとグェンにインタビューしたらどうだ。マザー・メコンの作物化けは〈ランド・ガーディアン〉によって引き起こされた環境テロだ。関係者どころか主犯格が揃ってる。独占インタビューだ」

　壁にもたれたまま、サーシャが私を睨みつけた。

「……メディアを知らない人は好き勝手言ってくれるわね。今回の取材にいったいどれだけコスト突っ込んでると思ってるのよ」

「少しでも取り戻したらどうだ」

「林田さん、それは無理よ。〈ワールド・レポーティング〉もおしまい」

　テップが口を挟んだ。

「あんた、何言ってるのよ！」

　テップが立ち上がり、床に流れる〈ランドビュー〉の映像を指さした。

「私たちが描くメッセージには二段目があるのよ。もうすぐ始まるわ」

　――テップ、何のことだ。

　再び全員が〈ランドビュー〉の映像に注目する。

　赤く輝く〈オペレーション・聖母マリア〉の文字の下に、別の赤い輝きがぼんやりと浮かび上がっていく。

　出現した、輪郭の定かでなかった輝きは徐々に形を整え、新たな文字列を描き出した。

Sponsored by World Reporting, inc. Sascha Leifens（ワールド・レポーティングが提供しています。サーシャ・ライフェンス）

キタムラが両手を打ち鳴らし、サーシャが目を剝いた。

スポンサー表示。

テップがいつの間にか挿入してくれていたのだ。

「驚いた。いつ、作ったの？」

「ここに来る直前よ。あのロゴを描く仕組みは本当によくできてるわ。素のテキストならデータを入れてコンパイルするだけで作戦コードができあがるのよ」

テップは胸の前でキーボードを操作するような手振りをした。

「黒川さんから〈ワールド・レポーティング〉の名前を聞いたからね」

「黒川さんから？」

「林田さん、私は二つの〈アバター〉を同時に使えるんですよ。テップさんをお呼びしたときに、お伝えしておきました」

黒川さんが人差し指を立てて眉間の左右を指さした。

「そうだそうだ、記念撮影を忘れちゃいけないな」

キタムラが立体映像に指をかけ、サーシャが背にした壁へ流すような仕草で映像を複製し、ポスターのように貼り付けた。

「テロリスト自身が描いた訳じゃないから犯行声明とはちょっと違うが……ま、効果は同じだ。これで〈ランド・ガーディアン〉も〈ワールド・レポーティング〉も終わりだ」

「ジャン、撤収よ！」

裏返った声でサーシャが叫ぶ。

カメラマンはサーシャの言葉を待っていなかった。既に一脚を畳み、デスク側から入り口に向かって走り出している。

「逃げて済むと思ってるのか？」

「サーシャ、逃げられない！」

カメラマンがドアの前から叫んだ。

「ドアが、開かないんだ！　この取手にはスイッチも、鍵らしいものもない」

チェアにぐったりと座っていたグェンが顔を上げた。

「開けます！　登録した人が触らないと――」

「ウォン、全員始末して！　一人目はあの女」

サーシャがゴーグルの男に叫び、グェンを指した。

「グェンさん！」「林田さん、伏せろ」

黒川さんとキタムラの叫び声。

反射的に屈んだ私は、背後にゴーグルの男の「くそっ、どっちだ」という声を聞き、黒川さんが二人いるのを見る。ソファを飛び越えてグェンに飛びつこうとしている小さな身体と、グェンの座るチェアの脚にしがみついている小さな人影。

グェンは黒川さんに飛びつかれてバランスを崩し――。

耳の後ろで爆発音と衝撃を感じた。思わず目を閉じる。

「――ウォン、キタムラは最後！　オフィスのシステムが死ぬかもしれない」

サーシャの声と、背後で人が揉み合う気配に目を開ける。

振り返ると、ゴーグルの男にしがみついていたキタムラが床に振り落とされるところだった。男は転がったキタムラの背中にブーツの爪先をめり込ませ、そのまま転がしてサーシャがドアへ向かう道を空ける。

「ドアはこいつ！」

サーシャが私を指さす。

彼女の肩越しに、暴れるグェンと黒川さんが絡まっているのが見えた。

――頭に衝撃。

――ドアの前まで引きずられている。

「ジャン。こいつの手を取手に押し当てろ」

私をカメラマンにあずけたゴーグルの男は両手で銃を構え、奥で暴れるグェンに銃口を向ける。

そのとき、キタムラの声が聞こえた。

「ジョン、入れ！」

――検索エージェントの、犬？

聞き慣れた解錠音が鳴り、ドアが開かれた。

テラスから、花の香りを含んだ風がふわりと漂ってくる。

ジョンが現実のドアを？　そう思ったとき、私は蹴り出された。入ってきたものにぶつかる――。

私の足下を金色の毛が流れる。ジョンの〈アバター〉だ。

「おっと、こりゃ林田さんか」ざらついた声が頭の上から降ってくる。「失礼、後でな」

膝の外側を押される。身体を入れ替えられた私は、開いたドアにつんのめった。

「くそっ！　誰がセーフティをかけやがった」

背後からはゴーグルの男の声と足音が、そして情けない男の悲鳴に続いて、金属の塊が床に落ちる音が聞こえる。ドアにもたれかかって振り返ると、多点カメラとスタビライザーを下敷きにしたカメラマンが床に倒れ、呻いていた。

顔を上げると、金色の毛をなびかせた犬が、黒い人影とともにサーシャに飛びかかっている。左目を通して見た拡張現実では犬（ジョン）がサーシャののど笛に噛み付き、右目の現実の視界では黒い人影がサーシャの首を押さえている。

金田だ。

「ジョン、十六時（右斜め後方）！」

ソファの向こうからキタムラの愉快そうな声が響く。

「俺は犬（ジョン）じゃねぇ！」

吠えた金田はサーシャの右腕を引いて体を入れ替える。ゴーグルの男に対してサーシャを盾にする格好だ。男は現実の金田と拡張現実で描かれる犬（ジョン）のどちらに照準を合わせていいのか迷い、銃を上下に動かした。

「経験が足りてない」

金田はサーシャを盾にゴーグルの男に迫る。

「寄るな。撃つぞ」

金田はサーシャの後頭部を摑まえて男へ投げつける。

男はサーシャを避けて回り込もうとしたが、先回りした金田は銃把（グリップ）ごと右手を握り込む。

そのまま躊躇なく身体を外側に入れ、男の手首を逆方向に曲げる。

繊維を引きちぎるような音。ゴーグルの男の絶叫が響く。

金田は壁にもたれていたサーシャの首筋を再び捉え、反動をつけて、額を男のゴーグルに覆われた顔面に叩き付けた。

「ひぃっ！」

サーシャの悲鳴と額がぶつかる音が響き、男とサーシャは崩れ落ちた。

「いや、見事見事」

「あんた、相変わらず趣味悪いな。なんで俺が犬なんだよ」

「いや助かったよ。金田さん。ついでに拘束しておいてもらえるかな」

「相変わらず人の話聞かないし……。お、なんだこいつ、いいもの持ってるじゃないか」

金田は床にばらまかれたフィードバック・ジャマーを見やった。

「林田さん、こいつらに飲ませるの手伝ってくれないか？」

「そうしたいけど、まだ、話が終わってない奴がいるんだ」

私はソファに座って一部始終を見ていたゴーフを指さした。

「しょうがない。力仕事は一人でやるさ」

金田はにやりと笑った。拡張現実では犬（ジョン）が尻尾を振っている。

金田は拾ったフィードバック・ジャマーをゴーグルの男の口に押し込む。男はくぐもった声を出して腕を身体に引きつけ、目を見開く。続けて、カメラマンとサーシャにもフィードバック・ジャマーを食わせて歩いた。

「金田さん。もう一つだけ、簡単な頼みがあるんだ。ここに行ってくれないか」

キタムラは金田に一枚の紙を渡した。

「あんた、確かシンガポールのデータセンター盗むときも〝簡単〟って――」

渡された紙を見た金田は呻いた。

「わかったよ。行ってくる。林田さん、またな」

金田は、登場したときと同じように、あっという間にドアから去った。

ソファの奥にグェンの足が覗いている。暴れていたのは見たが、撃たれていなかっただろうか。

ソファの後ろを覗き込むと、床に横たわるグェンの脇に黒川さんが座り込んでいた。

「気を失っているだけのようですよ」

「黒川さんは、大丈夫ですか？」

「ええ、私は……」

右目で見ると、実体の黒川さんはスーツの袖が抜け、髪の毛がくしゃくしゃになっている。怪我はしていないようだ。倒れているグェンにも撃たれて出血している様子はない。

「そうは見えないけどね」

私は黒川さんの前にしゃがみ込んだ。

「謝らなければならないことがあるんだ。私は、あなたのことを――」

彼は私を見上げ、にっこりと笑った。

「いいんです。それより……」

黒川さんはゴーフを指さした。

私は息を整えて、キタムラの向かいに座る彼の脇に立つ。

彼は私を見上げ、睨みつけた。

「林田、えらいことをしてくれたな。お前こそテロリストだ。〈オペレーション・聖母マリア〉は失敗したが、結果的に遺伝子工学を暴走させるのはお前の方だ」

ゴーフはテーブルの上に浮かぶ農場の拡大映像を指さした。

「農場の凧がはっきり映したぜ。バッタがチラチラ光ってデジタル通信してるのを」

「それがどうかしましたか？」

ソファの陰から黒川さんが口を挟む。

「黒川さん、わかってないな」

ゴーフはソファにもたれ、足を組んだ。

「林田は、人工（アーティフィシャル）的な動物の存在を全世界のエンジニアに見せつけた。しかも、その動物はただ歩いていただけじゃない。デジタル通信を行い、何らかの計算をやってのけた。おまけに、埋め込まれた行動パターンまで変えてみせた」

ゴーフはキタムラが壁に貼り付けた立体映像のスナップショットを指さした。

私は、ゴーフがただ理想を追うだけの活動家でないことを知った。彼は予備知識なしに見た私とテップの〝宣言フェイズ〟をほぼ完全に理解している。

「明日から設計動物のブームが始まるぜ。世界中のエンジニアがアイディアを現実のものにするため、出資を募る。L&Bのようなご立派なメーカーだけじゃない。中小のメーカーも、独裁国家も、そこらの学生だってなにか作りたくなるだろうよ。なんたって〝動いてるところを見てしまった〟からな。マッカリーみたいな能なしだって関わってくるだろうよ」

ゴーフは、私が昨夜テップに指摘されるまで気づかなかった展開を正確に予測してみせた。慧眼と言っていいだろう。愛する〈いおりの郷〉を離れてから二十年、彼も真剣に遺伝子工学と人類について考え続けてきた人物なのだ。

「どうなると思う？　俺が持ってきたバッタがたまたま軍用の兵器で、あんたらはたまたまバッタを制御下に置くことに成功しただけだ。ブームで頭が沸いた連中が作る設計生物の中には、無限に増殖するのを止められない生き物が絶対に出てくる。賭けてもいい」

ゴーフは立ち上がり、私の胸元に指を突きつけた。

「お前は、パンドラの箱を開いたんだ」

「知ってるさ。自分が何をやったか、わかってる」

ゴーフの表情が固まり〈微笑〉が浮かぶ。

私はゴーフの虚ろな笑顔に向かって言った。

「あなたの危惧もわかってる。だから、バッタの基礎設計をすべて公開するんだ。〈ランド・ガーディアン〉のロゴの上に描かれたバーコードは、バッタの開発キットのダウンロード先だ」

私はキタムラが壁に貼り付けた〈ランドビュー〉のスナップショットを指さした。

「……お前、世界中のエンジニアがあのバッタを使えるようにするつもりか？」

ゴーフが後じさる。

感情補正が働かないぎりぎりのレベルで垂れた目を見開いている。

「その通りだよ」

「黒川の身体、見ただろう！　マッカリーみたいな能なしが山のようにいることを知ってるだろうが！　あんなことをする奴らをなんで信じられるんだ！」

「そうするしか、前に進む方法がないからだ」

私は、昨夜テップと確認した決意を確かめながら、ゴーフに伝える。

「設計動物を安全に扱う方法は絶対にあるはずだ。それを世界中の人々と考えたい。DRPAが作ったあのバッタは最高の教材だ」

私は一歩、ゴーフに歩み寄った。

「ゴーフ、一緒に考えないか？」

拍手の音が聞こえた。書類ばさみ（フォルダー）を持ったキタムラが立ち上がっていた。もうダウンロードしたのか。全く、手の早い人だ。

「林田さん。見事だ。最善かどうかわからないが、私は賛同するよ。技術が足りなくてもタダに近いコストで安全な設計図が手に入るなら、わざわざ自分たちで作ろうとは思わないだろう。それに」キタムラはフォルダーを開いて中の書類をパラパラとめくった。「ここまで材料があればいくらでも語り合える」

キタムラが私の肩に手を置いた。

「明日から世界は変わる。よくやってくれた」

「……何が、よくやってくれた、だ！　一回でもバイオ・ハザードが出れば、林田、お前はテロリスト扱いだ。一生逃げ回ることになるぞ」

「私がそんなことはさせません。L&Bとその関係者すべてが彼を守るように働きかけます。公開されたバッタのコードも責任を持って管理させましょう」

黒川さんが口を挟む。続けてテップも声をあげた。

「林田さん、仕事がなくなったらいらっしゃい。マザー・メコンは大歓迎よ」

「お前、そんな好意がいつまでも続くと思ってるのか？　いつか必ず手のひらを返してくるんだ」

「〈いおりの郷〉の出資者の話か？」

キタムラが口を挟んだ。ゴーフが顔を伏せる。〈アバター〉の顔色は変わらないが、キタムラの発言は彼の何かをついた。

「林田さんのアイディアを二人や三人で護ろうとすれば、その好意はあっという間に消えるだろう。悲しいかな、それが現実だ」

キタムラはゴーフの顔を覗き込む。

「だから関係者を増やすんだ。業界の人たちだけじゃない。すべての人を関係者として巻き込んでいく。それが林田さんの決断なんだよ。あなたも、本当はわかってるんだろう？」

「ゴーフさん」

黒川さんが床から立ち上がり、キタムラの横に座った。

「遺伝子工学や蒸留作物に対して批判をしていただくのは大歓迎です。人間のやることに完全はありえません。私の身体も、その失敗の刻印のようなものですから」

ゴーフは黒川さんの顔をたっぷり一秒ほど眺めていた。

「なあ、黒川さん。あんた、本当は俺のオファーをきちんと読んでいたんだろう？　どうして誘いに乗ってくれなかったのか聞かせてくれないか」

「……正直に言いましょう。心は動きました。私だって好きでこの身体を扱っているわけではありません。ですが、私は未来に賭けているのです」

黒川さんもゴーフの目をじっと見据えた。

「林田さんがあのバッタの開発キットを公開したのと同じことです」

「バカどもを信じてるのか？」

「ゴーフさん、本当に残念です。あなたのように粘り強く活動されている方が、どうして後ろを向いてしまわれるのか？　科学の恐怖をあおり立てても、何も解決しませんよ。私こそお誘いしたい。交流によって生まれる豊かな未来に賭ける気はありませんか？」

「そう考えたこともあったな。だが、俺は俺だ。暴走する科学を阻み続けるさ」

「残念なことです」

「俺もだ」

ゴーフは私の方を向いた。

「林田、自分がどれだけ危険なことをやったか、本当に認識してるんだろうな」

「さっき言ったとおりだ」

「……それなら、俺はお前にずっとつきまとってやる。音を上げるまでな」

ゴーフは人差し指を目の横に立てて、拡張現実ステージからログアウトした。

「……となると、最後に残ったのが——」キタムラが床に倒れているグェンを見つめた。

「これは、雇用者が声をかけなきゃならんのだろうな」

彼が肩に手をかけようとすると、彼女は手を払い、身体を起こした。

「気がついていたのか。終わったよ。君は警察に行くことになる」

グェンの肩が震えた。

「君が〈ランド・ガーディアン〉のスタッフだってことは知ってたんだよ。まさか生物兵器を使うような真似までするとは思ってなかったんだが……」

――キタムラは、知っていたのか。

グェンは目を丸くしてキタムラの言葉を聞いている。

「グェンさん、悪かった。そうなる前に君たちを止めるつもりだった」

黒川さんがグェンの横にしゃがみ込む。

「グェンさん、先ほどは申し訳ありません」

「……ごめんなさい。押し倒してくれたおかげで助かりました」

「一つだけ言わせてもらってよろしいですか？」

黒川さんの顔を見あげたグェンが頷く。

「あなたがどうして遺伝子工学を憎んでいるのか、私にはわかりません。ただ、私も同じでした。L＆Bという会社と遺伝子工学を激しく憎んでいた時期がありました。蒸留作物ばかりの世界を受け入れるのに何年もかかりました。私と同じときにスーパーライス・ZEROを食べて寝たきりになった、他の二十六名は、私のような処置を拒否して今でもベッドに縛り付けられています」

「……どうして、黒川さんは……」

「私は、永遠に続く夢に耐えられなくなりました。私は望むならば、いつまでも本当の意味で味わうことができた食卓の記憶に浸ることができました。両親の記憶とともに居ることができました」

黒川さんはシャツの前をはだけ、肩のバーコードをグェンに見せた。

「七年前に肉体に接続されたときから、私の時間は流れ始めました。父や母の記憶も徐々に薄まってきています。言うことを聞かない身体を〈アバター〉で調教するリハビリは……他の誰にも経験してほしくありません。そして、味わうことも、眠ることもすべて意識しなければならなくなりました。寒暖すら、数値でなければわからないのです。このバーコードを見るたびに、私は自分が機械に生かされていることを思い知らされます」

グェンは黒川さんの光るバーコードをじっと見つめている。

「それでも、毎日、少しずつ得られることが嬉しかったのです。私の喜びは変えようのない過去を生きることにはなかったのです」

黒川さんは上着を羽織り、むき出しの肩を隠した。

「グェンさん。よく考えてください。考えて得た結論がなんであれ、私は尊重します。それが私と同じ、未来を信じるものであればとても嬉しく思います。また、どこかでお会いいたしましょう」

グェンは頷いて、自分の肩を抱いた。

黒川さんは立ち上がり、伸びをしてテップの座っている壁際のソファに身体を向けた。耳の後ろに指を当てて頷いていたテップが立ち上がる。

「黒川さん、防護服を脱がすとき、肩、引っ掻いちゃってごめんなさいね」

黒川さんは「いいんですよ」と肩をすくめた。

「〝宣言(コール)フェイズ〟は最終段階まできちんと動いたみたいよ。バッタが死に始めてるって。おかげでこれから大掃除よ。帰らなきゃ」

「お手数をおかけします。L&Bは損害の半額を負担します。遠慮なくご請求ください」

黒川さんが頭を下げた。

私はテップへ手を差し出す。

「テップさん、ありがとう」

テップが〈アバター〉の腕を私の差し出した腕に重ねる仕草をした。

「わからないけど、ひどい顔になってるんでしょ？　ちゃんと治療してね。そうそう、例のバッタ、何度初期条件を変えてシミュレーションしても、必ずC3ブロックで当たりが出るの。偶然なんだろうけど、その仕組みを今度一緒に探らない？」

フィードバック・チップが腕を動かす感覚が伝わり、消えた。

「どんどん人が居なくなるな。寂しいもんだ」

奥のデスクに戻ったキタムラが〈ワークスペース〉に何事か入力しながら声をかけてき

た。

「林田さん、黒川さん。今からアンバサダー・ホテルの前に行けば、特等席でゴーフが取っ捕まるところを眺められるぞ。たった今、金田から連絡があった。本人をふんじばったそうだ」

「同じホテルに泊まってたんですか!」

「黒川さん宛のメッセージから発信元を探ったんだが、十一階のスイートだ。ホテルが同じだったのは、手配したグェンさんが手を抜いたせいだな」

キタムラが、床に座るグェンを見て苦笑する。

「地元の警察へ連絡するのは任せてくれ。ベトナム中のメディアにもリークしとくよ。テロリスト逮捕の瞬間を見逃すな、ってな……しかし」

キタムラは顎に手を当てて黒川さんを眺めた。現実の彼はスーツの袖が破け、シャツのボタンもはじけ飛んでいる。このまま外出できる格好ではない。

「二人とも、そのままじゃ目立ってしょうがないな。林田さんも、傷を隠すといい。シャツも血まみれだ」

黒川さんが私の顔を見て、頷いた。そんなに酷いのか。

「でも大丈夫、二人にプレゼントしようと思って準備しておいた服があるんだ」

キタムラはデスクの下から蛍光グリーンの花がプリントされた紫色のアロハシャツと、

ナマズがアップリケされたピンク色のベースボール・キャップを二セット取り出した。

受け取った黒川さんが呻(うめ)く。

金田の言うとおりだ。

なんでキタムラは、こう……趣味が悪いんだ。

Epilogue

十一階建てのアンバサダー・ホテルがエントランス前の大きなロータリーにくっきりとした影を落としていた。

十二時。最も暑くなり、渋滞が始まる時間だ。

エントランスの前は詰めかけた報道陣で騒然としていた。キタムラからのリークを受けて、環境テロの主犯、ゴーフ・ロバートソンが逮捕される瞬間を撮影するために集まっているのだ。

輪の外に押し出されたローカル局のスタッフが、エントランスの右隣に大きな多点ライトのトラスを建てたアラブ系ネットワークのスタッフと口論している。ホーチミンでは珍しいワールド級ニュースに色めき立っているのだ。

ボディ・アーマーを着た警察官は、歩道から一段上がったところにあるエントランスの回転ドアの前からロータリーの騒動を見下ろしている。

私と黒川さんはロータリーの反対側にあるベトナムコーヒーの屋台から、その喧噪を眺めていた。

「カフェ・シュア・ダ」

私は、グェンから習った数少ないベトナム語のひとつでアイスコーヒーを頼んだ。

ベトナム語は形容詞が名詞の後に付くのだと彼女は教えてくれた。コーヒーは「カフェ」、「シュア」でミルク、「ダ」が氷の順番で単語が並ぶ。「カフェ・ダ」はアイスコーヒー、「カフェ・シュア・ダ」はコンデンスミルク入りのアイスコーヒーになる。

「Cùng một, xin vui lòng.（私にも同じものを）」

ネイティブばりの発音が向かいの席に座るアロハシャツから飛んだ。

「ベトナム語、できたの？」

「翻訳エンジン内蔵なんです。L&Bのエンジニアは抜かりないですよ」

大きすぎるベースボール・キャップの鍔（つば）を押し上げた黒川さんが笑う。

「じゃあ、あの英語はどういうこと？」

「父を再現してるんですよ。ジャパニーズ・サラリーマンらしいでしょ？　実際にそんな話し方をする人を見たことはないんですけどね」

こんな話をしているうちにもロータリーにはワンボックスカーが次々と現れ、報道スタッフを吐き出していく。

「バーナードの対抗声明が始まりますよ。そっちを見てましょうか」

黒川さんがメガネの蔓を押し上げる仕草(ジェスチャー)で、私を拡張現実ステージに誘ってくれた。

私は瞬きを二つ、拡張現実を有効化(アクティベート)して、コンタクトレンズのない右目を閉じた。

白い樹脂のテーブルの上に、L&Bのバナーが貼り付けられた小さなプレゼンテーション用のカウンターテーブルが現れ、チラチラと点滅するストロボで照らされた。

すぐに二十センチほどのバーナードが脇から歩いてくる。ちょうど開始時間のようだ。

『皆さん、L&Bコーポレーションのヴァイス・プレジデント(VP)、リンツ・バーナードです。私は、二十年の間、遺伝子工学を用いた作物を世界中へ納品してきました。それらは蒸留作物という名前で知られています。本日、皆さんにお知らせしたいことがあります』

カウンターの上でバーナードは、〈マザー・メコン農場〉で起こったSR06の作物化、けは、流出した生物兵器を用いて〈ランド・ガーディアン〉が引き起こしたテロだったことを明らかにしていった。

バーナードは黒川さんが作ったと思われる農場の映像やバッタの写真などを織り交ぜた資料を用い、所々つかえながらも熱心に説明していく。

『――私は、断固としてこのような行為を許せません。許すことはできません。そして、テロの事実を知りながら報道の名の下に一人のエンジニアを吊し上げた〈ワールド・レポーティング〉もまた、許すことができません』

「バーナードの演説、うまくならないね」

「思ったことをすぐ言っちゃうんですよ。周りはプレゼンテーション用のビヘイビアを使ってくれと言っているんですが……彼は〈アバター〉の自動制御を恐れているんですよ――Cảm ơn（ありがとう）」

　女性の店主がトレイを持ってきていた。クロームメッキのフィルターとコーヒーを受けるためのコップ、それに、氷をぎっしり詰め込んだアクリルのグラス。キタムラのオフィスでおなじみになったベトナムコーヒーのセットだ。

　彼女はバーナードが演説しているテーブルにセットを並べ、手振りでコーヒーの淹れ方を伝え、路上に置いてあるアイスボックスに腰を下ろしてホテル前の喧噪に目をやった。

「ここからですよ。お聞きください」

　黒川さんが、私の注意を引いた。

　バーナードはひとしきり〈ワールド・レポーティング〉と〈ランド・ガーディアン〉を非難し、息をついたところだった。

『そして、皆さんにお伝えしなければならないことがもう一つあります。今日、私は、われわれ人類によって作り上げられた新たな生物を目撃しました。新たに生まれた生物は……。申し訳ない。まだこの言葉を使うことに慣れていません』

バーナードは言葉を切り、カウンターに手をついた。

『完全な人工生命（アーティフィシャル・ライフ）、全てのDNAが人間の手によって設計された〈設計動物〉です。それも単細胞生物や単純な蠕虫（ワーム）ではありません。より複雑な構造を持った昆虫です。高い移動手段を持ち、自然の環境で繁殖することが可能で、そして開発者の手によって組み込まれたプログラムを本能として実行します。私が見た〈設計動物〉は発光器官を用いたデジタル通信をこなし、複雑な計算を実行してのけました』

樹脂がきしむ音が足下から聞こえた。私は、無意識にチェアに体重を預けてしまっていたようだ。当分はこの話題が出るたびに身体がすくむ思いがするだろう。

『驚くべきことです。十年、いや二十年は先になるだろうと思っていた〈設計動物〉が地上を闊歩していたのですから』

黒川さんの手がバーナードに重なり、映像が止まった。

「ごめんなさい。ゴーフが出てきます。続きは後で見ましょう」

黒川さんはホテルを指さした。多点ライトが瞬き、日陰になっていたエントランスが直射日光を受けたように輝いている。

エントランスの回転ドアが回り、二人の警官に先導されたゴーフが現れた。

ゴーフはエントランスのステップで足を止め、居並ぶ報道陣を見下ろした。唇をまっすぐに結び、昂然と顔を上げている姿は集まった報道陣を威圧するかのようだった。

彼は、二十年もの間止まることなく進歩し続けた遺伝子工学をどのような思いで見てきたのだろう。一度じっくりと話し合ってみたい。

「堂々としたもんだね」

「ゴーフは懲役を終えたあとも活動を続けるでしょうね。彼にはそれが似合っているとは思いますが……残念なことです」

ゴーフは警官に背中を押されてステップを降り、報道陣に埋もれていった。

人だかりが動き、多点ライトのストロボがゴーフの進むあたりを一段と明るく照らし出す。ロータリーの周囲には野次馬も集まってきた。

「これで、マザー・メコン農場の作物化けに関する調査は終わりです。四日間の出張、お疲れさまでした」

「四日か。それだけしか経っていないんだ」

初めて現実の黒川さんに会ってから一週間も経っていない。一ヵ月と予告されていた調査はあっという間に終わってしまった。

風が動き、テーブルからベトナムコーヒーの甘い香りが立ちのぼり、私の顔を包んだ。動きを止めたバーナードの両脇で、フィルターから落ちる温かいコーヒーの滴がコップを満たしていく。

「続き、見ましょうか」

黒川さんがテーブルの上に立つバーナードに手をかざす。

『——地上を闊歩していたのですから。私は脅威を感じました。例えば〈設計動物〉が暴走したらどんなことになってしまうのでしょう。この地球を単一の〈設計動物〉が覆い尽くす、そんな日が来てしまうのではないか。私はそんな思いとともにマザー・メコン農場に蠢く〈設計動物〉を見ていました』

ゴーフには啖呵を切ることができたが、バーナードの口から語られる〈設計動物〉への危惧は一段と大きなスケールに感じられる。その危惧を現実の脅威に変えてしまったのは、私だ。

『二十数年前、私たちは無限に増殖するコンピューター・プログラムのためにインターネットから追放(ロックアウト)されました。あの混乱を覚えている方も多いことでしょう』

バーナードはカウンターについていた手を戻し、大きな腹の上で組んだ。

『コンピューター・プログラムに占有されたネットワークは、トゥルーネットで置き換えることができました。しかし〈設計動物〉は、メモリーの中にしか存在できないコンピューター・プログラムとは異なります。私たちと同じ空気を吸い、大地の恵みを食べて土地を占有する現実の隣人なのです。新たな生命の形を知った私たちは、これにどう向き合わなければならないのでしょう』

私は何か言おうとしたが、乾いた唇と舌の粘つきを感じ、言葉にするのを止めた。何を言っても言い訳にしかならない気がする。

『幸運なことに、マザー・メコンでテロの道具として使われていた〈設計動物〉の正体を探り当てたエンジニアは、設計図となる開発キットを同時に公開しました。私たち人類の良識を信じた、勇気ある決断であったと思います。ありがとう』

　バーナードは頭を下げた。

　胸につかえていた不安が少しほどける。

『L&Bコーポレーションは彼の勇気に応えるために、新たなラボを設立します。そのラボでは、今日公開された〈設計動物〉をプラットフォームとして研究・開発していきます。遺伝子工学のエンジニアだけでなくその他の工学に携わる方々、建築家、芸術家、宗教家、そして遺伝子工学に反対している方々。皆さんとともに新たな生命のあり方について考えたいのです。近いうちにこのラボの責任者も発表する予定です』

　黒川さんの手がかざされ、映像が畳まれた。

「……黒川さん、さっき言ってたL&Bの支援って、これ？」

「私は支援の約束を取り付けただけです。ラボの話はバーナードから出たものですよ」

「そうなの？　イメージと違うね。もっと、こう……」

「力押しの大好きな辣腕経営者、ですか？　その通りです」

　黒川さんは苦笑いした。

「ただ、遺伝子工学業界の経営者の中で、その将来を最も真剣に考えている一人であることは間違いありません。彼の身内には遺伝子組み換え作物の被害者がいるんですから。真剣に考えざるを得ないのです」

「……え？」

初めて聞く話だった。被害者が出るようなGM作物の事故なんて――。

「そうです。私です。バーナードはL&Bのラボから出たばかりの私を養子にしたんです。瞬きや呼吸すらままならなかった私が悪夢のようなリハビリを乗り越えられたのは、激務の中で昼夜問わず励ましてくれた彼のおかげです」

黒川さんは、ずり下がってきたキャップの鍔を押し上げた。

「私とバーナードの話は、また後日しますよ。それよりも――」

黒川さんは一枚の書類を取り出し、私に差し出した。

「林田さんへ新たな依頼です」

文書のタイトルを見て目を疑った。

「L&Bが作る〈設計動物〉ラボの最高技術責任者になっていただけないでしょうか」

「そんな大げさな」

「林田さん。あなたは昨夜、たった一人で未来の二つの顔と向き合っていらっしゃいました。世界中を単一の設計動物が覆い尽くす悪夢をはねのけ、未来を信じる方に賭ける勇気を持った林田さんにふさわしいことだと私は考えています」

黒川さんが頭を下げた。

「これは、私からのお願いでもあります。ＣＴＯ職をお受け下さい」

「買いかぶりすぎですよ。そもそもテップさんに指摘されなければ……」

「テップさんは、あのとき自分に同じ決断ができたかどうかわからないとおっしゃってます。同感です。私にだって同じことができたかどうかわかりません」

顔を上げた黒川さんは私の目を真正面から見つめた。

「お願いします。林田さん。もちろん私も参加します。そして仲間を集めましょう。テップさんに会いに行きませんか？　面白がりのキタムラさんが断るとは思いませんが、これから一緒にお願いに行きましょう」

黒川さんの姿が滲（にじ）んでいく。不自然な描画（アーティファクト）なんかじゃない。

「さっき、ゴーフさんが言ったことを覚えていらっしゃいますか？　お前はパンドラの箱を開けた、と」

私は頷いた。そして、顔を上げられなくなった。

「一緒に、希望を探しましょう」

テップと、そしてキタムラと一緒に歩む道はきっとすばらしい日々になる。

そして黒川さんがいる。

「林田さん、氷が溶けちゃいますよ」

しばらくの間、私は顔を伏せていたようだ。

目の前に置かれたグラスにはコンデンスミルク色の液体が満たされていた。

「……水に、当たっちゃいますね……」

「そういえばグェンさんが言ってましたね。さ、顔を上げて。林田さんの分も作りました。キタムラさんがいつも楽しんでいたコンデンスミルクの配合です。乾杯しましょう」

黒川さんの目が笑っていた。

「黒川さん、味覚をオフにするのはなしですよ」

「ちぇっ、ばれたか」

黒川さんは笑い声を上げて帽子の鍔を後ろに回し、メガネを外した。いたずらを見つかった子供のようだ。

「ずるいな」

「いいじゃないですか。これぐらいの見返りがあっても。じゃ、乾杯」

「乾杯」

液体を口に含むと、フィルターを通り抜けたコーヒー粉が舌に触り、苦みと、そして口の中いっぱいにコンデンスミルクの甘みが染みわたった。一拍遅れてコーヒーの甘い香りが鼻を通り抜ける。

私は頭に突きあげてくる甘さにこめかみを押さえ、黒川さんは口を曲げ、舌を出した。

じつに不味い。キタムラはこんなものを毎日飲んでいたのか。

「……やっぱり」

「これは……予想を上回る味ですね。ミルク……抜きましょう」

二人の日本人客の異変に気づいた女店主が慌てて飛んできた。

大丈夫。あなたのせいじゃない。

私と黒川さんは顔を見合わせた。

「Cà phê đá！（カフェ・ダ）」

あとがきにかえて

『Gene Mapper - full build-』を手にとっていただき、ありがとうございます。

本書は二〇一二年の七月に電子書籍として個人出版した『Gene Mapper』を完全改稿した作品です。『Gene Mapper』は、二ヵ月という短い集計期間ながら〝Best of Kindle Books 2012〟の小説・文芸部門で一位を獲得しました。

本書『Gene Mapper -full build-（フル・ビルド）』は、その『Gene Mapper』のテーマとストーリーラインを元に構成と文体、技術考証を改め、新たな登場人物やシーンを追加して書き下ろした作品です。既に電子書籍でお楽しみいただいた読者の皆様にも、新たな気持ちで楽しんでいただける作品になったと自負しています。

初めて『Gene Mapper』に出会ったという方は、興味があればGene Mapper公式サイト（http://genemapper.info）もご覧ください。本書の中で描写される二〇三七年の未来技術が現在の延長線上にあることを示すコラム「実現するGene Mapper世界」や、電子書籍の個人出版に関する技術、市場に関するブログを執筆しています。

個人出版の電子書籍として始まった『Gene Mapper』はインターネットのメディアを通して、私自身想像もしていなかった豊かなプロジェクトとなりました。短篇になるはずだった原稿を長篇にするよう進言してくれた柏井さん、第一号読者として励ましてくれた鈴木さん、『Gene Mapper』へ解説を書いてくれた琴子さん、そしてメディアで、ブログで、SNSで応援してくれた林さん、深津さん、小飼さんをはじめとする多くの皆様に応援していただいたおかげです。

そして、今、完全改稿したフル・ビルドをお届けできることになりました。執筆に際してギリギリを通り過ぎたスケジュールにおつきあいいただいた早川書房のI氏にも深く感謝いたします。

二〇一三年四月　藤井太洋

本書は、二〇一二年七月に個人出版された電子書籍『Gene Mapper』を、大幅に増補改稿した完全版です。

オービタル・クラウド（上・下）

藤井太洋

二〇二〇年、流れ星の発生を予測するウェブサイトを運営する木村和海は、イランが打ち上げたロケットブースターの二段目〈サフィール３〉が、大気圏内に落下することなく高度を上げていることに気づく。シェアオフィス仲間である天才的ＩＴエンジニア沼田明利の協力を得て〈サフィール３〉のデータを解析する和海は、世界を揺るがすスペーステロ計画に巻き込まれる。日本ＳＦ大賞受賞作。

ハヤカワ文庫

Self-Reference ENGINE

円城　塔

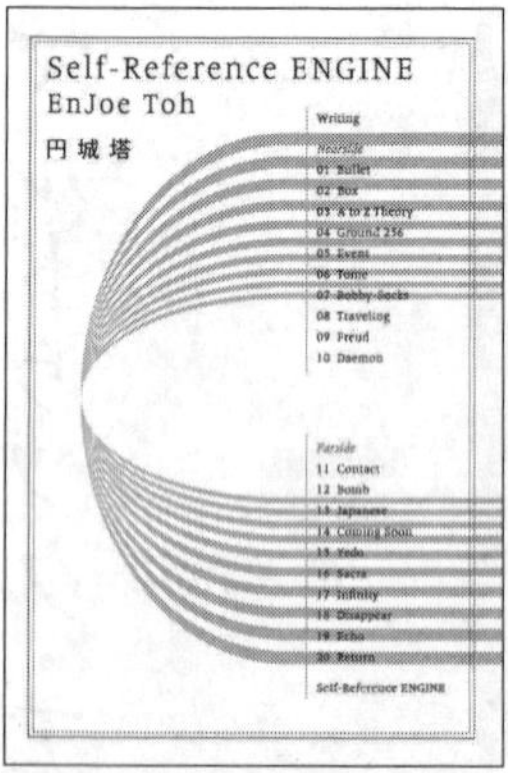

彼女のこめかみには弾丸が埋まっていて、我が家に伝わる箱は、どこかの方向に毎年一度だけ倒される。老教授の最終講義は鯰文書の謎をあざやかに解き明かし、床下からは大量のフロイトが出現する。そして小さく白い可憐な靴下は異形の巨大石像へと果敢に挑みかかり、僕らは反乱を起こした時間のなか、あてのない冒険へと歩みを進める——驚異のデビュー作、二篇の増補を加えて待望の文庫化

ハヤカワ文庫

Boy's Surface

円城　塔

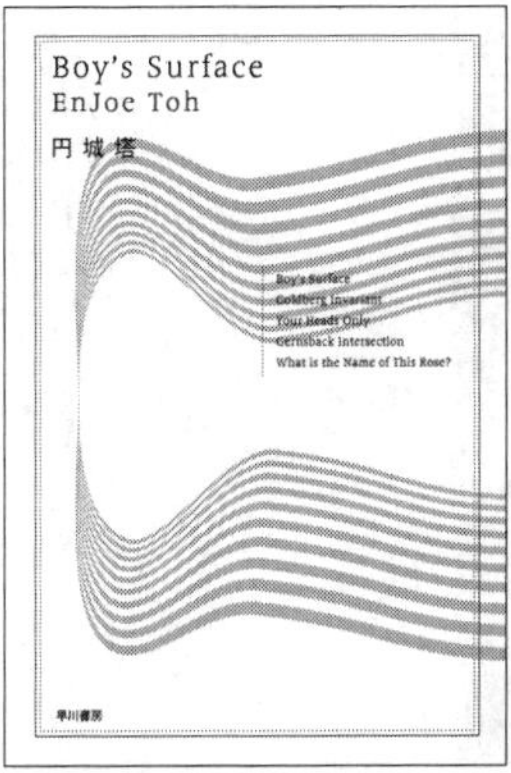

Boy's Surface
EnJoe Toh
円城塔
Boy's Surface
Goldberg Invariant
Your Heads Only
Gernsback Intersection
What is the Name of This Rose?
早川書房

とある数学者の初恋を描く表題作ほか、消息を絶った防衛線の英雄と言語生成アルゴリズムについての思索「Goldberg Invariant」、読者のなかに書き出し、読者から読み出す恋愛小説機関「Your Heads Only」、異なる時間軸の交点に存在する仮想世界で展開される超遠距離恋愛を描いた「Gernsback Intersection」の四篇を収めた数理的恋愛小説集。著者自身が書き下ろした〝解説〟を新規収録。

虐殺器官〔新版〕

伊藤計劃

Cover Illustration redjuice
© Project Itoh/GENOCIDAL ORGAN

9・11以降、〝テロとの戦い〟は転機を迎えていた。先進諸国は徹底的な管理体制に移行しテロを一掃したが、後進諸国では内戦や大規模虐殺が急激に増加した。米軍大尉クラヴィス・シェパードは、混乱の陰に常に存在が囁かれる謎の男、ジョン・ポールを追ってチェコへと向かう……彼の目的とはいったい？　大量殺戮を引き起こす〝虐殺の器官〟とは？　ゼロ年代最高のフィクションついにアニメ化

ハヤカワ文庫

ハーモニー〔新版〕

伊藤計劃

Cover Illustration redjuice

二一世紀後半、人類は大規模な福祉厚生社会を築きあげていた。医療分子の発達により病気がほぼ放逐され、見せかけの優しさや倫理が横溢する〝ユートピア〟。そんな社会に倦んだ三人の少女は餓死することを選択した——それから十三年。死ねなかった少女・霧慧トァンは、世界を襲う大混乱の陰に、ただひとり死んだはずの少女の影を見る——『虐殺器官』の著者が描く、ユートピアの臨界点。

ハヤカワ文庫

著者略歴　1971年奄美大島生まれ，作家　2012年、電子書籍個人出版「Gene Mapper」を発表。主な作品に『オービタル・クラウド』『公正的戦闘規範』（以上、早川書房刊）他。

HM=Hayakawa Mystery
SF=Science Fiction
JA=Japanese Author
NV=Novel
NF=Nonfiction
FT=Fantasy

Gene Mapper
－full build－

〈JA1107〉

二〇一三年四月二十五日　発行
二〇一九年四月　十五　日　二刷
（定価はカバーに表示してあります）

著者　藤井太洋（ふじい たいよう）
発行者　早川　浩
印刷者　矢部真太郎
発行所　株式会社早川書房
郵便番号　一〇一-〇〇四六
東京都千代田区神田多町二ノ二
電話　〇三-三二五二-三一一一（大代表）
振替　〇〇一六〇-三-四七七九九
http://www.hayakawa-online.co.jp
乱丁・落丁本は小社制作部宛お送り下さい。送料小社負担にてお取りかえいたします。

印刷・三松堂株式会社　製本・株式会社川島製本所

ISBN978-4-15-031107-0 C0193

本書は活字が大きく読みやすい〈トールサイズ〉です。